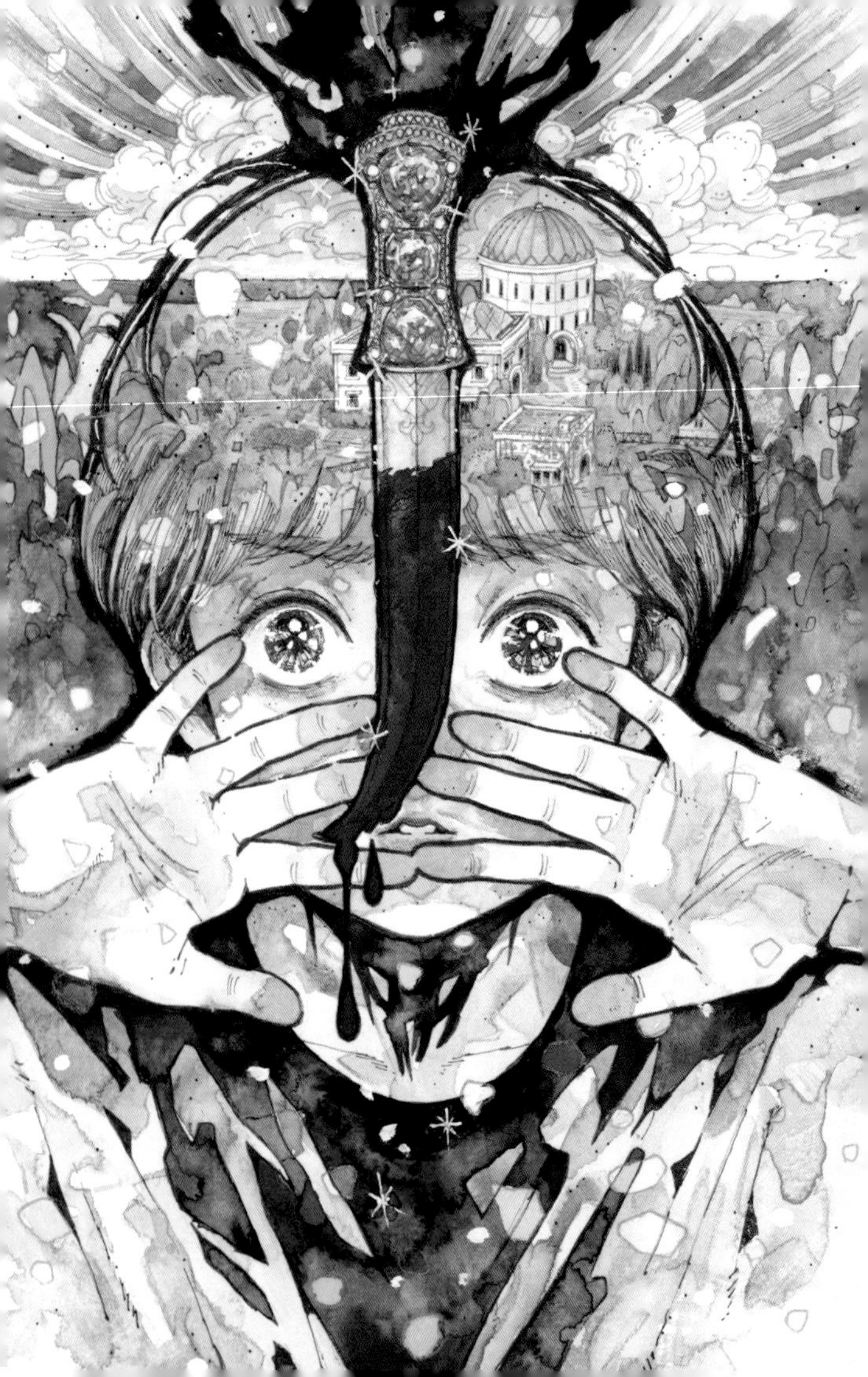

徳 間 文 庫

梶龍雄 驚愕ミステリ大発掘コレクション3

葉山宝石館の惨劇

梶　龍雄

徳 間 書 店

contents

葉山宝石館敷地展望

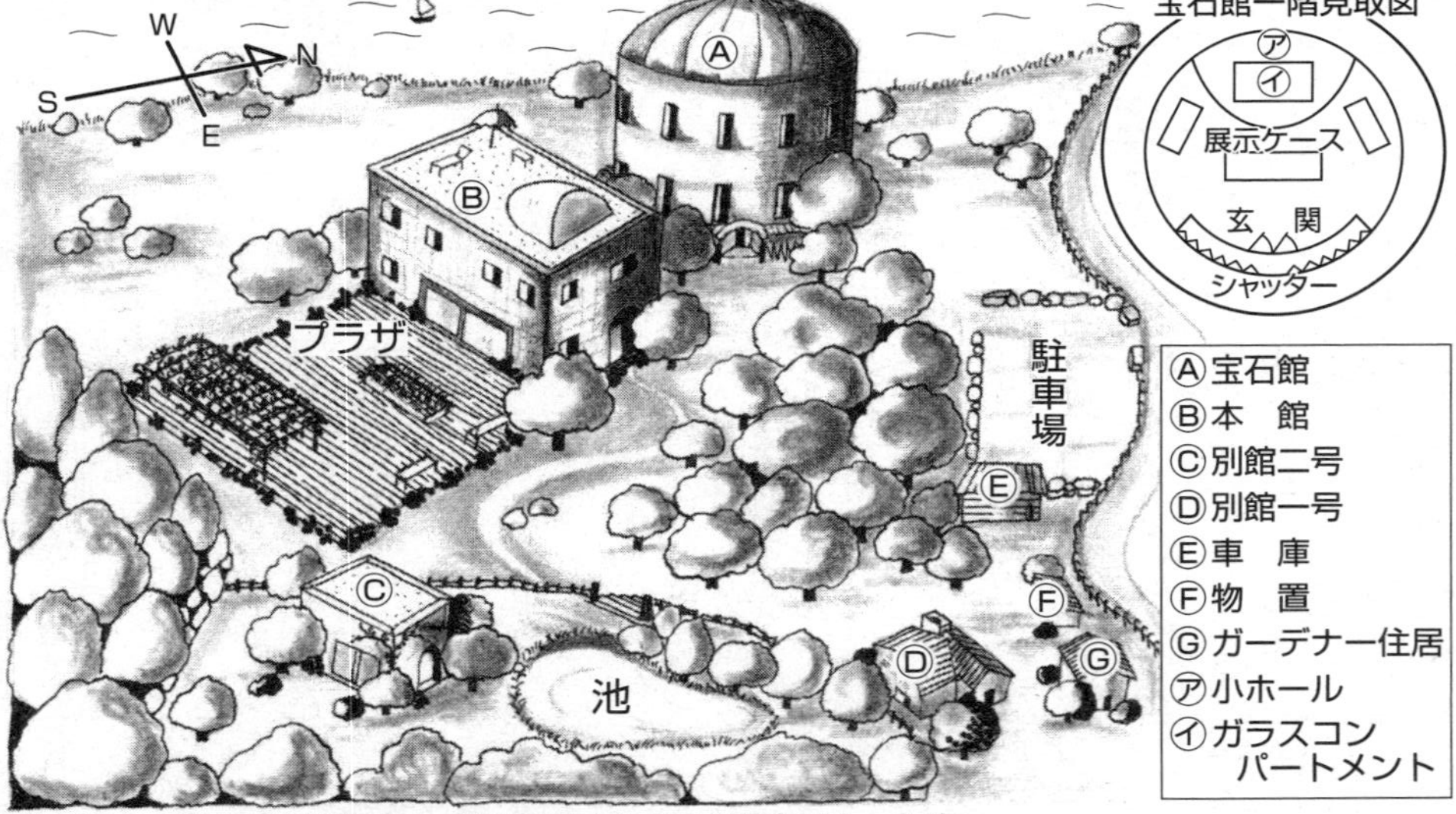

（注意）これは全体の展望図で、少年の窓から見える景色はもっと狭い。

葉山宝石館の惨劇

イラスト　やまがみ彩
デザイン　鈴木大輔（ソウルデザイン）

プロローグ

（鶴山芳樹《つるやまよしき》少年の日記）

七月二十六日（火）　晴

きょうからぼくだけの、夏休みの日記を書きます。葉山のおばあちゃんが、小さいころから日記を書くことは、たいせつなことだ。イエス・キリストのミコとして、ときどきそれを読みかえして、日びのハンセイのカテにすることができるからだ。だからその日記はあなただけのものです。おばあちゃんも見たりはしません。どんなことでも、しょうじきにお書きなさいというのです。

それで、きょねんの夏休みも、それを書きました。ことしもまた、おばあちゃんが、まるでバイブルみたいに、すごくかたくてあついひょうしの、おなじようなこのノートをくれたのです。

それで、きょうのことから書きはじめます。

きょう、葉山のおばあちゃんのところに来ました。久美子先生といっしょです。

おばあちゃんはいつものように

「よくきた、よくきた」

といって、おおよろこびでした。

それで、きょねんとおなじ、ぼくのとまるへやに入って、おどろきました。まどから見えるけしきが、ずいぶんかわってしまったのです。

きょねんまでは、ずっと下まで、山の木の葉っぱばかりでした。それから、そのむこうに、広い広い海が見えました。

でも、とちゅうに、たてものができたのです。

それも、外国しきの、かわった、おもしろい形のたてものが、いくつも集まったもので、どれもみんな白い色なのです。

なにか、外国のおとぎばなしの絵に、出てくるようなかんじです。

かっこいいスポーツカーなんかもとまっている、ちゅうしゃじょうもできていました。

それで、ぼくもわかりました。

こんども、ぼくたちは逗子《ずし》からタクシーで来たのですが、いつもだと、山の下の大通りに、戸板のおじさんや、はるさんが出むかえにきてくれていて、そこから、ぼくたちのにもつを持って、もう車は通れない、長くて急な坂を、ずいぶん歩いてあがらなければいけなかったのです。

ところが、こんどは、タクシーはそのまま大通りをまがって、ぐんぐんのぼって行きはじめたのです。

車はそれで、とちゅうまで来てからやっと止まって、そこにはるさんたちがむかえに来ていました。

ですからおばあちゃんの家に行くのも、ほんのちょっぴりしか、坂を歩かなくてよかったのですが、それは下の白いたてものまで、自動車が通る道がつけられたからだったのです。

夕食の時、おばあちゃんは、久美子先生にいっていました。

「あんなふうに、この山の自然を、めちゃめちゃにこわして、あんなゾクアクなものをたてるなんて。芳樹もへやのながめがわるくなって、きのどくだね」

でも、ぼくはそうでもありませんでした。

ずっとそのたてもののほうを見ていたのですが、明るい太陽の光で、たてものの白いのが、あんまりまぶしいので、なんだかねむたくなるようなかんじがして、ただ海や木の葉を見ていた時より、もっとおもしろいきもちがしたからです。

だけど、おばあちゃんはおこってばかりはいないようでした。こんどはすこし笑っていいました。

「でも、ずいぶん上まで、車の道をつけてくれたのだけは、ほんとうのところ、たすかりますね。このとしになると、ここまでくる、あの、きつくて、長い坂だけは、こたえていましたからね」

久美子先生が、あれはいったいどういうたてもので、人のすまいにもなっているんですかとききました。

すると、おばあちゃんは、ええ、人もすんでいますよといいました。

ホムラという名といったら、ひょっとしたら久美子先生も知っているのでは、そのホムラザイバツのむすこさんとかいう話で、ホンケとはほとんどえんきりで、ホーセキのコレクションのドーラクにむちゅうになっているのだといいました。

また、あのたてもののひとつは、だから、ホーセキカンという、はくぶつかんみたいなものになっているのだとせつめいしました。

ぼくは

「ホーセキって、あのダイヤモンドとか、それから、ルビーっていうもの」

とききました。

すると、おばあちゃんはにこにこして

「おや、芳樹はまだ三年生なのに、ルビーなんて、よく知っていますね」

とほめてくれました。それからまた、久美子先生にいいました。

「しかし、そういうものを、あんなきみょうなたてものの中で、じまんげに、人に見せびらかすなんて、いいしゅみではありませんね。ホーセキというのは、いいものを、なにげなくつけていることで、はじめて、しんのカチをあらわすものなんです」

おばあちゃんはもとは、キリスト教の女の人の大学の先生をしていたので、ぼくのかていきょうしの久美子先生にも、そんなふうに、おせっきょうするようにいうことがあります。

ゆうごはんを食べた後、葉山町で花火大会があったので、久美子先生、はるさんといっしょに、見に行きました。とてもきれいでした。

ぼくは葉山にくるので、いちばんたのしみにしているのは、およぐことと、もうひとつ、こん虫さいしゅうをすることです。

あしたは、なるべく早く起きて、うらの山に行って、アオスジアゲハが、いっぱい花にきている、ぼくだけがよく知っている、ヒミツの木に行こうと思います。

きょねんは、ほちゅうあみが短かったので、たった一ぴきしかとれませんでしたが、ことしはつなぎざおを買ってもらったので、それだったら、バンバンとれると思うからです。

七月二十七日（水）　晴

ヒミツの木には、アオスジアゲハがたくさんいました。ひらひらととんでいるアオスジアゲハが、日のあたる所をとぶと、青い色がすきとおってかがやくので、とてもきれいで、ぼくはいつもむねがドキドキします。

それで、ぼくは六ぴきもとりました。そうしていたら、カラスアゲハまでとんできたので、これもうまくつかまえました。

帰ってきて昼寝をして、目がさめたころ、セイちゃんが海に行こうと、あそびにきました。

戸板のおじさんが、ぼくがきのうきたと、セイちゃんにしらせてくれたみたいです。セイちゃんは海に行く前に、宝石館にタンケンに行こうといいだしました。今年の春にたったのは、道から見て知っているけど、まだ行ったことはないというのです。

ホーセキカンは、宝石館というかん字を書くことは、きょう、朝早くそこの門まで行って、見てきました。葉山宝石館という、かんばんが出ていたのです。

そこに住んでいるホムラという人の名は、帆村と書くことも知りました。

はんたいがわの門のはしらに、そう書いたものが出ていたのです。

「でも、おかねをとられるんだろ？」

とぼくがいうと、セイちゃんはいいました。

「だから、ヨシちゃんとこの庭から、がけや木の間を、はいおりて、うらからはいっちゃうのさ。だからタンケンだといったんだ」

セイちゃんはりょうしのうちの子ですが、この葉山は山もいっぱいありますから、そういう所にもどんどん入って行くのがうまいのです。

きょねんなんかも、チギヤマのほうの、人なんかあまり行かない、なん本ものヒミツの木の、カブトムシやクワガタがわんさと集まる所に、つれていってくれました。

それで、ぼくたちは庭に出ました。そして、下におりるには、ぼくの一かいのへやのまどの下を通って、それから少しがけのゆるいところを道にすれば、なんとかおりれそうだときめました。

ぼくたちはひっしに、木や草をつかまったり、ときどき、ずるずるとすべったりしながら、とうとうせいこうしました。

出た所には池があって、きしはちょっと砂浜のようになっていて、そこはぼくのへやからもよく見える所でした。

すぐそばに、ひとつたてものがあるのですが、ネズミ色の、なんだか工場のようなかんじです。

白くて大きなたてものがいくつかある広い所は、そこからまた、石のかいだんをおりた、ずっとひくくなっている所です。

ぼくたちは、ちょっとどろぼうになったみたいなきもちで、むねをどきどきさせながら、その石だんをおりて、きれいな形で、きれいな色のタイルがいっぱいしかれた、広場みたいなところに出ました。そこには、頭の上のたなに、葉っぱがいっぱいしげった、きゅうけいじょみたいな所がありました。

ぼくたちは、エスエフえいがで、知らない星の町に入った、ウチュウタンケンのきもちでした。

よこにある四角な大きなたてものや、それよりもっとむこうにある、大きなつつみたいなたてものも、みんな白だったのも、やっぱりエスエフみたいでした。

二かいだての四角なたてものは、おくじょうのまん中あたりのところに、おおきなボールを半分に切ったようなやねのへやがつき出ていて、海にむかったほうは、大きなガラスの窓みたいになっているのを、ぼくはへやから見て知っていました。

その時、いきなり、頭の上から、声をかけられたので、ぼくのしんぞうはとびあがって、くるしくて、そこにしゃがみたくなりました。

「あなたたち、いったい、どこから、あらわれたの？　だーれ？」

おくじょうの手すりのところに、若い女の人がよりかかって、ぼくたちを見おろしていました。

かたほうの手になにか飲みものの入った、すごく細長いコップを持って、もうかたほうの手には、パイプにつけた、けむりのあがった長いたばこを持っていました。

それで、すきとおったもも色の長いふくを、体にまきつけるみたいにしていました。

だから、セイちゃんはあとから、その女の人を、マジョだ、マジョだといいましたが、ぼくはあまりそうは思いませんでした。

ぼくはやっとむねのいたいのがなおると、はっと、その女の人は、きのうの夜の、あのパーティーの中にいたんじゃないかと気がつきました。

きのうの夜、ぼくは日記をつけたあと、へやのまどから、そのたてもののおくじょうで、パーティーみたいなものをやっているのを、ずいぶん長い間、見ていたのです。

そこにはビーチパラソルなんかもひらいて、その下にテーブルやいすがあって、いろいろの人がすわったり、立って歩いたりしていました。

まん中にあるガラスのへやの中は、ずいぶん明るい光がついていて、ぼくがちょっとへやの窓をあけると、おんがくも聞こえて、それにあわせて、ダンスをしているらしい人もいることもわかりました。

その女の人はにっこりして、ずいぶん大きな、子どもみたいな、げんきのいい声でいいました。

「わかったぞ。池のほうから来たとすると、そのむこうはやがて、ドンづまり。ということは……うん、左がわのぼうやは、この上の鶴山さんの子。そうでしょう。タンケンをして、上のほうから、山づたいに、ここにおりてきたんだ」

タンケンだなんて、ぼくたちのことを、その女の人は、とてもよく知っているようでした。

女の人はパイプのついたたばこを口にくわえ、すーっとうすくけむりをはきだしました。

「いいわよ。ここで、すきなように、あそんでって」

でも、ぼくたちはすっかりあわててしまいました。だけど、もうがけのほうにはいあがれないので、ぼくはセイちゃんのうでをひっぱるようにして、出口の門にむかって走り出しました。

ぼくのへやのまどから、そこの大きな門や、その前のちゅうしゃじょうはよく見えるので、それがどこにあるか知っていたのです。

そして門から出て、フウフウいいながらおばあちゃんの家にかえりました。

ぼくたちはまだちょっとの間、どきどきしたきもちでしたが、それから、海水よくのしたくをして、大通りにおりて、そのむこうの長者ヶ崎の海水よくじょうに行きました。

セイちゃんにあんないしてもらって、海にずっとつき出ている岩の、うんとむこうのほうまで行ったり、また、岩にかこまれた水たまりに入って水中めがねで、水の中の生き物を見たりしました。

こんばんもまた、下のあのおくじょうで、パーティみたいをやっています。

七月二八日（木）　晴　午後夕立

きのうはまだ来たばかりだというので、久美子先生は、勉強はお休みということにしてくれましたが、きょうからは、朝、涼しいうちに、それをすることになりました。

それから十時ころから、先生といっしょに海に行って、午後はお昼寝をして、三時ころから、もう一度海に行こうとやくそくしました。

でも、昼寝をはじめたころから、なんだか急に空がくもってきて、すごいかみなりのある夕立になってしまいました。

そして、また空が明るくなったのは、もう四時ちかくなってからでしたから、とうとう、午後の海水よくはやめにしました。

でも、その夕立の後で、戸板のおじさんの住んでいる庭のすみのたてもののそばを通ったら、ちょうどいいところに来たといわれて、竹トンボというのを作ってもらいました。

ひこうきのプロペラに、ぼうのようなものがついているものです。その飛ばしかたもおそわりました。

きょねんは竹馬というものを、作ってもらったりして、ぼくはにわじゅうを歩いたりしたので、戸板のおじさんという人は、にわをいじるのがしごとだというのに、えらいんだなと思いました。

そうしたら、戸板のおじさんは

「なに、おれたちみたいなうえきやは、こういうことはおてのもので、子どもたちを、いつもよろこばせてたもんだよ」

といいました。

それからまた

「それにひきくらべると、このごろのうえきやは、なっちゃいないねえ。下の帆村さんのうちに、今入っている、名前だけはガーデナーなんていわれてるやつなんか、ろくに庭にも出てこない。だから、しごともしねえ。たまにやりゃあ、どの木もひどいとらがりで、お話にもなんねえ。おまけに、なんでも話に聞くと、おとついか、はしごから落ちて、足をねんざしてしまったっていうから、とんだお笑いだ」

といいました。

夕立があったので、夜になっても涼しくて、クーラーをとめてまどをあけ、風を入れることにしたら、下のパーティーのおんがくが、もっとはっきり聞こえてきました。それを聞きながら、屋上の明るい光の中に、影みたいに動いている人を見ると、なんだかうっとりしたきぶんになります。

とちゅうで久美子先生が入ってきて、下のほうを見て、めがねのふちのところを指でいじりながら、ためいきをつきました。

それから、じぶんひとりで話しているようにして、いいました。

「あの人たち、うらやましいゴミブンといっていいのかもしれないけど、でも、サイジョとして名の高い私としては、ああも、まいにち、あそんでいるのも、いやになるわね」

そして、久美子先生は宝石館にいる帆村さんというのは、おとうさんとふたりの娘の三人で、今は、ずいぶん、とまっている客がいるので、あんなふうに、まいばん、にぎやからしいというようなことを、話してくれました。

「ヨシちゃん、うるさいんじゃない」

先生はきいたので、ぼくは
「ぜんぜん。きょうは涼しいんで、窓をあけているから、少し下からのおんがくが聞こえるけど、いつもはクーラーをつけて、窓をしめてるから、まるで音が聞こえなくなって、なにか下に、ゆめのようなふしぎな世界を見てるみたい」

と答えました。

久美子先生は、ちょっとかんしんしたようになってから
「ゆめのようなふしぎな世界か。そうなんだよね。きょねんの夏から気がついていたんだけど、ヨシちゃんって、まだ小さいのに、すごいロマンチストというのか、カンノウーシユギシャというのかしら」

とわけのわからないことをいって、出て行きました。

七月二九日（金）　晴

べんきょうが終わってから、むかえにきたセイちゃんといっしょに、泳ぎに行こうと家を出て、道をおりて、宝石館のところまで行きました。

そしたら、門のところから、着物を着た背の高い女の人と、ちょっと背のひくい男の人が、並んで出てきました。

ぼくは、はっとしました。

二人とも、やっぱりあの屋上のパーティーで、見ているかんじの人たちみたいだったからです。

ぼくのへやのまどからでは、そこにいる人たちの、顔なんかのとてもくわしいことは、そう、よくはわかりません。でも、その中で、着物を着ているのは、いつもひとりだったので、ああ、あの女の人だなとわかったのです。

男の人も、ああ、やっぱりあの人かと思うかんじのところがありましたが、はっきりしたことはわかりません。

着物の女の人は、ぼくの顔を見ると、立ちどまって、顔のよこであつそうにせんすをあおぎながら、にっこり笑いました。せんすについている、こうすいのにおいがしました。

「ああ、あなた、この上の鶴山さんのおぼっちゃんね。夏休みで、おばあさまのところにきてるんですって。そう、それから、妹から、このまえ、あなたがた、山のほうからこっちに、おりてきたという話も聞いたわ」

ぼくはきのう、久美子先生から聞いた、帆村さんの家には、女の人がふたりいるという話、思いだしました。

「妹もいったでしょ。えんりょなく、ここにあそびにいらっしゃい。そう、ちょうど、いいんじゃあないかしら。海に行く前に、これから宝石館の中を見て行ったら」

前からぼくは、いつも宝石館はどんなものがかざってあるか見たかったので、うんとうなずきました。

おねえさんは、男の人のほうを見て、ちょっとスーッといばったようすでいいました。

「タテヤマさん、この子たちを入口のじむしょの、きっぷうりばまでつれて行ってあげて。それで、エモリさんに入れてあげるようにいってちょうだい。私はゆっくりおりていきますから、あとから追いついて」

「わかりました」

男の人はぼくたちを、あのつつみたいなたてものにつれて行ってくれました。それが宝石館でした。

きっぷを売る所には、めがねをかけたもうずいぶんのとしの男の人がいて、タテヤマさんという人の話を聞いて、ぼくたちを入れてくれました。

中はとっても、ガランとしていました。

おばあちゃんはあんな所にはいる人は、あまりいないようだね、といっていましたが、そうのようでした。ぼくたちはちかしつに、たった一人お客さんがいるのを見ただけでした。

ちかしつは、とても高い宝石ばかりが集められているようでした。厚いじゅうたんがしかれていて、まわりの壁のケースのガラスは、とてもあつそうで、その中に、指わや首わ、くびかざりなどが、たいせつそうに、ぽつぽつと並べられていて、きれいに光があてられていました。

そこには、いろいろのかいせつも書かれていました。

かん字やカタカナの外国のことばもずいぶん入っているので、よくわからないことが多かったのですが、それでも、すこしは、わかるところもありました。

でもセイちゃんは、そんなものは、ちっとも読もうとはしませんでしたが、がらんとして、広い所を走りまわってばかりいました。

一かいは宝石カットのさまざまとあって、ダイヤモンドの形をどうして作るかのじゅんばんが、じっさいに並べられていたり、ジュエル・デザインのなんとかと書かれているケースの中には、図やいろいろのどうぐが出されていたりしました。

この一かいのおくには、おとなの背の高さの二倍か、三倍もある、ガラスばかりで作られた、小さな箱のようなへやがまたあって、そのてんじょうからぼくが手をにぎった時の大きさくらいの緑色の石が、金みたいな色で光るわくやくさりがついて、上からぶらさげられていました。

ガラスのへやですから、どこからでも見られるのですが、外がわのずいぶんはなれたところに、さくが、ぐるっとあるので、あまり近くにはよれないようになっていました。

さくのすぐ内がわに、かいせつの大きないたがありました。トルコのなんとかというはくぶつかんから、とくべつにゆずりうけた六角ランタン・エメラルドと書かれていました。

この宝石館で、いちばんのたからもののようでした。

宝石館の二階は、外からの太陽の光がいっぱいに入ってくる、明るいところでした。

そこには宝石を掘り出しているところ、たんじょう石、国石だとかいうような絵やしゃしんが、たくさん並べられていて、わりあいべんきょうをすることが、多いようになっている所でした。

そこからは外のテラスに出られて、休むためのベンチなどがありました。すこしはなれた左うしろのほうには、いつもパーティーをやっているたてものも見えました。

でも、その屋上にはだれもいなくて、カンカン暑いひがてっていました。

ぼくたちはすぐに宝石館を出て、海に行きました。

こんばんも、あの屋上ではパーティーをやっています。なんだか、こんばんはとくべつにぎやかなようで、なにかみんなが、はくしゅするような音が聞こえてきました。

第一章　トプカプの短剱《たんけん》

1

拍手《はくしゅ》の音を浴びると、階段から上がって来た男は、ペントハウスの奥片隅に棒立ちになってしまった。朴訥《ぼくとつ》に当惑したようす。

拍手のリーダーになっていた伊津子は、かなりからかう調子で、ますます手をはげしく叩き始める。

男は白ワイシャツの腕まくりに、ダークのズボン、バックルのついた牛皮のベルト。屋上のペントハウスの内、外にいるみんなが、それぞれカラフルで軽快なリゾート・ウエアーの服装の中では、彼の姿はあまりにやぼったすぎた。というより、実際のところ、貧相すぎた。

男に続いて、後から上がって来た光枝《みつえ》は、階段の上がりぎわすぐに停止した男の体に、ちょっとぶつかるような形になり、手を伸ばして、軽く前に押し出す。それから、いきおいよく拍手を送っている妹の伊津子《いつこ》をとがめるように見た。

「伊津子さん、なーに、このおおげさな歓迎は？」

越後上布の白地絣《かすり》の着物に、涼しさをいっぱいにこめた光枝は、匂い立つような微笑を浮かべて、皆に男を紹介し始めた。

「……こちら、南波義人《なんばよしと》さんです。私たちのいとこなんですが、今まであまりおつきあいがなくて、実際のところ、最近お親しくなったようなものなんです」

ほかの者はもうほとんど、拍手をやめたというのに、伊津子だけはまだ執拗《しつよう》に続ける。

背中が大きく開き、腕もあらわな、薄いパープルのジョーゼットカクテル・ドレスに、レトロな感覚でたくさんつけたフリルが、賑やかにあちこちで揺れる。

光枝は、軽く眉を寄せ、今度はたしなめる表情を妹に送った。

「伊津子さん、もう、おやめなさい」

「だって、真打《しんうち》の登場ですもの。拍手の歓迎を受けるのは、当然でしょ」

麻袋の底に頭の穴だけ開けて顔を出したという感じの、トロピカルで、派手な極彩色横縞模様の服を着た池内が賛成した。

「いやあ、確かに真打だ。ゆうゆうとして、一番最後にこの宝石館にご到着なんだ。それだけ、余裕がおありということだ」

テニス・ウエアーのような、ショート・パンツから、長い脚を突き出した角山潤《かどやまじゅん》が、缶ビールの口金を切って、細長いグラスに中身を注いだ。南波に差し出す。

「ともかく、南波さんを歓迎して、皆で乾杯しましょう。皆も手元のグラスを」

角山は伊津子がかなり挑戦的にひっかきまわし始めたその場の雰囲気を、機敏にして、クールなようすで、滑らかにしようとする感じ。

だが、伊津子はそれで、ますます子供っぽい意地っ張りをむき出す。

「なにも、南波さんは、一番後から登場したから真打というんじゃないのよ。実力の上でも、真打ということ……みんな、気がついていないのね」

それまで呆然としていた館山文隆《たてやまふみたか》が、伊津子に巻き込まれて口を入れた。

「実力のって……どういう意味……？」

「お姉さんの気持ちを、ひっぱり寄せる実力という意味に、きまってるじゃないの」

館山はあっけにとられたように、口を半開き。

光枝がたまりかねたように、鋭い声を入れた。

「伊津子さん、やめなさい！　また、あなたの悪い癖が始まった！」

「悪い癖って、どういう癖？　暴露《ばくろ》趣味の癖？　それとも、正直にものをいう癖？　その正直のほうでいうんだけど、ご先着の皆さんは、すでに、だいぶお姉さんの歓心を買うようにいろいろ努力なさっているようだけど、すでに南波さんはそれ以前から、もうだいぶ実績を積み重ねているのよ。それを、一言、もうしあげて、皆さんの奮起をうながしたいというだけなの」

南波は自分のことが話題になっていることさえ、まだよく理解いかないというようすだった。

「あのう……」彼は助けを求めるように、光枝の顔を見た。「……なにか、ぼくがどうか……」

光枝は微笑して見せた。だが、かなりむりをしている感じ。

「伊津子のいうことは、あまり気になさらないで。まだ子供というのか、いいたい放題のことをいって、皆さんを驚かすことが好きなんです。皆さんを紹介しますわ……」光枝は妹に、それ以上はいわせないというように、速口にいう。「……そちらは池内平一《いけうちへいいち》さんで、大阪のほうの生駒《いこま》からいらっしゃったかた。こちらは角山潤さんで、隣の鎌倉の人で、伊津子の恋人。それから、そちらの館山文隆さんは名古屋のかたで、お父さんといっしょにここにいらっしゃった……。ああ、そういうことは、大体、この前の私の手紙でごぞんじのはずね」

「そうよ。手紙でごぞんじ……」姉のわずかの言葉の切れに、もうすばやく伊津子は割り込んでいた。「……そのとおり。お姉さんと南波さんの間には、もうすでに何度かの手紙のやりとりがあって、その点でも、実績ができあがっているのよ」

光枝がおちついた声で答えた。

「私はほかのかたとも、何度か手紙をやりとりしているのよ」

「でも、問題は内容ね。それから、最初のめぐりあいかたの、ロマンチックさね……」伊津子は皆をぐるりと見まわした。「……そのことは、皆さん、ごぞんじ？」

どう答えていいのか迷うように、皆が互いに黙りあう中で、館山文隆だけが伊津子の話に乗ってしまっている。どこか、一本、神経が抜けている感じ。

「いったい、どういう内容だと？」

「お姉さんが、南波さんのお母さんの墓前に花を供えている時、南波さんが現われて、その麗人の姿にはっと足を止めた……」

「伊津子さん、やめて！」

光枝はぴしりとした声で、今度ははっきりと伊津子の言葉を押さえてしまった。

だが、伊津子は駄々っ子の感じをむき出す。

「でも、南波さんがすべてに優勢であることは、ライバルの皆さんにも教えておいたほうが、フェアーじゃないのかしら。南波さん、きのうの夜遅く、ここにご到着になったのだけれど、今朝の朝食の食堂にも出てこなかったし、夕食にも現われなかったでしょ」

南波が慌てていう。

「ああ、すみません。朝に寝坊してしまったし、夕食を、毎日、ここで御馳走になれるなんて、そんなことは思っていなかったので、外ですまして来てしまって……」

「ところが、さにあらずなの。南波さんだけはここではなくて、別館一号に泊まっているでしょ。これだけでも、特別待遇なのに」

光枝がもう怒りを隠さずに、口を入れる。

「そんなこと！　あなただって、知っているでしょ、この本館のほうは、もうお客さんが泊まる部屋がないことを。だから……」

「ええ、そうでしょうよ。でも、お食事を運んであげてることも、特別待遇じゃないのかしら。私、今日の朝と、夕方、お姉さんがなにか食事らしいものを盆に乗せて、別館のほうにそっと運び込んで行くのを、かいま見せていただいた気がするんだけど……」

光枝はひどく慌てた。夕立の名残らしい涼風が、ひときわ強く吹いて、光枝の白い額に、わずかの髪をほつれさせたのを、指で払いながらいう。

「そんな！　なにか、あなたの見まちがいでしょう。どうして、私がそんなことを！　南波さんにきいてみるといいわ。南波さん、答えてやって」

南波はいまだに、自分が話題の中心になっているのが当惑のようす。だから、質問の意味もまだよくのみこめない感じで答える。

「……そりゃあ、もちろん……そうで……見まちがいで……僕はなにも知りませんが……」

自称詩人の池内が、滑らかな第三者的調子で口を入れた。

「まあ、水は流れる所に流れるです。花咲く騎士道精神で、やってください」

角山がにっこりうなずいて、もう一度、乾杯をうながした。

すぐに、音頭をとって、皆にグラスをあげさせる。

伊津子もふしょうぶしょうという形で皆に唱和したが、それからまた毒づいた。

「そう。潤さんまでが、お姉さんの肩を持つっていうのね。そう、そうなの」

角山はソフトに度量のある態度だった。静かな調子でいった。

「伊津子君、今晩はちょっとどうかしてるよ。なにか変な思い込みをしているような。ともかく、今晩は早めにここは切り上げて、あしたは海に行こう。迎えに来る。それもなるべく早くだ。あしたは土曜で、日中になったら、ずいぶん混《こ》むと思うし……」

2

（鶴山芳樹少年の日記）

七月三〇日（土）　晴
おばあちゃんが、きょうは土ようだから、下の道は車でたいへんで、海に行く時は、歩行者用の信号の所を、ちゃんとボタンを押して渡るんですよと、注意したのを聞いて、セイちゃんといっしょに、海に行きました。

下の国道に出ると、ほんとうに車の列でした。

そして、道を渡ったすぐのところから、どこでもかまわないみたいに、車がいっぱいとまっていました。

海岸も人でいっぱいでした。

一度、ちょっと泳いで、砂浜にすわっていると、むこうからウインド・サーフィンをかついで近づいてきた、女の人がいました。この前の帆村さんの、マジョのほうの人でした。まるでチョコレートみたいに、ひやけしていて、とてもげんきそうでした。ぼくはそういうげんきな女の人は大すきです。

ぼくはなんだか、あの光の中を飛んでいる、アオスジアゲハを思いだしました。

女の人の後ろに、ひどくカッコをつけた、ヨットのキャプテン服に、サングラスをかけた男の人がいました。

ぼくはその人も、あのおくじょうのパーティーで、なんどか見た気がしました。

帆村の女の人は、ぼくを見つけると、うしろの男の人をふりかえって、大きな声でいいました。

「ジュンさん、見つけたわ。この前話した、私のかわいくて、小さなコイビト」

男の人はマジョの人のうしろから、ぼくをのぞきこんで、笑いました。

「なるほど、ビショウネンだ。よろしく」

マジョの人は大きな声で、ぼくにいいました。

「ねえ、ぼうや、いっしょに、アベックのボート・セーリングっていうの、しない？」

男の人が、ききました。

「イツコさん、なんだい、そのアベックのボート・セーリングというのは？」

「ウインド・サーフィンにふたり乗りするのよ」

男の人は、ちょっとおこったような声でいいました。

「また、イツコさんのむちゃが始まったな。君のマリン・スポーツの才能はみとめるがね。いくら、あいてが小さな子どもだって、ウインド・サーフィンでふたり乗りなんて、聞いたことも、見たこともない」

でも、女の人ははんぶんは、もうすっかりきめたというようすで、ぼくに
「さあ、やってみましょう」

といいました。

ぼくはちょっと、こわいきもちもしました。でも、一どでいいから、あれに乗ってみたいなと思っていたので、どきどきしながら、うんといいました。

ヨットふくの男の人は、まだはんたいしました。

「うまくいくはずがないよ。いくら君がバランスに、じしんがあったって、男の子のほうがこわがったり、かってに自分のバランスをとったりしたら、もうおしまいだからな」

「それはこのぼうやが、どれほど、わたしをしんらいしているか、いってみれば、わたしがすきかということに、かかわるんじゃないかな」

マジョの人は、とがったつめで、ちょっといたいみたいに、ぼくのうでをつかみました。そして、ぐんぐん波の所にひっぱりながら、ぼくにいいました。

「ねえ、ぼうやはわたしがすきよね」

それで、ぼくのへんじもきかず、つづけました。

「すきだったら、あなたは私のことを、ぜったいしんじるのよ。だから、すべてを私にまかせて、デッキに乗っても、こわがってはいけない。といって、なまいきして、じぶんでバランスをとろうとしてもいけない。バランスって、わかる?」

ぼくはうなずきました。

「あなたは、ただ、私にしがみついているの。それで、らくな気でいるの」

はじめは、ぼくはその女の人は、やっぱりマジョで、ずいぶんらんぼうなふうに思いましたが、そのうち、なにかそうでもないような、気もしてきました。

デッキという板に乗るのには、どういうふうにしたらいいかとか、その時はこういうあいずを送るとか、ずいぶんやさしく、それからわかりやすく教えてくれたからです。

でも、はじめはなかなかうまくはいきませんでした。

女の人があいずするので、乗ろうとしても、すべったり、ひっくりかえしてしまったりを、ずいぶんくりかえしたのです。

一度なんか、まずくひっくりかえって、しお水をいっぱい飲んで、ひどいせきが出て、のどはいたくなるし、なみだは出てくるし、もうやめようと思いました。

でも、そうして、なんどかしっぱいしているうちに、ぼくはとうとうほんのすこしですが、いっしょに乗ることができるようになりました。

女の人は、岸に立っているヨットの男の人に、すごく大きな声で
「見てよ、見てよ」

とさけびました。

そのうち、ぼくたちは二分も、三分も、それから、それよりもっと長くも、ちゃんと乗ることができるようになりました。

なれてしまえば、ぼくのやることはかんたんでした。

女の人のこしに、うんとうでをまわして、しがみつき、胸の下にしっかりと顔をくっつけ、あとはなにもかもまかせておけば、それでよかったからです。

海の水でヒタヒタぬれてる女の人のはだは、ふしぎなすべっこさでした。そして海の水とサンオイルのまじりあった、おかしなにおいもしました。

頭の上では、ほがバタバタとはためく音が聞こえ、上から太陽がガンガン照りつけてきました。でも、デッキはぐんぐん進むので、耳に風を切る音もします。

そうしてぼくは浜にもどってきて、その女の人が、イッコさんという名であることも、すっかりおぼえてしまいました。

イッコさんのほうも、ぼくが芳樹ということをおぼえたようです。

それで、うちに帰って、昼ごはんを食べて、昼寝して、それからまた、およぎに行こうかと思ったのですが、セイちゃんがさそいにこなかったので、とうとう海に行きませんでした。

セイちゃんはぼくだけが、イッコさんとウインド・サーフィンをしたので、ちょっとおこっているようでした。

それで、ぼくはもうきょうは、この日記を書きはじめたのです。

この後のところは、夜、寝る前に書きます。

夕ごはんを食べ終わったころ、セイちゃんからでんわがありました。

まだちょっとおこっているようで、あしたは海なんかはやめて、チギヤマのほうに、朝早く、カブトムシなんかをとりに行こうといいました。ぼくはセイちゃんにわるかった気がするので、うんといいました。

セイちゃんは、朝、五時の虫がいっぱい出て、まだだれもとりにこないうちに、むかえにくるそうです。

帆村さんのところは、こんばんはパーティーはしないようです。おくじょうも暗くて、なんだかすごくさびしいかんじです。

七月三一日（日）　晴

セイちゃんが朝早く呼びにきたので、チギヤマに行きました。

クワガタはすこしでも大きな足音をたてたり、はっきり姿を見せて近づくと、ポトポト木の下に落ちるので、ちゅういしなければなりませんでした。

でも、セイちゃんの知っているひみつの場所で、木のみきにしるが出て、カブトなどが集まるところは四つもあったので、ずいぶんの数がつかまりました。

カブトがオス七匹、メス二匹、クワガタはコクワガタ、スジクワガタなんかのオス、メスあわせて、二〇匹以上でした。

帰ってから、食堂で朝ごはんを食べてから、ハイヤーで、おばあちゃんといっしょに、鎌倉の教会に行きました。夏に葉山にくるのは大好きですが、教会に行くのだけはにがてです。でも、これはがまんしなければなりません。

ちょっとおどろいたのは、きのうのキャプテンふくの人も、ちゃんとしたふくにきがえて、教会にきていたことです。いえの人といっしょのようでした。でも、むこうはぼくのことには、気がつきませんでした。

午後は久美子先生とべんきょうして、それからセイちゃんにでんわをかけて、海にさそいました。

セイちゃんはもうおこっているのはやめたようで、いいよといいました。

きょうは日ようで、海はきのうより、すごいこんざつでした。

こんざつしていて、いろんな人がいろんなことをしているのがおもしろいので、ぼくたちはそういうのを見ながら、大浜の海水浴場のほうにも行ってみました。

それから帰りに、そのすぐ近くの、セイちゃんの家によって、セイちゃんのお母さんからスイカをごちそうになって、帰りました。

こんばんもおくじょうでは、みんながあそんでいて、イツコさんらしい姿も、ときどき見えたりします。

八月一日（月）晴

この日記は、朝ごはんの後のすぐの朝に、書いています。じけんが、おこったからです。

帆村さんのところの宝石館に、きのうの夜、どろぼうが入って、宝石がぬすまれて、おまけに人殺しがあったというのです。

それで、思い出しました。きのうの夜、ぼくは日記をつけてから、その後、九時ちょうどまで、ずっとまどから下のほうを見ていました。それからすぐに寝たのですが、ベッドの中でとろとろとし始めた時、なにかパトカーのサイレンの音みたいなものが、遠くからこちらに近づいてきたのを、聞いた気がしたことです。

でも、ぼくはきのうは朝早く、カブトとりに行ったりして、とてもねむかったので、そのサイレンがちかづいてくるのを聞いていながら、そのまま寝てしまったのです。

もしおきて、まどの所に行ったら、きっとパトカーや、じけんのいろいろのことも、見れたかとおもうとざんねんです。

コロされたのはタンテイだという話です。でも、タンテイは人殺しのじけんの時は、はんにんをつかまえるやくで、じぶんが殺されるなんて、なんだかへんな話だと思います。

話を聞いたのは、久美子先生といっしょに食堂で、朝ごはんを食べはじめようとした時、はるさんからです。

そうしたら、久美子先生は
「私、ちょっと、見てきてみる」

といって、とちゅうで食べるのをやめて、外に出て行ってしまいました。

久美子先生はかなりオハネのところはあるけど、すごいサイエンの女子大生で、そういう人に夏休みだけでも、べんきょうをみてもらえるヨシちゃんはしあわせだと、おばあちゃんも、ママもいいます。

サイエンっていうのは、どういうことか、よくはわかりません。でも、たぶん、頭がいい女の人ではないかと思います。

そういう人が、あんなに、おちつかないようすでとび出して行くなんて、やっぱりオハネのほうがひどいみたいに、ぼくは思いました。

それに、久美子先生はタンテイというようなことが、よっぽどすきなのかもしれません。ひょっとしたら、タンテイが殺されたという、特別のじけんということもあるかもしれません。

3

「被害者《ガイシャ》が探偵といったって、なにも、そう特別の事件じゃあない。草刈《くさかり》君、日本じゃあ、私立探偵なんて、結婚相手の身元調査、浮気亭主の尾行、それから、今度のような、こういった宝石館のような所の警備くらいだ。そういう人間が、警備という仕事中に、宝石を盗みに忍び込んだ窃盗《ノビ》と、館内でばったり出会って刺殺《しさつ》された……」

「はい、現場のさまざまの状況から見て、課長のおっしゃるように、宝石を盗みに入ったノビの犯行という可能性が強いようですが……ただ、それにしては、かなり不可解……というか、奇怪に謎めいたところがかなりあるようで。そのうちでも、もっとも不可解なのはどうして、その泥棒が館内に侵入し、またどうして館内から逃亡したかということで……」

「わかってるよ。密室。君はそういいたいんだろ。私だって、少しは探偵小説は読んでいる。若い君などはどうしても、そういう派手なことを考えてみたくなるだろうがね。初めはそんなふうに事件は不可解に見えても、なーに、調べが進み、あらわれるものがあらわれれば、だらしなく崩れて、簡単な現実っていうやつが判明するものだ」

「しかし、建物の一番外側の格子シャッターの鍵も、その奥の建物自体の玄関の扉の鍵も、そして、その中の現場の小ホールに入る出入口のドアの鍵も、すべてが金属リングに通されて、死体の腰にぶらさがっていた。しかも、その死体は、一番奥の小ホールの、あの六角ランタン・エメラルドのガラスコンパートメントの前に倒れていた……」

「そして、この宝石館の戸締まりのロックは、その外側の格子シャッター、玄関の扉、また小ホールの扉と、三重にかかっていたとなると……君は、話を密室《みっしつ》に持っていきたいのだろう」

「はい、なにかそのような可能性が強いような……。ともかく、宝石館の鍵一式は被害者《ガイシャ》の萩原幸治《はぎわらこうじ》の持っていた一式、ここの主人で現在旅行中の帆村建夫氏が持っていて、今は金庫に入っているもの一式、それから予備用一式で、この最後のものは、現在事務長の江森幸三氏があずかっているだけだというのです」

「ああ、しかもその鍵は電子ロック式なので、複製は困難。だが、草刈君、こういうことには、きっと現実的な、つまらない解答があるのが普通なんだ。密室を解く解答というのではない。いきつくところ、けっきょくは密室ではなかったということになるのが、ほとんどでね」

「じゃあ、課長さんは、やっぱり、どこかロックがなかったとか、我われの盲点になっている犯人の出入口があったとか……」

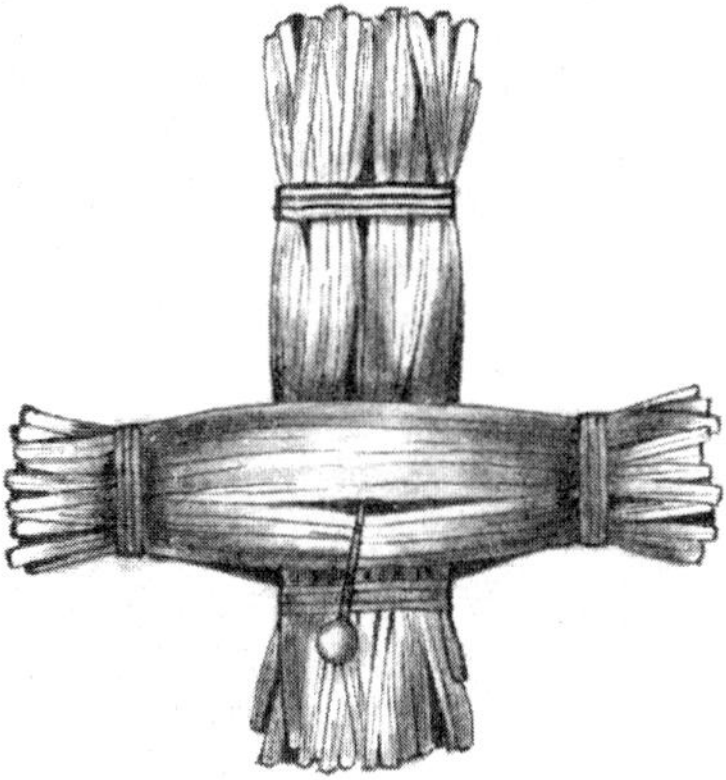

「私だって、探偵小説の密室っていうやつは、糸やピンを使ったり、テープ・レコーダーをまわしたり、いろいろの道具だてがくふうされることは知っているぜ。とすると、この事件じゃあ、君はなにが使われたと考えているんだ。そういう密室の道具だてを考えさせるものは、まるでない……。いや、あるか！」課長は途中で、発言を変えた。「……あの五センチばかりの長さの藁《わら》ざいくの十字架とでもいったらいいのか、その交点に虫ピンをさしてある、あの妙な物……」（上図参照）

「はい、僕もあれはたいへん気になっているのですが……」

「しかしね、あんまりそういうものの役には、たちそうにもないがね。ガイシャのポケットの中から、発見されたのだぜ。そんな所に入っていたのじゃあ、とても、あの宝石館の密室を、メカニックなシステムで作るというような、デカイことには役立ちそうにも思われない」

「すると……課長は、今後はどういう方針で捜査を進めればいいと……」

「まあ、虚心坦懐《きょしんたんかい》にいこう。あまり予見を持たず、捜査を進めていく。そうすれば、きっとなんでこんなことを見逃していたのかとか、こんな馬鹿げたことをなぜこんなふうに解釈していたのかとか、たいてい、そういうことになってしまうのだ。もう、私はそういうことを、なんべんとなく経験してきたよ。例えば、これは一つの考えかただが、今度の君が密室と考えるものにも、半分だけはごく簡単な解答がある」

「半分だけ？」

「犯人はどうして宝石館内に侵入したかの前半分は、考えないことにしよう。ともかく侵入できたということにする。とすれば、残りの半分の、どうして中に鍵は残っているのに、後にして来たドアにはみんなロックがおろされていたかは、簡単に説明がつくんだ。宝石館内の主要なドアはかけ忘れのないために、みんな自動ロックになっているんだぜ。犯人は脱出する時、次つぎとドアを閉めていけば、それで、はい、密室はできあがりだ」

「じゃあ、その前半分の、どうして犯人は中に侵入したかというほうは?」

「草刈君、ほら、そういうふうに、君は一気にすべてを解決しようとするからいけないんだ。なにもわざわざ困難な問題を初めに持ってきて、それを解かなければ、事件は解決しないと、信じ込むのは危険だ。自縄自縛《じじょうじばく》っていうやつだ」

「しかし、不可解だからといって、それを避けるようなことも、よくないような……」

はるか歳《とし》上の刑事課長、黒川《くろかわ》警部の、なによりも現実を重視し、自然の流れにさからわない態度。それと、積極的にことにぶつかって、状況を切り開こうとする、若い草刈警部補との会話は、それとない食い違いを見せながらも、進行していた。

ともかく、推理小説によくある通俗平凡な典型《パターン》、上司の刑事は捜査にあたっても頑迷にして、かなり独断的無智、下で働く若い刑事は有智で活動的ではあるが、上からの圧力でろくにそれも発揮できないということではなさそうだ。

両者ともそれなりに冴えていて、けっこういいコンビの感じ。

宝石館の南、二十メートルばかり間隔をおいて、ここでは本館と呼ばれ、帆村の家族の主な住居となっている建物の屋上。

そこから上に突き出た卵型の建物は、宝石館の頂上部の形にちょっと似せたパビリオン……というより、ペントハウスというほうが適当なもの。

西側は、海を見下す景色をたっぷり楽しもうと、すべてガラス壁。あの鶴山芳樹少年が、部屋から見おろしていた。

その中に、今、刑事課長の黒川警部と草刈警部補とがすわっていた。

西側はるか下に拡がる海のうねりと波が、太陽の反射光を休みない動きにして、跳ね返している。

そして、頭上からは、ようやく中天にさしかかった、たぎりたつ真夏の太陽の直射光。

おまけに周囲の建物の壁面も床も、微《かす》かにクリームがかっているとはいえ、ほとんど白一色だったから、ペントハウスの中は、べらぼうに明るかった。

光がまともにさしこむ明るい部屋ということは、この夏の盛りでは、暑い部屋ということにもなるのだが、そこは設備がよくゆきとどいていた。かなり強力なクーラーの風が、頭上の吹き出し口から、いきおいよい風音をたてて流れ出ている。

事件が発見されたきっかけは、七月三十一日午後九時五分のことだった。

五分などと、時刻を馬鹿に正確に特定できたのには、理由があった。

宝石館と本館をつなぐ、帆村の家の防犯用システムの一つの、巡回警備報知といわれていたもののランプとブザーの作動が、館に異常があることをしらせたことからだったのだ。

この報知システムは、宝石館の警備室から本館につながるものであった。

見まわりを終わった宝石館にいるガードマンが、警備室にもどって、定められた一定時間……三時間おきの午後六時、九時、深夜、午前三時、そして六時というふうに、そのシステム・ボタンを押す。それによって、すべては異常なしということになり、本館にあるアラームのほうも作動しないというのが、通常の状態ということになっていた。

つまり、館内を見まわりに出たガードマンが、もし侵入者に襲われ、電話、非常ベル等で急をしらせることができず、拘束されたり、倒されたとすれば、その定められた時刻に、そのシステムのボタンも押さない。したがって、その時間が来たときには、本館のランプが断続して点灯し、ブザーが鳴り出すというしかけになっていたのである。

ただし、定時の午後六時、九時……といっても、なにかのやむをえざるつごうで、ガードマンがボタンを押す時間が遅れる可能性も見越して、これには五分間の幅がとられていた。九時の定時なら、九時五分までにボタンを押せば、何事もないというわけである。

そこで、事件発見のきっかけの時間は、九時五分と特定できたわけなのである。

本館のほうにある、異常を受けるアラームは、家族の使うダイニング・キッチンと、主人の書斎の二か所に設置されていた。

おそらくはこの二つが、同時に作動したにちがいない。だが、主人のほうは目下海外旅行中だった。当然、書斎にはいなかったので、このアラームが作動したことを知る者はなかった。

だが、ダイニング・キッチンのほうには、メイドの柏原康子と、やはり本館に居住している事務長の江森幸三がいて、確実にそれをキャッチした。

あわてふためいて、江森はみんなが集まっている屋上に連絡した。

それに出たのは光枝だった。すぐに宝石館の警備室を呼び出した。だが、むこうからは応答はなかった。

それで、なにかの異変があることが、ますます確かになった。

「行ってみる！」

ともかくも行動がまず先に立つ妹の伊津子が、下にむかって走り出す。

そんなおかしな状況の所に一人で行くのは危険と、男たちも慌て、いっせいに、その後から走り出した。

宝石館の正面東側四分の一ばかりは、柱だけで支えられた回廊になっていた。

そこは閉館後は、透き通しの黒塗り鉄格子シャッターが、両側から弧を描いて引きまわされ、その出合った正面柱で、ロックがほどこされることになっていた。

さして深く状況を考えないで、ただもう飛んで来たという感じの伊津子と、いっしょに来た男たちは、まずここで立ち往生することになった。

正面の柱には、警備室につながる夜間呼びだしのブザー・ボタンがあった。

彼等はそれを押した。そして、返事がないと知ると、声を上げて中を呼んだ。

だが、なんの反応もない。

ちょうどその時、光枝とともに、宝石館のもう一式の鍵をあずかっていた江森事務長も、駆けつける。

シャッターがまず開けられ、皆は回廊を横切って、正式な入口の重たく大きい両開きの扉に取りついた。上半分がガラスになっているものだった。

そこも開けられて、光枝が先頭に立って、今度は一階の展示室ホールのドアに歩み寄った。そこを開ける。

彼等がまず見たものは、ガラスの破片をちらばして打ち壊された、いくつかの展示ケースだった。

宝石狙いの泥棒！

そういう考えが働けば、だれでもがすぐに、この宝石館の最大の売物の、トプカプの六角ランタン・エメラルドもやられたのではと、連想したのは当然だった。

光枝はすぐさま、そのガラス・コンパートメントがある小ホールの前に走り寄った。そこの扉のロックもはずす。

彼女は黒川警部たちに、まさかと思ったといっている。

というのは、その六角ランタン・エメラルドを吊ってあるガラス・コンパートメントは、まわりの柵以内に人がわずか入っても、やはり建物の外まで鳴り渡る非常ベルが作動するはずだったからである。もちろん、ガラスなどに触れると、その上に、また別の非常ベルがけたたましく鳴り出す仕掛けになっていた。

常時、照明のあてられているコンパートメントの中で、六角ランタン・エメラルドは静止したみごとな輝きをたたえて、無事だった。

しかしその時、そのコンパートメントをかこむ柵すれすれに、あおむけに倒れている人間の姿……萩原幸治の姿が発見されたのである。

その胸に、ほとんど円を描くようにまがまがしい湾曲を見せた、トプカプの短剣を突き立てられて……というよりは、その湾曲のぐあいから打ち込まれてという感じであったが……。

短劔の柄にはめこまれたカボション・カットの、直径三センチから、四センチあるエメラルドが、ややはずれた照明の外の薄暗がりの中で、かえってきわだった輝きを見せ、また金の鞘《さや》にちりばめられた数十箇のダイアはひそかに息づく天上の星のようであった。

……といっても、もちろん、そのトプカプの短劔は、良くできた複製品《レプリカ》。もし本物がそうして、死体の胸に刺さっていたら、いったいどんな光景だったか……。

「ジュールス・ダッシンの映画に、その短劔の本物のほうを盗もうとする話がありました……」話がそこにくると、雑学の草刈警部補は話し出した。「……しかし、映画ではそのイスタンブールにある博物館の名は『トプカピ』といっていたようなので、おかしいなと思ったところ、ここの長女の光枝さんが、それは映画の題名は、英語式発音にしてしまったためのまちがいとか。正しくは『トプカプ』なんだそうです」

「ともかく、密室とかなんとか、そういうことにこだわっているより、この殺人のからんだ宝石盗難事件には、あまりにたくさんの不可解がありすぎるというあたりをついていったら、きっといい手掛かりがつかめると思うね。例えば不可解の一つに、この宝石館の宝石がかなり前から狙われていたという噂があったということだ。だからこそ、七月の二十三日からか、探偵という職業のプロの警備員の、萩原幸治がわざわざ雇われて任にあたっていたという。にもかかわらず、そういう賊に、実にあっさりと入られてしまい、しかも宝石館の秘宝の六角ランタン・エメラルドの近くまで、侵入を許してしまったというのは、どういうわけなんだろう？」

「確かに不可解で……」

「なぜホシが、みすみす午後九時の警報を鳴らさせてしまったかということも、不可解だ。こんな宝石館に侵入をくわだてるような、かなり大胆なやつだ。下調べは念入りにして、その巡回警報システムくらい、知っていてもよさそうにも思えるんだがな」

「確かに」

「しかし、まだ不可解がある。盗難品のことだ。この宝石館で最高の価値のあるのは、ややこしい名前だが、トプカプの六角ランタン・エメラルド……だったな？」

「はい、そうです。あのガラス・コンパートメントの前の解説表示板を読んだり、ここの長女の光枝さんの話を聞いたりしたのですが、トプカプ宮殿博物館の所蔵品で、世界一なのは、エメラルドのコレクションだそうです。逸品揃いの上に、数も多く、原石の中には、キロやトンで表示されているものもあるそうです。その中に、室内吊り飾り用に、特別大きなエメラルドに金の枠をつけ、金の鎖で下げたものがいくつかあるそうで、この葉山宝石館は、解説板の文句を借りれば、『……その一つを、特に懇願し、またトルコ政府の好意によって、譲り受けた』のだそうです」

「ところが、犯人はせっかくそのコンパートメントの前まで行ったのに、けっきょくそのエメラルドには、まったく手をつけていないのは、どういうことなのだろう？　もちろん、コンパートメントを取りかこむ柵の中に入れれば、特大の音を外にも、館内にも響き渡らせるアラーム・ベルが鳴り渡るそうだ。コンパートメントのガラスに少しでも触れても、別の系統のアラーム・ベルが鳴る。しかし、そうだとしても、犯人はせっかくそこまで忍び込むことに成功したのだ。たとえ、いくつアラームが鳴り響こうと、いそいで柵の中に入り、ガラスを叩き割り、エメラルドを盗んで逃げ去る危険に、賭けてもよかったんじゃないだろうか？」

「とすると……やはり我われが最初に想定したとおり、状況をその寸前まで漕ぎつけた時、見まわりに来た萩原探偵に見つかった。そこでやむなく殺人ということになってしまい、それですっかり動転して、ろくなものも盗まず、逃走してしまったというのが、一番、正解なのでしょうか？」

「そのへんがまた不可解だ」

「ひょっとしたら……あの、ガイシャの両脚が、腿《もも》の所で縛られているという……あのことですか？」

「そうだ、犯人はガイシャに見つかりそうになったので、物陰から飛びついてガイシャを襲った。あるいは見つかってしまったので、なにかの凶器でおどした。いずれにしても、そういうことで、ガイシャの攻撃を封じて、彼を縛って自由を奪おうとした。だが、ガイシャのはげしい抵抗にあって、脚を縛ったところで、これはもう駄目だとせっぱつまって、殺してしまった。初めのうちは我われもそんなふうに考えようとしたのだが、どうもしっくりいかない。それなら、なぜ、現場や死体の状況に抵抗の跡が皆無なのか？　人を縛るのには、まず一番抵抗の激しい手や腕を束縛《そくばく》するのが常識なのに、なぜ脚だけでおしまいにしたのか？　第一、いったい、あの脚を縛ったような蠟《ろう》びきの荷物ロープのようなものを、犯人は突然、どこから用意してきたのか？」

「不可解なことはまだあります。犯人の狙いはなんといっても、六角ランタン・エメラルドであっていいと思うのに、そこに直行して、盗むことをしないで、まずは、一階の展示物を、ケースを叩き壊して盗んでいることです」

「そう、この事件での最大の不可解は、やはり話はもどって盗品だ。犯人はここまでやったのに、ほとんどろくなものは盗んでいかなかったらしいことだ」

「はい、盗まれたものもあるらしい一階の展示物は、宝石を使った世界的に有名な美術骨董品の複製品《レプリカ》か、あとはガラスとかプラスチックで、一目見れば、模造品とわかる模型モデルだったそうで。つまり後者は、宝石カットの種類やその手順、宝石のデザインから作り方などを、段階的に模型で教える教材用のものだったとか。だから、宝石館もなんの警報装置もつけていなかったようです」

「盗むなら、地下の展示室におりるべきで、そこにあるのは、本物ばかりだったんだ」

「ただし、そういうものですから、ここは当然、ガラス・ケースがあけられたり、壊されたりしたら、盗難アラームが高だかと鳴り渡る仕掛けだったとか」

「にもかかわらず、犯人は一階のまがいものばかりを盗んだということは……よっぽど鑑定眼のない馬鹿宝石泥棒か、それとも宝石館などとはまったく知らずに侵入したか、それともっとこれには裏に意味があるか……」

「課長、その裏の意味としての一つなのですが、ホシは盗品の中の一つ、『トプカプの短劔』……もちろん、これもまがいものですが、どういうわけかりっぱに刃がついていた……それを手に入れて、殺人に使うことのほうが主目的だった……そんなふうに考えることもできるような」

黒川警部も、だんだん深刻な顔になる。

「そうだ。そのへんの状況だ。しかし、実際にはガイシャの心臓を刺した凶器は、その短劍ではなく、犯人が持ち去ったらしいなんらかの鋭器で、トプカプの短劍はその後か傷口にわざわざ突き立てられたものということを考えると、確かにここには、なにかあるような気がするな」

「しかも、課長、そのほかにも盗まれて、今は姿を消している二点の宝石骨董のレプリカというのが、やはり凶器で……」

　課長の声にはだいぶ腹立たしい色さえ浮かんでいた。

「しかも、りっぱに使えるように作られたものというんだ！　まず、銃床《ストック》に宝石の象眼をいくつかしたコルトのバントライン・スペシャルというのがあって、りっぱに銃として使えて、しかも弾まで横に並べてあったとか。さっきの短劍といい、なんで、そうまで凝って、レプリカを作らなければならないんだ!?」

「まあ、そのあたりが、マニアのマニアたるところでしょうが……」

「しかし、そういうやつなら、こりゃあ、銃刀法にひっかかる。けしからん話だ！」いささか八つ当たり気味の自分に気づいたように、それから、課長は語気をやわらげた。「……君は雑学の大家で、特に銃とか、飛行機とか、車とか、そういうメカには詳しいはずだが、それはどういう銃なんだ？」

「おぼろげな知識はあります。確かワイアット・アープもそれを持っていたとか。べらぼうに長い銃身のピストルです。一挺は、アメリカ歴史技術博物館に展示されていると聞いた記憶があります」

「バントラインというのは、何だね?」

「なにか拳銃使いを主人公にした……要するに西部小説を書いていた大衆流行作家の名で、彼がその銃をいくつか作らせて、アープにも送ったとか。長女の光枝さんが、父の書庫のどこかに、展示品目録の本があって、その写真もあるはずだから、さがしてくれるといっていました」

「それを見れば、もう一つの盗まれた凶器の斧とか、それもどういうものかわかるな」

「はい。大英博物館《ブリティッシュ・ミュージアム》所蔵のメソポタミアのウル王朝の黄金闘斧《とうふ》とか。闘争に使う斧なんでしょうが……。ともかく、短劔、ピストル、そして斧と物騒な凶器ばかりが展示物の中から選んで盗まれ、その一つが、その場ですぐ使われて、後は消えているとなると……その……課長などはお嫌いなのでしょうが、推理小説によくある……」

「連続殺人というやつが、その凶器を使ってこれからおこなわれるのではないかというんだろ!? いや、まさかとは思うが、いくら私だって、そういういやな感じを持つよ。とすると、この事件は宝石の盗難殺人事件というような単純なものではなくて、それをはでな目潰《めつぶ》しにした、もっと人間関係の利害や感情がからんだ、根深いもののようにも思えてくる……」黒川警部の声は重たくなる。「……だから、たとえばガイシャがどういう人間だったとか、どういう人間関係の持主だったとか、そんなことも、一応、調べなければならないようだ」

「彼はずいぶん前から、宝石の取引信用調査から、宝石出所調査、またその輸送や警護といった宝石関係のことで、帆村の主人……帆村建夫と深い関係があったらしいです。そこで、宝石館が狙われているという噂を聞いていた帆村氏が、海外出張をしなければならない期間、萩原幸治により厳重な警護を頼んで……」

「うん、それはわかるがね。しかし、話に聞けば、帆村氏はひどく六角ランタン・エメラルドを自慢し、また大事にしているとか。その海外出張がどんなにたいせつなものだかわからないが……」

「スエーデンで開かれる、年に一度の国際的な宝石競売《オークション》にいったのだとか」

「この宝石館が狙われているという噂、具体的にはどういうものだったのか、帆村氏はその話をどこから知ったのか、そういうことも知りたいものだな」

「帆村氏は今イギリスからスエーデンに移動中だとか、長女の人が、連絡がつきしだい、そのことはきいてくれるといっていました。すると……ともかく課長は、この事件《ヤマ》は単なる宝石強盗殺人事件ではないという可能性もあると、一応、今は考えておいたほうがいいと？」

「そういうことだ」

「僕もそれに賛成です。現場が密室状態であることといい、なにかもっと犯人の悪意のようなものが、この事件《ヤマ》には、感じられるようで……」

かなり頑固に密室に固執する部下の言葉に、今度は黒川警部の顔に、苦笑が浮かぶ。

「似たような考えに到達するにしても、どうも君と私とは出発点が違うらしいが、まあ、それはいい。ともかく、萩原幸治なる探偵の身辺も、もっと洗ってみる必要があるだろう。そう、それから、今、ここに遊びに来て、滞在しているらしい、だいぶたくさんの、おもに若い男たち……」

「はい、五人ばかりいて、どうやら、ここの二人のきれいなお嬢さんに、誰もがかなり熱心なようすです」

「事件《ヤマ》は、人間関係や感情のからんだ、もっと根深いものという可能性もある。ともかく、ここの家族、泊まり客にも一応の注意をむけておいたほうがいいかも知れない」

4

「……警察は、私たちや、それからここに泊まっているあなたたちお客さんも、あやしいと考えているかも。ただの宝石泥棒による殺人じゃあなくって」

伊津子は悪意のほくそえむ、小悪魔の表情で、部屋にいるみんなを、ぐるりと見まわしていった。

屋上のペントハウスでは、今、草刈、黒川の二人の刑事が話しているその下の、本館の一階。

ロビーの型式を兼用した応接室。そのままフレンチ・ガラス・ドアを通って南に出ると、大きな色タイルが、幾何学《きかがく》模様をつくって、一面に敷かれた小プラザに出る。

その端には、大きな藤棚が影を作っているが、この日盛りでは、まだ誰もそこに出て行く勇気はないだろう。クーラーの良くきいた部屋に、それぞれ好きな飲物など置いて、てんでに散らばっていた。

皆はなんとないしらじらした空気につつまれて、黙ったままでいた。

だがやがて、生真面目にきっかりした口調で、たずねかえしたのは、南波義人だった。

「つまり、伊津子さんは、私たちの一人が宝石を狙って、宝石館に忍び込み、あの萩原という探偵に見つけられて、殺してしまった犯人かも知れないというのですか？」

伊津子は平然としていう。

「そのとおりよ」

「もし、それがほんとうだとしたら、その犯人は大馬鹿だ」

唄うようにいったのは、今日は花柄模様のポンチョ姿になっている池内平一だった。

「それ、どういう意味？」

伊津子がききかえす。

「あんな、大きいだけのエメラルドより、もっと美しく貴重な、動く宝石が、この家に……そして現にこの部屋に、二つも、生き生きと輝いている。ぼくは身につけなくても、ただ観賞しているだけで、今、しあわせだというのに」

館山文隆が、ぼんやりした感じで問い返した。

「何です？　その詩みたいな言葉は？」

「詩みたいな言葉ではない。僕は日常の会話にも、詩を心がけているんだよ。君のような感性鈍《どん》、ただ人の体を解剖《かいぼう》するようなことにしか興味を持たない医学生……いや、その医学生さえずっこけそうな君には、理解いかないだろうがね」

館山文隆がむっとして、口を開こうとしたのを、伊津子の声が先にさえぎった。

「もし、池内さんのいっている意味が、光栄にも私たち帆村家の女二人のことだとしたら、宝石は一つと、今すぐ訂正なさったほうがいいんじゃない？　それが本音なんでしょ？」

部屋の奥隅から声があがった。

ベージュの細かな絽地に、萩模様を裾から上にむかって、あっさりと配した和服姿を、長い椅子の前側に軽くおちつかせてすわっていた光枝だった。

「伊津子さん、また悪い冗談を。もう、そのへんでおやめなさい。ともかく、そんなことまでして、宝石を手に入れようとなさるほど、宝石に興味を持っているかたは、この中には、いらっしゃらないでしょうから」

「なるほど……」池内が賛同した。「……ひたすらに科学精神のエンジニアーの南波君には、宝石も単なる原子や分子で構成されたもの。たとえば、ダイアモンドは炭素のみごとな結晶といったぐあい。そして館山君は宝石よりも、そんなものはすべてはぎとった、裸の女だけが興味のプレイボーイ……」

「やめてくれ！」大きな坊やという感じの館山文隆も、さすがに目を険悪にぎらつかせる。

「……いいか、これ以上、おれをけなそうとしたら……」

さすがの伊津子も、二人の間の険悪な空気をよそに持っていこうとするように、得意の甲高《かんだか》く跳ね返る声を入れた。

「待って！　宝石に興味を持っている人、それも、絶大に持っている人が、一人はいるわよ。館山君のお父さん……」伊津子は館山文隆のほうに視線を投げた。「……ねえ、そうよね。あなたのお父さんは、この宝石館の宝石をじかに手に取って見たい、それから自分のコレクションを私のパパに見せたいということで、ここに来たんですものね」

館山文隆はかなり性質が単純にできているのか、けっこうそれで、気分が変わってしまったようだ。

「ああ。しかし、昔、光枝さんのお父さんと知り合いだったから、懐かしいという意味のほうが一番だったといってた。おやじの宝石の趣味は、ほんとうに好きだというより、財産にということが一番で、帆村さんのような知識もない。だから、光枝さんのお父さんに、ついでに、それを鑑定してもらいたかったんだが……」

また、池内が毒づいた。

「つまり金銭的価値のある財産として、宝石は隠しておくのに好都合、そういうことか？君のお父さんの経営する医院、弁護士、不動産業に、パチンコ屋は脱税の巨頭だそうだし」

また、館山の顔が怒りにゆがみ始めた時……。

廊下にむかって半分開いたままのドアを、つつしみ深くノックする音が聞こえた。キャプテン帽に、ショート・パンツ、今日は砕けたマリン・ルックの角山潤だった。

「いったい、どうしたんです!? 僕はついさっき、事件を聞いたところで……。だが、切れ切れの情報で、しかも不正確らしくて、なんだか良くわからない所が多かったんですが……」

伊津子が元気な声を飛ばした。

「それは、後で私が話してあげる。それより、潤さん、まず、ききたいの。私も、そのことについてはまるで知らなかったけど、あなたは宝石に興味ある？」

「えっ、宝石？……」キャップを脱いだ後の、角山潤の顔は、もう三十になるかと思われるのに、どこか育ちのいい坊っちゃん臭さを残している。「……ああ、そりゃあ、興味はないこともないけど、あれは主に女性が興味を持つもので……だから、うちのママなんかは、かなり夢中のほうだが……」

　伊津子は全部をいわせなかった。

「宝石に対する興味を男性、女性に分けるような底の浅さでは、宝石に対する関心はたいしたことなしって、うちのパパがいってたことがあるわ」

「なにか、その宝石が宝石館から盗まれて、人が殺されたということだけは、僕も確かな情報だと思っているんだが……」

「殺されたのは、ほら、宝石館の警備に来た萩原さんなんだけど……」

「ああ、あの探偵の？」

「そうか、潤さんは、彼のことはかなり良く知っているんだ。彼、何度も、ここに訪ねて来ているし……」

「それから、今年の六月には、光枝さんと彼とを招待して、僕のヨットで日帰りのクルージングをしたし」

　伊津子はほかの男性たちの顔を、順に見た。

「あとのかたは、どう？　萩原さんを知っていて？」

　館山文隆がまず答えた。

「僕はそういう、なにか警備らしい男がいることくらいは、気がついていたが、萩原という名前だなんていうことまでは、まるで知らなかった」

続いて、南波がいう。

「僕はまるで知りません。まだ来たばかりですし……」

池内の悪ずれした調子は変わらない。

「正直な告白もまた美でしょう。だからいいます。僕は宝石館にそういう男がいるらしいことは、ここに来てすぐ気づきましたし、実際のところ、藤棚の下などで、彼が光枝さんとずいぶん親しげに話しているのを、何度か目撃させてもいただいたので……」

光枝が慌てたように声を入れた。

「親しげに……とおっしゃっても、それは、あのかたは昔から父の所に出入りされていますし……今度は、宝石館の警備のことで、父に頼まれていたことを、いろいろ私からも伝えなければいけなかったので……。もう、やめましょ。伊津子の人の悪い話題に乗ってしまって。こんな話、ちっとも楽しくありませんもの」

だが、伊津子はがんばる。そうなると、なにか子供らしい、憎めないむきな感じさえ漂ってくる。

「楽しくなくても、一応は、話しておいたほうがいいと思うわ。みんなは宝石に興味を持っていなかったか、萩原さんとかかわりあいを持っていなかったか、そうだ！　それよりなにより、こういう時はみんなのアリバイというのが、一番、問題なんだ……」

南波義人が、真面目そうに一直線な声を入れた。

「口をさしはさんでもうしわけないのですが……しかしそういうことは、あまり問題でないような気がしますが。というのは、ひょっとしたら、その犯行時間の頃には、ここにいるみんなのほとんどに、屋上にいるというアリバイがあったのではないでしょうか。殺人事件の起きたのはいつごろか……」

光枝が横からいった。

「私、さっき、刑事さんから聞いたのですが、死体検証が比較的早かったせいもあって、死亡推定時間は八時を過ぎた九時寄り、八時三十分から五十分の二十分くらいの間とみていいとか……」

南波の声がちょっといきおいづく。

「だったら、やっぱり、ほとんどの人のアリバイがあるようですよ。伊津子さんが夕食の時に、新しい、おいしい、カクテルをおぼえたから、みんなに飲ませたい、今晩もいつものように、八時に屋上に集まってくれといいました」

「そうよ……」伊津子は常時みんなの中心にいなければ気がすまないといったように、その後を自分からしゃべり出す。「……だけど、あいかわらずのだらだらで、ちゃんと八時に来たのは、きっちり屋さんの南波さんだけ。館山君なんか八時……あれで、なん分くらいかしら……」

きっちり屋といわれた南波は、さすがにそういうことを良く記憶しているようだ。

「二十分ちょうどの頃でした。その頃には、もちろん、私も、それから伊津子さんも、光枝さんもいて、ともかく犯行時間が八時三十分から五十分までというなら、アリバイがあるわけで……」

「待ってよ！」伊津子が声を入れた。「……池内さんはそうじゃないわ。それよりもっともっと遅かったじゃないの、あれは……」

「四十分頃ですよ」

池内は自分からいい、南波がそれを裏書きした。

「ええ、だいたいその頃です」

「かかってくるはずの電話を部屋で待っていたんですがね。遅刻の弁解ほど、醜いものはないのかも知れませんからやめましょう。そして僕といっしょに、館山さんのおやじさんもあらわれたんだが、これはいつもにもない、珍しいことなんで、遅刻扱いはできないのかも知れませんがね」

南波はあっという顔になる。

「そうでした！　館山さんのお父さんは、僕たちと違ってご年配だから、あまりあの集まりには現われないと……僕も、あの時、みんなの話で初めて聞いたんですが、確かにそういう参加者もいたんです」

伊津子が遠慮ない調子で口を入れた。

「でも、八時四十分なら、犯行時間に一部入っている後で現われたのだから。アリバイなしね。特に館山さんのお父さんなんか、別館二号からこの屋上に現われるためには、外から来なくてはいけないのだから、宝石館の近くに行ける機会はじゅうぶんあったんじゃないかしら」

話題になっている人物の息子の館山文隆は、そう頭の回転が速いほうではないらしい。それでも、ようやく話の行先を理解したらしい。

「待ってくれよ！　おやじがきのうの夜、珍しく屋上の夕涼みにあがって来たからって……」

南波がていねいに頭で状況を追っているような感じ。噛みしめる口調で答えた。

「ああ、どうということはないんです。ただ、時間的には、あまり感心しない時に現われたとはいえます」

「いや、ちょっと待ってくれよ！」ようやく頭脳の回転が速まったように、館山文隆がなにか思いついたようだ。

「……だれかが、あの屋上のパーティーに来たり、出たり……そういうことが問題だというなら、角山さんは……そう、僕が屋上に出たのと入れ違いに、なにか用があるといって、帰って行ったじゃないか！　そうだ、それを伊津子さんが送って行って……」

「そうか！」伊津子は声をあげた。「自分のことになると、かえって忘れてしまっちゃうというか……。ということになると、この場合、すべてを公正に見なければいけないから、私と潤さんとにはアリバイなしということに……」

「いや、そうでもないでしょう……」といったのは、南波だった。「……あなたたちが屋上からおりて行ったのは、館山さんも認めるとおり、入れ違いなんですから、犯行推定時間の八時半以降より前の八時二十分なんです」

「私、潤さんと下におりてから、玄関の履物クローゼットの中から門の鍵を取り出したわ。それから門に行って、入口の鉄の扉を開いて、車で出て来た潤さんの車を送り出して、また門を閉めて、屋上にもどって来た……。どんなに時間がかかったとしても、それが七、八分というところだから、やっぱり八時三十分より前に、また屋上にもどって来たということになるか」

南波がそれを保証した。

「確かに、その頃の時間でした。だから、アリバイありですね。ただし、お気の毒ですが、そうして門を出てしまったという角山さんのほうは、アリバイなしでしょう」

角山潤が肩をすくめて、問い返す。

「つまり、鎌倉にもどったといっても、車には僕一人。証人がいないから、またすぐここにもどってくることだって可能というわけですか？　確かに、そういう意味ではぼくにはアリバイはありません。雪ノ下の家のほうに帰ったというなら、まだ家の者にアリバイを立証してもらうこともできるでしょう……が」

　伊津子がちょっと心配そうにたずねかえして、案外なところを見せる。

「じゃあ、あっちには帰らなかった？」

「だから、あの時、君にもいったとおり、すぐ仕上げなければいけない建築使用材料のリスト製作の仕事があったので、長谷のほうの仕事場のマンションに直接行ったんだ。だから以後は、ずっと一人でね」

　伊津子は皆を見まわすようにしていった。

「私の恋人だからって、別に潤さんの肩を持つわけじゃないわよ。だけど、もし彼が途中でひきかえして来たとしても、その後、彼はどうしてここの敷地内に侵入したかという問題が、あるんじゃないかしら。私は彼を送った後、確かに門の鉄扉の錠はおろしたのをおぼえている。そして、ここはその門の両脇のそれぞれ十五メートルくらいに、塀があるくらいで、後は急な崖でとりかこまれているのよ」

　南波義人がうなずいた。

「確かにこのあたりは、山が海にせまった葉山独特の立地条件なので、山側の建物は、斜面にへばりついているという感じですね」

「しかも、ここには宝石という特別のものをしまってあるでしょ。だから、門や塀にも鉄の槍を上にむけたような、泥棒よけが並べてあるし、そう簡単には、この敷地の中には忍び込めないと思うけど」

　世の中のすべてに皮肉であることが、洒落《しゃれ》た都会詩人だとでも、池内は思っているのだろうか。揶揄《やゆ》的な調子でいう。

「しかし、夜の闇を突き上げて、塀の上に立ち並んだ、あの泥棒よけの槍ぶすまっていうやつは、今や、古風な美的装飾。そうじゃありませんか。かなり間隔は広いし、別にブッスリと人間の皮膚を刺し通すほど、尖《とが》っているわけでなし。空想や妄想を抱くのが、芸術家の商売なんでね。あの下に立って、実は何度か、ここから侵入できないかと僕は空想してみたんですが、あの槍がかえっていい手掛かりになったりして、ちょっと工夫すれば、軟弱にして、非力な僕でも、案外、簡単に乗り越えられるような感じでしたよ」

　光枝が静かで、はっきりした言葉つきで、声を入れた。

「ええ、ですから、警察の人も、犯人はそうして、そこから侵入したのではないかと考えてたようです。でも、ずいぶん詳細に調べたらしいんですが、そこに犯人の靴跡とか、泥のかけらといったものは、なに一つ発見できなかったと聞きました。刑事さんたちは、私たちが当時、本館の屋上にいたということも知っていましたから、そこから塀のほうや門を見下ろして、なにかに気づかなかったかとも、私たちにききました。でも、皆さんも知ってのとおり、ちょうど中間に何本かの大木があって、しかも今は夏で、一番繁りの濃い時だけに、なにも見えなかったとしか、お答えできなかったのです」

伊津子がちょっと説明を入れた。

「あの玄関前の木、もとから、ここの山にはえていた、種類はなんだか知らないけど、幹にうろなんかもあるすごい大木なのよ。パパ、ここを切り開く時でも、できるだけ山の自然を残すように苦心したの」

さすがの池内もいささか真剣な声になって、みんなを見まわした。

「すると……泥棒は塀か門かを乗り越えて、入って来たのではないとしたら、ほんとうに犯人は、この内部にいるとでも……」

5

（鶴山芳樹少年の日記：八月一日の続き）


………………。

「どろぼうは、あのすごいやりのへいを乗りこえて、はいったのかな？」

と、朝ごはんのとちゅうで出て行った久美子先生は、かえってくるといいました。

そして、ぼくにこれまでに聞いたじけんのことを話してくれましたが、その中で、ぼくがふしぎに思ったのは、どろぼうがへいか門を乗りこえて中に入ったらしいということでした。

だって、ぼくはずいぶん長い間、きのうの夜は、窓からおくじょうのほうを見ていたのですが、そんなふうにして、中に入って行くようなどろぼうなんか、見ていないからです。でも、そうして、まどから下をじっとのぞいていることは、ぼくひとりのひみつですから、そのことは、先生にはいいませんでした。

でも、ぼくはアリバイということも、ほんの少し知っています。テレビのけいじものでよくやるし、たんていの出るマンガになんかも、ときどきあるからです。

じけんがおきた時の、時間のことだと思います。

それで、こんどのじけんのそのアリバイのことを知ろうとして、ぼくは殺人じけんというのがいつおこったのか、べんきょうが始まってから、なんでもない感じで、ちょっと先生にききました。

ぼくのよこで、つくえにかたっぽのひじをついて、いつもとちがって、なにかぼんやりと考えごとをしていたみたいな先生は、つりこまれたみたいにしてはっきりしたことはわからないが、八時もずいぶんすぎたころから、じけんが見つかったという九時までくらいの間だろうといいました。

そして、答えてから、はっと気がついたみたいにあわてて
「だめですよ、ヨシちゃんまでがそんなことを考えていて、べんきょうしないんじゃ！」

といいました。

ぼくはまたべんきょうするふりを始めましたが、それで、どろぼうがしのびこんだ話は、なんだか、ますますおかしいと思うようになりました。

だってぼくは八時ちょうどのころには、もう、きのうの日記は書きおわって、それからあとは、いつものように、下のほうをずっと見おろしていたのです。ですから、その間に、どろぼうなんかが入ってこなかったことを、ちゃんと見ているように思うからです。

あのおくじょうで、光の中や、すこしうす暗くなった所を、いろいろの人が動いていたほかは、一どだけ、だれかが下の門の所に出てきて、それからもう一人の人が車に乗って、そのあけられた門から出て行って、門をあけた人は、またたてものにかえったのを見たくらいなのです。

その門の戸をあけた人は、なんだかイツコさんのようにも見えましたが、とてもはなれていたのでよくわかりません。

そして、ぼくのつくえの上にある目ざましとけいがちょうど九時になった時、ぼくはパジャマにきがえてベッドに入って、すぐねむってしまったのです。

べんきょうが終わったころ、セイちゃんが海にさそいに来ました。それで殺人じけんの話をしたら、セイちゃんはぜんぜん知らなかったので、びっくりして、それじゃあ、ぼくたちふたりで、こんどは、たんていをしようということになりました。

それで、道をおりて、宝石館の門に行ったのですが、けいかんが立っていて、きょうはだれも中に入れてくれないようでした。

ぼくたちは門の前の、がけになっているような下にかくれて、テレビにあるようにハリコミをしました。

しばらくすると、上のほうからひとりの人がおりて来ました。それは久美子先生だったのですが、びっくりしたことは、先生はめがねをかけていないことでした。

そうなると、先生はずいぶんおちついた、きれいな女の人に見えるので、ぼくはかんしんしました。

先生はたんていをしようとしているらしく、門のところに立っているけいかんのところに、にこにことしたようすでちかづいていって、ずいぶん長い間、話していました。

それからまた、上のおばあちゃんの家にむかって、もどって行きました。

先生はおとななので、ちゃんとああいうふうにたんていできるのに、子どもだとだめなんで、急にぼくはつまらないきもちになりました。

それで、たんていなんて、もうおもしろくないとセイちゃんにいって、海に行くことにしました。

夜は、きょうは、あのおくじょうは、ぜんぜん明るくなりませんでした。やっぱりじけんがあったせいだと思います。

すこし前に、久美子先生がちょっとあそびに来たので、先生のきょうのたんていのことを見ていたよと、めがねのこともいったら、先生は
「ヨシちゃんもそういうことをしているのか。よしっ、たんていできょうそうをしよう。私がめがねをしてない時は、コンタクト・レンズ。じつをいえば、このめがねのほうは、私がよをしのぶかりの姿。ほんとうはたいへん美人なんだけど、それじゃあ、男どもがうるさいので、かくしているの」
と、ふざけたようにいいました。
そして、殺された萩原というたんていは、ひょっとしたら、ただ宝石館のけいびのしごとをしていたというばかりではないんじゃないかしら。もっとたいせつななにかをしていたのではないか。それがこのじけんのポイントではないかというようなことをいって、出て行きました。

第二章　葉山で見た男

1

「いいえ、宝石館の警備。萩原所長のあそこでの仕事は、ただ、それだけだったはずですが……」

小肥《こぶと》り。歳かっこうは五十半ば。しかし、かなりみごとな禿頭でそう見えるので、ひょっとしたら、まだ四十代。あまりインテリには見えないが、人のよさそうな男は、草刈警部補に答えた。

それでも、この高橋と名乗った男は、探偵事務所の調査員ということだから、探偵と名をつけることもできるのか。

彼は草刈が刑事と知ると、初めはいささか警戒的な調子だった。しかし、所長の死にあまり動転してもいなければ、悲しんでもいないといったようす。

東京、神田、美土代町《みとしろ》にある、古びたビルの、古びた部屋を、たったひとつだけ使った、狭苦しい萩原探偵事務所の中。

ついたての端から少し見える入口のドアも、上部は曇りガラスをはめこんだ、古めかしくもごく薄手のもの。入って来たとき、草刈は閉めたつもりだが、たてつけが悪いせいか、少し開いたままになってしまっている。

「つまり、あなたは萩原さんから、それ以上のことはまるで聞いていないと?」

「ええ、帆村さん関係のことは、所長がすべて一手に引き受けていますので、私はほとんど知らないんです。時に手伝わされることがあっても、ごく簡単な宝石輸送とか、調査の下調べといったところでした」

「ここの所員は何名です?」

「調査にあたっているのは所長と私だけで、あとは事務の女の子が一人だけの、ごく小ぢんまりしたものです。今、その女の子は通夜のしたくに、所長のマンションのほうに行っています」

「青山かどこかだとか?」

「そうです。かなりいいマンションです」

「場所が場所だから、そうかも知れませんね。ということは、仕事もかなり景気良かったと?」

「さあ、経理関係のことは、所長が独りでとりしきっていたので、私はなにも知らないようなもので。ともかく、外部からの依頼は、まあぽつぽつといった感じで、メインはやはりなんといっても、帆村さんの所の宝石売買の調査、輸送、警備等だったようです。実際のところ、ここはそれで成り立っていたのかも知れません」

初めのうちは慎重だった高橋所員の答えも、しだいに調子が出てきたよう。

「帆村さんとのそういう関係は、いつ頃からですか？」

「四年前の、ここが作られる前後からのようです。あるいは、帆村さんの宝石関係の仕事をおもなあてにして作られたもので、だから帆村さんからの出資なんかもあったのかも知れません。ともかく私がここに来たのは、開所した半年ばかり後で、もうその時には、帆村さんと密接なつながりを持っていました」

「どういうきっかけから、萩原さんは帆村さんと知り合うようになったのです？」

「私も詳しいことは知りませんが、ここを作る前には、所長はどこかの大手の警備探偵会社の社員だったようです。あるホテルで宝石の内輪の展示会があって、所長が警備のために派遣されて行った時、たまたまそのホテルで事件が起きて、それがきっかけで知り合いになったとか」

「事件というのは？」

「なんでも、帆村さんの泊まっていた部屋に、忍び込みの泥棒が入ったんだそうです」

「なにか状況からすると、帆村さんもその展示会に来ていて、やはり部屋に宝石を持っていたというような？」

「いや、そうじゃありません。その頃は帆村さんは、まだ宝石のことは、やっていなかったようで……。帆村さんが、あの有名な帆村財閥《ざいばつ》の御曹子《おんぞうし》であることは、ごぞんじで？」

「ええ、しかし、一家のやっている実業というような仕事は、大嫌いだった。それで、若い時に大喧嘩をして、実家とは義絶状態になっていたとか。なにか生まれついての芸術家肌の人だったようですね」

「そうらしいです。なにかロマンチックな夢ばかり見ていて、あまり金にもならない絵を描いたり、詩を作ったりしていたそうです。家を出た後、結婚もし、子供も作ったんですが、奥さんを亡くしたことがきっかけになったのか、また、その家までぷいと飛びだして、居所不明の放浪《ほうろう》生活をし続けていたらしいんです。しかし、そのロマンチックな夢想家の性質が、宝石というものとバッタリ出会ったことで、今のようになったのですから、人生、どこで、自分の天与の欠点も、プラスになるかわかったものではありませんよ」

「すると、そのホテルで事件が起きた時は、帆村氏がまだそういうことになっていなかった時だと？」

「そうです」

「ホテルでは、宝石の内示展が催されていた。そこにホテルの部屋荒しの泥棒が入った。

しかし、その頃は帆村さんは宝石には、まだかかわっていなかった。そういう状況を考え合わせると、泥棒はなにかまちがって、帆村さんの部屋に入った。そういうような感じですね」

「さすがに刑事さんで。後から、どうやらそういうことらしいとわかったそうです。ともかく帆村さんは、外から帰って来て部屋に入り、ばったり泥棒と顔を合わせてしまったようです。泥棒のやつ、かなり泡を食ったようですが、部屋のベランダへ飛び出して、次のベランダへ飛び移って、逃げ出そうとしたらしいんです。しかし、誤って転落して、即死してしまったということです。そして、さっきもいったように、たまたまそこに、うちの所長が警備で来ていたものですから、いろいろと手助けをしたということらしいです」

「なるほど、また妙なことで、知り合いになったものですね。そういう事件と、今度の萩原さんが殺された事件、となにか、どこかでつながりがあると思いませんか?」

「さあ……」

高橋所員はとほうに暮れた顔。

「今度、宝石館に行くことについては、萩原さんはどんなふうにいっていました?」

「帆村さんから連絡があって、宝石館が何者かに、狙われているという噂がある。だが、帆村さんはどうしても海外に出る用があるので、その留守の間、自分に特別警備を頼んできた。こちらから、日に数回はここに事務連絡はするからといって、七月二十三日に出かけられました」

「それで、毎日、事務連絡はあった?」

「はい」

「その時、警備について、なにか異変があったというような話は?」

「ぜんぜん出ませんでした」

「葉山のほうで、だれか知人とか、友達とかに会う、あるいは会ったとか、そういうような話を聞いたことは?」

執拗にねばり続けた草刈警部補も、ぼつぼつあきらめかけた時、ちょっと予想外な返事がかえってきた。

「そういうこととは違うのかも知れませんが……ただ、一度、あれは二十六日の頃ですか。ある人の住所や電話番号を知りたいという連絡がありました」

「ある人?　名前はわかりますか?」

「今はちょっと忘れましたが、なに、すぐわかります。所長が自分のデスクの袖の引出しの上から二番目にある緑の手帳に、その名前と住所、その他が出てるかも知れないから、それを見てくれといったので、私は引出しを開けて見つけたのですから……」

「つまり、それを見ればわかる?」

「ええ」

「もう一度見て、さがしてください」

高橋所員は立ちあがると、少し離れたデスクに行って、手帳を手にすぐもどって来た。

「ああ、この人です……」

椅子にすわりながらページをめくり、すぐにその名を見つけ出して、草刈のほうにさし出す。

姓名は磯脇晴秀で北海道札幌市の住所と、その後に電話番号もあった。

草刈は自分の手帳に、それを写し取る。

「これが、どういう人かというようなことは？」

「いいませんでした」

「ありがとう、それじゃあ、とりあえずはこれで……」

草刈警部補が椅子から立ち上がった瞬間、出入口の少し開いたドアの隙間をふさいでいる人影らしいものが、すっと消え、すぐそばの階段を爪先だちに駆けおりていった。

鶴山芳樹少年の家庭教師、諸田《もろた》久美子だった。

もちろん、草刈警部補がそれに気づくはずもない。ドア口にむかって歩き初めてから、一度立ち停まって、ふりかえり、高橋所員にいった。

「どんなことでもけっこうですから、また、あとから気づいたことがあったら、私に連絡してください」

2

「『どんなことでもけっこうですから、なにかあったら連絡してください』と、みなさんに伝えてくれと刑事さんがいっていましたから……」

高曇りだが、空気はかなりしっけをこめて暑い。

葉山ヨット・ハーバーにある葉山マリーナ、アリゼのカフェ・テラス。

ビーチ・パラソルの下にすわった、さまざまの人のマリン・ウェアの原色の中では、今日は藤色の絽《ろ》の光枝の和服姿が、意表をついて爽やかに涼しい。そんな彼女が、皆を見まわしながらいった。

「警察がそういうことをいうようになったら、だいぶ捜査は難航しているという証拠《しょうこ》だ」

池内が皮肉るのに続いて、あいかわらず腕まくりの白シャツ姿の南波が、生真面目な調子できく。

「きのう、伊津子さんがいった、内部犯人説、そういうことを警察はやはり考えているのでしょうか?」

「いいえ……」それから、光枝はかなりきつい声になった。「……あなたはまだここに来られて、そう日がたちませんからね。おわかりになっていないのでしょうが、伊津子は、いつもそういう奇矯なことを、突然言いだして、人目につきたがるところがあるんです……」

「ええ!?　私がなんですって……」

声といっしょに、遅れて駆けつけたらしい伊津子が近づいて来た。その服装は、これはまた、姉の涼しげな着物姿と対照的に、暑苦しげな重装備で、かえって人目につこうという作戦のものらしい。

上着は防水性から非通気性までばっちりきいたオーシャン・ジャケッツ。パンツがこれまた赤に濃紺の膝当てや、肘当てのついた、ウエスト・ハイ・オーバーズボンだったのだ。

「こいつはまた、個性的なＴＰＯ《ティーピーオー》ですな……」

池内が寸評する。

「そうよ。夏には一番良い、減量美容法にもなるというファッションよ」

「しかも、そのごつくて、汚い牛皮のため、返って、ラフにファッショナブルに見える携げかばん。それは確か……登山家が良く持って歩く、五万分の一の地図などを入れて外側から見るという、いたって実用的な……」

「そうよ……」伊津子は腰に垂れているそのかばんを、持ち上げて見せた。「……油絵具で、いささか着色したり、飾り縫い《ステッチ》を入れたりして、ちょっとした伊津子流生活デザインの智恵を加えて……」

「そして、地図を見る透明プラスチック窓からは……」

「デビッド・ボウイ様。私のアイドル。ともかく、このかばん、ほら、館山君のパパのマンションにあったという、私のパパが残して来た旅行トランクの中にあったのよ」

「ああ、僕が一か月半ばかり前かにここに届けた、あれ？」

「ええ、パパの三年ぶんくらいの、ずいぶん細かく書いた日記や、美術の本なんかといっしょに、このかばんも入っていたの。それをあけた時、私、パパの横にいて見てて、こんなものは処分するっていうんで、私がイタダキっていうことになったの」

　池内が口を入れる。

「そういえば思い出した。君のお父さんは、僕の家に滞在している時は、良くその地図かばんをぶら下げ、スケッチブックや色鉛筆を持って、近くの山に出かけていた」

　館山文隆がいう。

「どうやら、帆村さんの生駒滞在当時の話か」

「そういうわけ。もう、五年か、六年前か。ともかくおじさんは、金剛生駒国定公園あたりを、そういう地図をたよりに良く歩いていたよ。おじさんは根っからの旅好きというか、ほんとうのところ、放浪人というか、しかし、そのロマンチックにして、コスモポリタン的自由人のおじさんのようすが、子供心にも僕には魅力でね……」

　突然、伊津子が声をあげた。

「あっ、あそこに行くのは、鶴山さんとこの……!?」

彼女は国道側にある駐車場のほうを、指さしていた。

そこに芳樹少年がマリーナの建物の前のほうから、葉山港のほうにむかって歩いている姿があった。なにか熱心に行く手のほうを見ながらの速足。

すぐ、その横に、土地の子らしい、地焼けの褐色の顔肌をした少年。

「鶴山君！　芳樹君！」

子供のような嬉しげな伊津子の声に、少年は足を止める。カフェ・テラスのほうにきょろきょろと目をやって、ようやく伊津子を認める。

瞬間、少年はにっこりしたが、それから急にはっとしたように前を見て、真剣な顔になった。なにか、行く先に急な用でもあるという感じ。

それはつれの土地の子も、同じようであった。彼のほうは、伊津子の声などはまるでかまわずに、もうとっとと先に歩き始めていた。

芳樹少年は、ほんの瞬間、伊津子のほうにも気持ちを残したようすで、行動をためらうと……。それから慌てて友達の後を追って、小走りを始め……。すぐに友達といっしょに、港のほうに曲がる道に消えて行った。

「子供というのは気まぐれだ……」

この前のアベック・ウインド・サーフィンの現場にいた角山潤が、なぐさめるようにいう。

　伊津子は冗談めかしてはいたものの、どこかで本気にくじけた表情。火をつけたモアの煙を、強く吐き出した。

「あんな小さい恋人にもふられるなんて、伊津子、傷ついたわ」

　角山が微笑しながら、テーブルの上のキャプテン帽を手にして、立ち上がった。

「伊津子さん、ふられた気晴らしにも、さあ、テスト・クルージングにつきあいなさい。もう乗組員《クルー》が用意オッケーのはずだ。夕暮れまでの、あと数時間を、ちょっと相模湾をまわるくらいだから」

「じゃあ、潤さんご自慢の新車……あら、新船っていうのかな……その、オーディ三〇〇いくつかというセイル・ボートに乗せてもらおうか」

「ほかのみんなも、オッケーだね？」

　角山の声に、テーブルのまわりのみんながうなずく中で、光枝だけがいう。

「私はさっきもいったように、この服装ですし、今日の夜の屋上の用意で、これから鎌倉の紀の国屋まで行こうと思ってますから、残念ですけど、遠慮させてもらいますわ」

　角山の声はかなり恨みがましかった。

「前もっていっておいたのに、どうしてそんな着物で来てしまったのかな。光枝さんのそういう消極的に世帯臭いところは、よくないですよ。じゃあ、せめて、下におりて、船の外や、中を見てください。自慢したくて、うずうずしているんですから」

「ええ、それはぜひとも、そうさせていただくわ」

館山文隆、南波義人、池内平一、そして伊津子も立ち上がって、横手の通路から下のハーバー事務所のほうへとぞろぞろ消えて行き、そこのテーブルがからになると……。

隣の席の小テーブルで、背中をむけてすわっていた、花柄のムームーに、ピンクのストロー・ハット、サングラスの若い女が立ち上がった。

黒縁の丸い眼鏡をとって、そういう明るい服装になると、けっこうナウにきまったビーチ・ギャルになっている、諸田久美子だった。

3

(鶴山芳樹少年の日記)

八月二日（火）　曇ときどき晴
久美子先生は、きょうはお休みで、朝早くからどこかに、めがねを取った、ほんとうの美人の姿で出かけました。
それから午後に一ど帰って来ると、こんどはすごくはでなふくをして、またちがったすごい美人になって、出かけて行きました。

なにか、はりきって、たんていをしているみたいです。

それで、ぼくは自習でべんきょうをして、それからセイちゃんと海に泳ぎに行きました。

その時、セイちゃんがじぶんのうちから、昼ごはんが終わったころ、マンガの本を持ってくるとやくそくしました。

おばあちゃんのうちで、一番つまらないのは、マンガの本のまるでないことだったので、ぼくはセイちゃんがたくさんマンガをもって来てくれたので、うれしくなってしまいました。

それで、セイちゃんといっしょに、ゆかの上にはらばいになって、マンガを見ました。でも、その中には、もうぼくが見たものもずいぶんあったので、すぐに読みおわってしまいました。

セイちゃんはまだふるいものなら、たくさんうちにあるというので、それじゃあ、ぼくがセイちゃんのうちにあそびに行こうということになりました。

それで外に出て、宝石館の前まで行ったら、ぼくはびっくりしました。門の前には、もうけいかんはいなくて、ふつうにやっているようでしたが、おどろいたのは、そこから出て来たひとりの男の人でした。

なぜなら、その人はぼくたちがきもののお姉さんに宝石館に入れてもらった時、たったひとり、ちかしつにいたおきゃくさんとおなじだったからです。

なぜ、へんかというと、それははっきりしたことはいえませんが、でも、宝石を見ているようすがとてもなにかこわいような感じで、それで手にノートなんか持っていて、ぼくたちが入ってくる前には、なにか書きとめていたようすだったからです。

それに、その男の人は、ぼくたちが入ってくると、ひどくギョッとしたようすを、みせたかんじでした。

かみはまっ白なんですが、ふさふさとして、としをとっているのだか、そうでないのかもわかりません。

その上、すごくおしゃれみたいなふくをしていて、それがちょっと外国人みたいなものなので、日本人かどうかもわからなくなってくるのです。

それで、ぼくはセイちゃんの耳に、あれはこの前、宝石館にいたあやしい男だよ。ひょっとしたらここでおこった殺人じけんに、かんけいあるかもしれない。ぼくのカンがピンとくるんだといいました。

セイちゃんもその男を見て、うん、なんだか、ちょっとギャングみたいなかんじがするとさんせいしたので、ぼくたちはビコウというのを、やってみることにしました。

白いかみの男は山の坂をおりて、国道に出ると、左にあがって行って、海水よくじょうに渡るしんごうの所をよこぎりました。それから、バスていの所で止まると、じこくひょうを見はじめました。

「バスに乗ったら、どうする、おれ、そんなにおかねがないよ」

と、セイちゃんがしんぱいそうにいったので、ぼくがすこし持っているから、だいじょうぶだといいました。

男は逗子行きのバスに乗って、前のほうにすわったので、ぼくたちもそれに乗って、うしろのほうにすわりました。

男はバスのあんないが、「つぎは、あぶすり」というと、おりるというボタンをおしました。そしてそこでおりたので、ぼくたちもそうしました。

男は自動車の道を少しもどって、ヨットハーバーのところにあるマリーナの建物の中に入ると、海のことのいろいろの物を売っている店を見はじめました。

でも、なにも買いませんでした。それで、たてものを出て、ヨットに乗る人たちが使うちゅうしゃじょうのほうにむかいはじめました。

ぼくはそこで名前を呼ばれて、びっくりしました。見ると、外に出ているきっさてんみたいなところのテーブルに、伊津子さんがいて、こっちにむかって、笑って手をふっていたからでした。

ぼくはちょっと止まりました。そして、そっちのほうに行こうかと思いました。でも、そんなことをしていたら、ビコウができません。それにセイちゃんは、もうどんどん行ってしまっていました。セイちゃんは伊津子さんが、きらいだからかもしれません。

それで、ぼくはそのまま、どんどんビコウをすることにしました。

男はりょうしの船なんかもいっぱいある港の横を通って、それからまた国道のほうにむかって、そこに出たかどにある、きっさてんに入って行きました。

そこはぼくもよくおばあちゃんやママにつれられてくる、フランス茶屋という所で、ケーキがとてもおいしいです。

男の人はずいぶん長く中にいました。ぼくはしんぱいになって、ちょっと入口の所まで行ったりして、中をのぞいて見たら、男の人はすぐ中のでんわで話をしているのが見えました。

それからしばらくすると、タクシーが逗子のほうから来て、店の入口につっこみました。すると、中からあの男が出てきました。その男はその車に乗って、逗子のほうに行ってしまいました。

ぼくたちには車のビコウなんて、そんなカッコイイことはできないので、がっかりして、もうビコウをやめなければなりませんでした。

それで、セイちゃんのうちに行って、夕方まで、うんとマンガを見てかえったら、久美子先生もかえっていました。

きょうは昼寝をしなかったので、風呂に入って、夕食を食べて、自分のへやにもどったら、ものすごく眠たくなったので、ベッドにひっくりかえっているうちに、眠ってしまいました。

それで、目をさまして、この日記をつけています。まどの外を見ると、こんばんもまた下のおくじょうでは、パーティーを始めています。

4

「今日もパーティー、明日もパーティー。人殺しくらいで、やめてたまるか。それが上流階級か」

黒川警部は応接室の中で、天井のほうを、いまいましげに見上げた。その上の屋上では、今、賑やかにパーティーが開かれているのだ。

「死んだ萩原幸治というのは、ここの主人とは関係が深かったようですが、あまり娘さんたちとは親しくなかったようで……」

草刈警部補の言葉にも、警部は満足しない。

「だが、今日は通夜なんだろう?」

「はあ、そのように聞きました」

「長女の人くらい、とむらいに行ってもよさそうにも思うが?　ともかく、萩原幸治はここの宝石館のために死んだようなものだ」

「はあ、まあ……」

その時、その話に出ていた光枝が、廊下のドア口から、小走りに入って来た。裾の乱れを軽く手で押さえる形。

「父が電話でつかまりました。ただいまストックホルムのホテルだそうです。どうぞこれに出て、お話しください」

光枝は入口近くの、スタンド・テーブルの電話機の受話器を取り上げ、プッシュ・ボタンの一つを押す。

「つまり、国際電話で？」

ちらりとしたためらいの色で、黒川警部はそんな電話に馴《な》れていないというのがわかる。

しかし、光枝はそれを別の意味に受け止めたか、

「かまいませんから、どうぞ、ごゆっくり話してください」

警部は光枝に歩み寄って、彼女の手から受話器を受け取った。

警部の呼びかけの声に答えた帆村建夫の声は、ごく物静かなものだった。

「大体のことは、今、光枝から聞きました。どういっていいのか……ともかく、驚きです」

「こういう電話では、あまり長話もできませんから、手短にポイントだけおたずねします

が……」警部はかなりの速口になっている。「……今度の事件について、なにか、心当たりは？」

「まるでないというのではありません。すでにもうごぞんじのことと思いますが、うちの宝石館が何者かに狙われているという噂がありました」

「ええ、そうだと、お嬢さんから聞きましたが……」

「そういう意味では、心当たりありということになるのでしょうが、実際のところ、私が知っているのは、ただ狙われていたというだけで、それがすべてなのです。ただ、萩原君がそういう噂を、私の所に持って来たというだけなので……」

「というと、宝石館が狙われているという話を持ってきたのは、萩原さんだったと？」

「そうです。しかし、噂の程度だというので、私も事態をそう重要に考えなかったところがあって、ともかくそういうほうはベテランの彼に留守を頼んでおけば、まちがいはないだろうと思ったのですが……」

「話をまとめると、宝石が狙われているという噂を、そもそも持って来たのは萩原氏。しかし、その具体的なことについては、まるで不明。だが、ともかくそのことで不安になって、あなたは海外旅行中は、彼が宝石館の警備をするように、それまでやっていた人には休暇を与えて、交替させた……。そういうことになりますか？」

「そうです」

「萩原氏はそのほうではベテランとおっしゃいましたが、そのほうとは、宝石の取引とかいうことのベテランということか、それともそういうものの探偵、警備、調査といった意味のベテランということか……?」

「宝石の全般にわたってです。彼は私と知り合う前には、かなり大手の警備興信所の社員で、特に宝石関係の警備、輸送、調査等をやっていた人物だったのです。いや、実のところ、私がある意味では人生の大転換を決心して、本格的に宝石のコレクションや取引を始めたのも、実はそういう彼と知り合ったこともあるんです」

「すると、帆村さんはそれまでは、そういう宝石のことをやっておられなかった?」

「まるで無関係といっていいでしょう。第一、高価な宝石など買う金は、ありませんでしたからね。そんな世界に足を入れたのは、今いった萩原君を知ったことと、それから、ちょうどその頃、おやじが死んで、かなりの資金を手にいれたと……いろいろ妙なきっかけがありましてね」

「はあ、お父様はあの有名な帆村亮一《りょういち》さんだったとか、ちょっと聞きましたが……」

「そうです。といっても、私はそれ以前は、宝石にまるで興味がなかったというのじゃありません。それ以前は、自称放浪の詩人というか、画家というか……ともかくそういう生活をしていたので、美に対してはかなりの感覚を持っていたつもりでしたから、宝石にも興味があり、それなりの知識を持っていました」

黒川警部は、国際電話というのだろう、なにかますます速口になる感じ。

「そういうことはこっちに帰っていらっしゃってから、ゆっくり聞かせていただきます。いつ頃、ご帰国になる予定ですか？」

「事件を聞いた時は、すぐ帰ろうとも思ったのですが、せっかくここまで来たことですし、もうあしたからはオークションなので、ともかく三日のその期間が終わったら、すぐ帰ります」

「わかりました。ただこのことだけは、もう一度くりかえして、ききたいんですが、宝石館の宝石が狙われているという情報、だれが、どこでというようなことは、なにかヒント程度でも、いわなかったんですか？」

「まるで。ともかく、私はどうしてもこっちに来たかったので、それまでは、安田……館の警備と庭園管理人《ガーデナー》とを兼任している老人ですが……彼にも、まだ開館以来、一度も長期休暇をやっていないので、ちょうどいいから、ベテラン萩原君と警備を交替するように、手配したのです」

「さっきからちょっとひっかかっているのですが、今日、うちのものが萩原さんの事務所に行って聞いたところでは、なにか帆村さんのほうが、そういう情報をキャッチしたというように、受け取ってきましたが？」

「萩原君の事務所の者が、漠然とした受け止め方をしたのでしょう。噂をキャッチしてきたのは、彼のほうからです。第一、私自身は、そういう世界の話をキャッチする情報網なんか持っていません。だからこそ、彼の事務所に、ずいぶんの投資もしているのですから……」

「どうも長い間、もうしわけありませんでした……」受話器を耳からはなそうとして、警部は慌てて呼びかけた。

「……ああ、もしもし！」

さいわい、むこうもまだ切っていなかった。

「それから、ちょっとおききしたいのですが、磯脇晴秀……そういう名にお心当たりはありませんか?」

「磯脇……。聞いたことはないようですが……いったい、誰なんです?」

「いや、ごぞんじなければ、それでけっこうです」

「知りませんね。磯脇晴秀なんて……」

第三章　コルト・バントライン・スペシャル

1

（鶴山芳樹少年の日記）

八月三日（水）　晴と夕だち

あやしい男の名がわかりました。イソワキというのです。いる所もわかりました。

セイちゃんのおてがらです。けさ、そのことで、セイちゃんはぼくに、でんわしてきました。

その男はセイちゃんの家のすぐ近くで、ゴヨウテイのすぐよこの民宿に、とまっているというのです。

セイちゃんは朝おきて、外の水道の所で、かおを洗っていたら、あの白いかみのおじさんが、前の道を海のほうから、さんぽでかえってきたようすなので、びっくりしたそうです。

それで、そのおじさんのあとをつけて行ったら、セイちゃんのうちから三分と行かない所の、シオサイソウというみんしゅくに、入って行ったのです。

そこのみんしゅくの人を、セイちゃんはみんなよく知っていたので、そのうちの子どもの、五年生の正一君にきいたら、男はイソワキといって、もう十日くらい前から、とまっている、海水よくではない、めずらしいお客さんだと、おしえてくれたそうです。

そして、昼間はほとんど出かけているし、夜もときどき帰ってこないことがあるので、ずいぶんもったいないようなとまりかたをしているのだというのです。

でも、ぼくに、そのでんわがかかってきた時には、もう久美子先生とべんきょうする時間になっていたので、それが終わってから、いそいでセイちゃんの家に行って、それでいっしょに、そのシオサイソウに行きました。

セイちゃんはそこに入って行って、正一君とまた出て来ましたが、その男はきょうもまた、もうずいぶん前に出かけて、今はいないということでした。

そこでぼくは正一君に、よく見はっていて、こんどぼくたちが来た時には、どんなことをしていたか、できるだけおしえてくれとたのみました。

じけんはだんだんすごくなってきたようです。それで、ぼくはセイちゃんに、宝石館のほうも、もっと、たんていをしなければいけないといいました。

今、前を通ったけど、もうそこにはけいかんの見はりもいなくなったのを、ぼくは見ていました。それで、ぼくたちはすぐに行くことにしました。

門はひらかれていて、ガランとしていました。

それで、だまって中に入って、丸い形のたてものの前に行ったら、きっぷ売り場みたいなガラスまどになっている所には、カーテンがおりていて、きょうはやっていないようでした。

中に入る入口のドアの所はあいていましたが、けいさつが使うような黄色いひもがはってあって、入ってはいけないというかんじでした。

でも、たんていはゆうきがなくちゃいけないと思って、ぼくはそのひもをちょっともちあげて、下をくぐってから

「おい、セイちゃんもこいよ」

とさそいました。

とたんに

「こらっ、こどもたち、どこに行くんだ」

と、ばくだんみたいな大きな声がしました。

ぼくはおそろしさに、ギュッとむねがいたくなって、いきが止まってしまったかと思いました。

どなったのは、へんな黄色のジャンパーに、足の形そのままみたいなズボンをはいて、くつでなくてたびというものみたいなものを、足にはいたおじさんでした。大きくて、きたないむぎわらぼうしを、またりょうがわから、きたない手ぬぐいで押さえつけるみたいにしていて、それでまた、サングラスをしているので、ものすごいわるものみたいに見えました。

でも、かんじからすると、ぼくの所にいる戸板さんとおなじ、にわしさんかと思いました。

「おいっ、おまえたち、どこに行こうというんだ。だれがここに入っていいといったんだ」

ぼくは伊津子さんのことをいって、あそびに来ていいといわれたといおうとしましたが、のどになにかがつっかえたみたいで、まるで声が出てきませんでした。

「どうしたの、大きな声で」

そういう声が頭のほうでしたので、ぼくはびっくりして上を見ました。

そうしたらすぐよこの、人が住んでいるほうのたてものの二かいのまどから、伊津子さんが、ぼくたちのほうを見ていました。

　ぼくはほっとしました。それから、わくわくするみたいに、うれしくなってしまいました。

「ああ、新しいガーデナーのおじさん。私、あなたとはまだあっていなくて、はじめてね。いいのよ、おじさん、この子たちは、上の鶴山さんのぼっちゃんたちでね、私がここですきなようにあそんでもいいと、いったのだから」

　ガーデナーという人はちょっと上を見ると、それから急に、なにもいわずに、むこうのほうに歩きはじめました。足をひきずっていく歩きかたでした。それでぼくは、この前、戸板のおじさんがいった、帆村さんの所のガーデナーが、はしごから落ちたという話を、思い出しました。

　伊津子さんはガーデナーのおじさんに、なんだか用があったみたいでした。

「あっ、おじさん、ガーデナーのおじさん、ちょっと待って」

と呼びましたが、おじさんはなんにも聞こえなかったみたいに、さっさとむこうのほうに行ってしまおうとします。それでぼくはひょっとしたら、そのおじさんは耳が聞こえないのかと思いました。

「ねえ、おじさん、おじさん」

　伊津子さんは呼びながら、まどから消えて、そのままいなくなってしまいました。

「ヨシちゃん、なにかひどくしかられていたみたいだけど」

と、またいきなり声がして、セミがワンワンないているすぐそばの大きな木のうしろから、久美子先生が出て来たのには、またぼくはびっくりでした。

久美子先生は、きょうは先生がいうのでは、ばけたほうの、めがねをしている顔でした。

「あなたたちがこの門から入って行くのを見たので、私、そっとあとをつけて来たの。そう、ヨシちゃんたちはあの伊津子さんに、ここで遊んでもいいって、いってもらったの。あんがいあなたたち、しょうねんたんていだんのほうが、テキジン深くトッニュウしているのね。ねえ、それじゃあ、ちょっとひととおり、この中をあんないして。ほんとうは、今あなたたちが入ろうとした、ちんれつしつのげんじょうも見たいんだけど、それはむりそうね」

久美子先生はざんねんそうに、そちらのほうを見ていました。

それで、ぼくは久美子先生やセイちゃんといっしょに、庭の中をぐるっとまわりましたが、この前はほんの少しばかり歩いただけですし、また上から見ていたのとは感じがちがって、初めて見るような所もたくさんありました。

もう昼間のとても暑い時間になっていたので、庭ではだれにもあいませんでした。

午後二時少しすぎから、また、セイちゃんとおよぎに行きました。

かえって来てすこしたってから、すごい夕だちがありました。でも、みじかいもので、あまりゴロゴロもいわないで、おわりました。

夜ははるさんにたのんで、買ってきてもらったマンガのしゅうかんしを見て、それから、この日記をつけ始めました。

また、下のおくじょうのようすをしばらく見ようと思います。

こんばんもまた、光がいっぱいついていて、音楽が少し流れてきて、人の影が行ったり来たりして、たのしそうだからです。その中には、伊津子さんらしい姿も、時どき見えるかもしれません。

ですからきょうのたんていは、イソワキというあやしい男のことがわかったことがしゅうかくです。

2

「課長、磯脇晴秀という男についてです。重要な事実が判明しました。我われの照会が、彼の住居の管轄署に行き、それからまた警察庁へともどったのですが……」

こうこうと明るい照明の下、それだけに冷房も一段とよくきいた感じの刑事課の部屋。その片隅で、なにかの書類をめくっていた黒川警部の所に、草刈警部補が駆け込んで来た。

「……彼、宝石犯罪専門の、どうやら怪盗と名づけてもいいような男なんだそうです……」

「ほう、宝石犯罪か！」

草刈警部補はメモの手帳を開きながら、説明し始めた。

「……今から、十五、六年前までは、磯脇晴秀は桜木健造という男とよく組んで、宝石関係の詐欺、窃盗等の犯罪を、なかなかみごとな手並みでやっていたそうです。しかし、ずいぶんの野望家だったのか、日本を舞台にしての仕事なんかスケールが小さすぎるというようなことをいって、そのコンビを解消し、彼のみが海外に行ってしまったとか。これが八年ばかり前の話のようです。以後、彼がどういうことをしてきたか、海外のことなので、よくわかりませんが、一匹狼として、ずいぶんの活躍をしてきたようだという話です。しかし、三年前に帰国してからは、彼自身ではもうすっかり足を洗ったと宣言しているそうです。しかし、これははなはだ疑問で、警察庁でも目ははなせないと感じて、彼の住居の管轄署が、注意監視下に置くということにしてあったそうです。それが、十日ばかり前とか。突然、どこかに旅行に出かけたのか、長期不在となっていたので、これはおかしいと思い始めていたやさき、我われの照会が来たということのようです」

「そうか！　宝石館の今度の事件も、彼が深くかかわっている可能性が出てきたな！」

「彼の人相、その他については、ファックスですぐに、こちらに送ってくれるそうですが、電話で概略を聞いたところでは、ダンディーのイソと仲間内で噂されるおしゃれで、もう現在は六十一歳だそうですが、しゃれもののアメリカ・ギャングもどきの服装を好んでしていて、最大の特徴はふさふさした、総白髪《そうしらが》ということだそうです」

「状況から見て、彼がこの葉山あたりに潜伏している可能性大だな。ここにぴたりといるとはかぎらないがな。隣の逗子、横須賀、あるいは鎌倉、横浜……。しかし、葉山町にぴたりいるにしても、今は一番季節が悪いな」

「はい、ともかく夏のシーズンの最盛期で。ここに滞在している人間となると、旅館、ホテルはともかく、民宿も相当の数、おまけに会社寮、別荘の滞在客ともなると、ますますつかみにくくなります」

「しかも、彼が真犯人《ホンボシ》だとしたら……今のところ、そうとは断定できないが……ともかくなにかの犯罪計画を抱いてここに来ているというなら、本名なんか名乗っているはずがない」

「しかし、もし彼がホンボシで、実際のところ、今度の事件が、彼にとって失敗だったとしたら……いや、状況から見て、なにか失敗だったために、不可解なことが多く残ることになってしまったのだとも考えられます。だとしたら、彼はまた挑戦してくるんではないでしょうか？　いや失敗でないとしても、それなら今までの不可解を伏線にして、いよいよ本格的に出てくるということにもなるし……」

「いずれにしても、ありがたくない話だ……」

黒川課長の前の電話が鳴り出した。課長が取り上げる。

「ああ、もしもし……ああ……えっ、なにっ!? 宝石館で……なんだって!! 殺人!? ……」課長が送話口を押さえて、すばやく草刈警部補にいった。顔がゆがんでいた。

「……いってるそばから、殺人だと! また、宝石館でだ! 一一〇番で、現場に急行した巡査からだ……」

草刈警部補がすぐそばの電話器のプッシュ・ボタンを押して、傍聴を始めた。

「……はい、そうなのですが……」若い巡査らしい声が飛び込んでくる。「……それが、今度はあの宝石が陳列してある宝石館のほうではなくて、別館とかなんとか……そこで、泊まり客の一人が銃で射殺されたという事件のようで……」

「なにっ、射殺!? ピストルか!?」

「さあ、そこまでは、まだわかりませんが……」

「いったい、だれが、殺されたというんだ!?」

「館山有文……今聞いたところでは、そういう名前のようです。ともかく、緊急に出動をおねがいいたします」

電話を切った課長は、こわばった顔を草刈警部補にむけた。

「ほんとうに起こってしまったぜ! それも銃……ひょっとしたら、ピストルかも……。今度は宝石のほうは、どうなんだ!? 殺しだけで、そういう宝石は盗まれていないというのかな……」

3

「……いいえ、宝石も盗まれているような……。ピジョン・ブラッドを指輪にしたものです」

部屋の壁にビルトインされた金庫。その開け放たれた扉の中に、顔を突っ込んでいた館山文隆が、ふりかえって、黒川警部たちに答えた。

中にさまざまな宝石アクセサリーの散らばるその金庫の下縁からは、ネックレスらしいものの端が、外に垂れ下がっていた。その下の床にも、いくつかの指輪、ブローチといったものが、部屋の天井の照明をはね返していた。

「ということは……」草刈警部補がたずねかえした。

「……そんなにすぐわかるということは、あなたはお父さんがここに持って来た、こんなにたくさんの宝石のコレクションを、ずいぶんよく知っていたと？」

文隆はひどく間の抜けた、ぽかんとした顔から、今度は急に慌てたふう。

「いや、おやじが持って来た物を……全部、知っているというわけじゃありません……」

「なのに、どうして、ほんの一分ばかり、床の上に散らばったものや、金庫の中を見ただけでわかったのです？」

「それは……おやじの持っているこの中で……」

館山文隆との会話には、どこかワン・テンポ遅れたようなまどろっこしさがあるのを、草刈警部補は感じ始めていた。だが、がまんして聞く。

「……ピジョン・ブラッドの指輪は僕が好きなものだったので、よくおぼえていて……だから、今も注意してみたら、それがなくて……」

黒川課長が、草刈の博学の知識を仰ぐように、その顔を見た。

「ピジョン・ブラッド？」

「英語で鳩の血という意味で、確かルビーの中でも特上品の、燃えるような赤をしている、数の少ないものだとか」

黒川課長は、横手にいる草刈警部補を初めとする部下のスタッフに、当惑の視線を投げながら、いささかひとりごとめいていった。

「……ということは、やっぱり犯人は宝石が狙いであり、しかし、やはりこの前と同じように、盗難中に皆にかけつけられ、おそろしく半端な盗みかたで、慌てて逃走したというのかね？」

だが、草刈警部補はそれに答えず、もう一度、想像出来る事件の経過をていねいに、復習し始めた。

「金庫の鍵穴に差し込まれたままの鍵から見て、犯人は館山氏を銃で射殺してから、そのポケットの中から金庫の鍵を奪い、それで扉を開けて、中のものを盗もうとした。だが、銃声を聞いて駆けつけて来た文隆さんの気配に気づいて、全部は盗みきれず逃走した……」

「だが、またここにも、前とまったく符節を合わせたような……」課長の声はおそろしく重たくなった。「……いろいろの同じ不可解がある。私としては認めたくないのだが、まず……なにかまた、この現場は密室を構成していないでもないということだ。息子さんの文隆さんが駆けつけた時は、この別館二号の玄関入口のドアや、部屋のドアはロックがかかっていて、文隆さんは自分の持っているキーを使って開けたということだ。そして、お父さんのほうのキーは、ベッドサイド・テーブルの引出しに入っていた」

「しかし、被害者の心臓部を貫通した弾丸は、ホシが部屋の中の南隅から撃ったことは確かなようです。北側の壁の中にめり込んでいましたし、死体の倒れた位置などもそれを物語っているようです」

草刈警部補は、三脚に乗せたベローズつきのカメラを、北側の壁の弾痕に近づけ、その接写写真を撮影しようとしている係員に呼びかけた。

「鑑識《かんしき》さん、コルト・バントライン・スペシャルというピストルを知っていますか?」

鑑識課員は、いま一人の仲間のほうをふりかえった。

「そういうことなら、あの男が専門です。おい……」

彼はその男を呼び寄せると、いまきいた質問をくりかえす。

「それはまた、クラシックな珍しい拳銃の話を。知っていますが、それがどうだと？」

黒川警部がたずねる。

「この犯行には、それが使われたという形跡はありませんか？　実は、この前の事件の時、展示物として、宝石館にあった、その拳銃が弾丸といっしょに盗まれているのです」

「今、弾頭は壁から掘り出したり、薬莢《やっきょう》を床から回収したりしたので、銃は、四五口径あたりでないかと思いますが。そして、今、私のいえることは、バントライン・スペシャルも、確かやはり四五口径あたりだったはずだということだけです」

黒川警部はまた草刈に話しはじめる。

「しかしまだ不可解は、またもやガイシャ……」うっかり口を滑らせたのに気づいたように、ちらりと課長は館山文隆を見て訂正する。「……被害者の二本の脚をまとめて縛った縄だ。今度はまた前よりも、もっとゆるくて、ほとんど縛るという意味をなしていない……」

「はい、犯人はまず館山さんを射殺して金庫の鍵を奪ったというふうに考えると、そうしたのは亡くなった後という、またまた不可解な……」

「銃声がしてから、死体が発見されるまでに三、四分はあった感じだから、この程度に脚を縛るくらいの時間はじゅうぶんあっただろうが、どうして、犯人はこう不可解を積み重ねるのか……」

『不可解を積み重ねる』という言葉で、警部補ははっと気づいたようだ。課長の顔を見ると、数メートル離れた先の、ビニール・シートの横につかつかと歩み寄った。その片側を持ち上げる。

死体はまだ発見当時そのままに、金庫からこぼれ出た真珠のネックレスの端などをその下に、少し入れたままうつむきかげんの姿勢でいた。

草刈は死体をなるべく動かさないように気づかいながら、服のポケットを次つぎと探るようす。

「ありました！」

外に出て来た彼の手には、長さ五センチばかり、あの交点にピンが刺された、藁細工の十字架のような物が持たれていた。

「またか！」

予期していたことではあったろうが、課長はにがにがしそうに言葉を吐き出す。

「この前も状況は密室で、やはり被害者のポケットから同じものが出て……。課長、こうなると、あの時もちらりと考えが出ましたが、やはり密室を作る上に、これはなにか関係があると……」

草刈の意見に、課長はつぶやく。

「そうかね……」

「としたら、こんなものがいったい何の意味が!? 被害者の脚に巻かれたロープといい、なにか犯人は、わけのわからない宗教的な儀式でもやっているような感じで……」

「うーむ……」

課長のさっきからの短い返事は、とうとううなり声になる。だが、それから固く決意したようだった。

「……草刈君、犯人の狙いが宝石だろうが、宗教的なことだろうが、それらとはまったく別のことだろうが、今はそれを脇に置いておこう! ともかく、状況がこの不可解さ、複雑さから見て、これはただの宝石盗難殺害事件ではない。なにか人間の愛憎、利害のからんだものだという気がしてならなくなった。それは、盗まれた宝石がいくらせっぱつまった状況とはいえ、ピジョン・ブラッドの指輪、たった一つ……。こうなると、この事件には、この帆村家の人や、滞在客のだれかが、どこで、どう深くかかわっているかわからない状況になってきた。今度はそのへんの所を、うんと突っ込んで調べてみよう」

「はい。前の事件では、そのあたりのことは、まったく調べていなかったようなものですから」

「まず、手初めには……」課長の視線は、いささか置き去りにされた形で、ぼんやりと刑事たちのやりとりを聞いていた館山文隆にいく。「まず、君あたりから、詳しく話を聞かせてもらいたいが、そう、その前に、この現場の密室的な戸締まりについて、確認しておきたい。ここのすべての鍵をあずかっているというのは……確かここに住んでいるという、事務長の江森幸三という人だったな。まず彼に、ここに来てもらうことにしよう。ここのほうが、場所が孤立していて、おちついて、事情聴取ができそうだからな」

4

その孤立して、静かな、別館二号と呼ばれる建物は、主人の帆村建夫が宝石の鑑定や研究を、独りゆっくりと楽しむために作られたものだった。

現場の部屋に、壁に造りつけの金庫などがあったりしたのも、そのためであった。

現場の地勢は、東と南は後ろに山を背負った急斜面。少部分だけが土留めの石垣となっていたが、木立を自生させて上にむかい、その上が鶴山邸につながるわけである。

部屋の西側は急な崖で下に落ちて、窓の外は敷地内のプラザを見下ろし、そのむこうに海の展望を拡げていた。そして北から東側は建設前の整地の時から、主人の帆村建夫をひどく喜ばせた、三十平方メートルばかりの天然の池をそのまま保存して、そのむこうからゆっくりした斜面で、別館一号のある下の敷地に通じていた。

つまり別館二号は、宝石館の敷地全体からいったら、南隅の一番の高台にぽつんと建っている形であった。

建物は人目を引くことを避ける、隠れ館《やかた》の意図でもあるような、コンクリート打ち抜き外壁の、ただもう立方体に近い愛嬌のないもの。

主要な部屋は二つだけの一階建てなのだが、内部の造作は驚くほど凝っていた。壁の鏡板、床、柱、梁《はり》はもちろん、すべての家具にいたるまで、イギリス・ウインザー調の重厚にクラシックな木の感覚で、統一したものであったのだ。

事件のあった部屋は、東の入口からは奥の部屋。時に主人は、この建物で休むのだろう。一応、ベッドルームという形になっていた。

やがて現われた江森幸三を、黒川課長たちが迎えた部屋は、それに続く手前側、小ぢんまりした仕事部屋という感じ。樫造りのどっしりしたライティング・デスクを中心にして、ソファーやチェアーが、いくつか配置されていた。

事務長は年齢六十前後、すでにほとんどの頭髪が後退した、小背、色黒、度の強そうな近眼鏡と、あまり冴えた人物ではなかった。

「この別館二号の建物の玄関出入口や部屋の鍵は、どこにいつもあるか、また誰が持っているかを、まずききたいんだが」

黒川警部は事件の不可解と複雑に対するふきげんを、力強い語調の尋問に転化しているようすだった。

だが、江森は見た目とは違って、事務的才能については、なかなかのしっかり者のよう。てきぱきと答え始めた。

「別館は一号も二号も、キッチンの壁に取りつけたキー・キャビネットにワン・セットありまして、一般にはそれが使われています。そのほかにスペアが二セットあって、ワン・セットは光枝様、あとワン・セットはご主人がお持ちになっていらっしゃいます。しかし、ご旅行中なので、それは自分のお部屋の金庫におしまいのはずです。しかし、今は、ここに館山さんのお父さんとご子息さまが泊まっていらっしゃるので、キッチンのぶんと、光枝さんのぶんとをお貸ししています」

「玄関や部屋の錠を見た所では、ごく普通のシリンダー錠で、しかも、自動ロック式というようなものでもなさそうだが？」

「はい、そのとおりです」

「寝室の壁の中に造りつけてある隠し金庫だが、あのほうの鍵は？」

「ご主人が二つお持ちです。しかし、留守中は、館山さんがそこにお泊まりになって、ご使用になるというので、ご主人は中をからにして、お出かけの際、その鍵一つを私にあずけて、館山さんが来たら渡すようにとおっしゃいましたので、そのとおりにしました」

「すると、いま一つは……」

「ご主人が自分の書斎の金庫に、おしまいになったか、そのまま持って行かれたかだと思います」

「あの金庫にはダイアルなどはついていなかったようで、キー一つで開けられるようだが？」

「そうです」

「ずいぶん簡略のようだが？」

「詳しいことは私にはわかりません。しかし、私が考えるには、あれは、お仕事をなさる時に、ごく臨時的に使用なされるもので、一応、外目にはわからないようになっていますから、出し入れの面倒なお手間を、おはぶきになったのかとも思います」

そのしゃべりかたといい、態度といい、イギリスの執事《バトラー》あたりにしてもいいという感じ。

「もう一度、宝石館のほうの鍵のことも、確認したいんだがね。あそこの鍵も三セットあって、一セットは萩原氏、それから一セットは帆村氏、それからいま一セットはあなたがあずかっている。そうだね？」

「はい、そうです」

「萩原探偵が殺された事件の時も、もちろん、あなたはそれを持っていた？」

「はい、たいせつなものですから、肌身離さず、このとおり……」江森は体をねじって、コートの裾をちょっとまくった。そこに萩原と同じように、リングに入ったキーが腰のバンドにとりつけてあった。「……いつも持っています」

「九時五分に巡回警備アラームが鳴った時、あなたはキッチンにいたそうだが？」

「はい、康子さんといっしょに、テレビを見ておりまして……」

「いつ頃から？」

「一時間以上前……」江森はちょっと考えてから、もっと正確にした。「……ああ、見ていた番組の時間から考えて、一時間二十分くらい前からですから、七時四十分頃からでしょうか……」

「今日、銃声を聞いた時も、やはりキッチンに？」

「はい、そうです。しかし、『銃声を聞いた』といわれると、もうしわけないのですが、場所的な関係でしょうか、それともテレビの声で聞こえなかったのでしょうか、私も康子さんもまるで気づかずに、光枝様から問い合せの電話があって、初めて知ったというようなことで……」

「いつ頃から、テレビを見ていたのだ？」

「四十分ばかり前でしょうか。しかし、その前からキッチンにいて、三十分くらいは康子さんと無駄話をしていたと思います」

「どうもありがとう」

江森が出ていくと、草刈警部補はさっそくきいた。

「彼のアリバイをきいたというのは、一応、彼もまた容疑者に入れているということですか?」

「いや、それほどのことではない。ともかく、犯人がここの内部の者だとしたら、残らずきいておいたほうがいい……そう思ったということくらいのところだ」

「ともかく、宝石館での事件では、彼はそのチャンスだけはじゅうぶん持てますね。なにしろ、そこのキーをワン・セット持っていたんですから。今度のここでの事件では、むりかも知れませんが……」

「その、今度の事件では、まだ調べたりないところがいっぱいある。まず、館山文隆君に来てもらおう。まだまだ多くのことを話してもらわねばならない」

5

「僕に話すようなことなんか、あるのかな……」

隣の事件現場の部屋で待たされていた館山文隆は、黒川警部たちの前に現われるといった。

医大生だという。だが、なにか幼児性が残っているような、少し間のぬけた感じ。

父の死にも、あまりショックを受けていないようでもある。黒川警部はそういう若者に、いらだちか、腹だちか、なにかおもしろくないものを感じているように、やや語気が荒くなった。

「お父さんが殺されたという特別なことなんだ。どんな些細なことでもいい。できるだけ話してもらおう。まず、君のお父さんが夏の休暇として、ここに遊びに来たとしても、ずいぶんたくさんの高価な宝石類を携えて来たことだ。これはどういうことなのか、そのあたりから聞かせてもらおうかな」

「帆村さんとその宝石のことで話したり、鑑定してもらいたかったからです」

文隆の返事はそれでぽっつり切れてしまう。もう少し気をきかせて、その周辺のことを話してくれてもよさそうなものだった。

「つまり、君のお父さんも帆村さんと同じように、宝石マニアだったというわけか？」

「帆村さんはそうかも知れないけど、うちのおやじのほうは、マニアといったって、ただ財産としてのマニアですよ。だから、絵も買うんです。少しもわかんないのに」

文隆はそれなりに、なんとなく自分の父を風刺した感じ。

「君のお父さんは帆村さんと、古い知り合いらしいが？」

「僕も、そう詳しいことは知りませんが、なんでも夏の軽井沢の画廊で、絵のことで知り合ったと……」

ちょっと話が進み始めては、すぐ止まる文隆の話しぶりに、黒川課長はかなり忍耐強くつきあう。

「つまり、帆村さんの絵を買ったというような？　帆村さんは、絵を描いていたんだろ？」

「いや、そうじゃなくって、おやじが絵を買うのにアドバイスをしたということみたいな」

「そして、それから、ずっとつきあいが始まった？」

「帆村さんはそういうふうに物を見る目が、なかなか鋭くて、おやじが絵を買う時は、それからもいろいろと教えてもらったと。それで、おやじは東山のほうにプライベートな、ほとんど使わないマンションの部屋をひとつ持っていたんで、そこを帆村さんに提供したらしいんです」

「いったいその軽井沢で知り合ったのは、いつ頃なんだ？」

「それは、よくわからないな。だけど、帆村さんがマンションの部屋を借りてたのは、そこからすぐ姿を消す同じ年で……ああ、だから、知り合ったのは、その前の年って聞きました」

館山文隆の頭脳は、どこかでもつれるらしい。

「帆村さんが君のお父さんのマンションからいなくなったのは、昭和五十七年というから、それだったら、昭和五十六年ということになる」

「ああ、そうか。僕はその頃は東京の予備校に行っていて、東京に住んでいたから、けっきょく帆村さんに一度も会っていないんです。だから、詳しいことはなんにも知らないいんです。おやじだって、帆村さんがなんの断わりもなく、ふいとマンションから姿を消してからは、もう五年にもなっていたから、実際のところ、死んだんじゃないかとさえ思っていたらしいです」

「死んだ？　また、どうして？」

「最後に別れた頃は、あまり健康がすぐれないようで、直接、帆村さんがおやじの病院で診察を受けたわけじゃないけど、おやじがそっと観察してたとこでは、癌の疑いもあったんだそうです。それで、どこかの病院に行って、きちんと診察してもらえとすすめていたんだとか。だけど、それはまちがいで、ぴんぴんしていることが、つい二か月ばかり前、わかったんです」

「また、どういうことで？」

「それが、僕が、ひょんなことで、そういう役をしてしまったんです」

「なんだね、その役というのは？」

「僕、女の子とこっちのほうに、ドライブに来て、迷い込んだみたいにして、この宝石館に見物に入ったんです。その時入口でもらって、うちに持って帰ったパンフレットを、おやじが見て、館長の名が、帆村建夫とあるのを見つけたんです」

なにか少しでも女の子のことが話に入ると、とたんに、この青年の口は、かなり滑らかになるらしい。

「それで、これはあの帆村さんじゃないかということになった？」

「ええ。これは以前、自分がつきあっていて、かなり長い期間、うちで世話を見ていた、あまり金には恵まれていそうもない、自称放浪詩人画家の、あの帆村建夫じゃないかということになったんです」

「なにか、そういう話の感じだと、君のお父さんは、帆村建夫氏が、実は帆村財閥の息子だなどとは、まるで知らなかったようだが？」

「そうらしいです。帆村さんのほうも、まるで父にいわなかったみたいで、おやじはすぐに帆村さんに連絡して、今度はおやじも、帆村さんがそういううちの人であることや、宝石館を建てたことなんかも知ったんです。それで、あなたが宝石にそんなに造詣があるとは知らなかった。いや、実は私もというようなことで、今年の夏は、暑中休暇を過ごしがてら、おやじが自慢の宝石のコレクションを持って、ここに滞在するという話ができたんです」

「だが、それに君もいっしょだったというのは？」

珍しく、文隆はちょっとためらいを見せてから答えた。

「はっきりいえば、僕はここの光枝さんが目当てです。だからかなり強引に、おやじに頼んでついて来たんです」

文隆のかなりあけすけな告白に、さすがの黒川警部も、ちょっと不意をつかれたように、曖昧《あいまい》な返事。

「ああ……」

「おやじが帆村さんと、つきあいを始めてから、また、ぼくはここに車で来たんです。帆村さんが、この前、マンションの部屋に置いていってしまったという、三年ぶんくらいの日記や、本や、そのほかゴタゴタした身のまわりの物が入った荷物を、持って来てあげたんです。その時、光枝さんに会ってから、僕、すっかり彼女の魅力に取りつかれてしまったんです。認めておきますが、僕は典型的な医者の家のドラ息子、始末の悪いプレイボーイ、古風にいえば、放蕩者の道楽息子……」

「ほう……」

突然、変わった彼の話題に、黒川警部も当惑する。

だが、館山文隆は馬鹿にむきになって、しゃべり始めた。

「……医大の生徒で、成績不良、どのみち、まともに入学したとは誰にも思われず、国家試験受験は大学側で、本校の名誉のために、当分差し止め。けっきょくは医者にはなれないのではとは、多くの人が認めるところ。その代り病院院長で、金があって、子供には甘いおやじのすねをかじって、金使いの荒い遊び……特に女遊びでは成績優秀。そりゃあ、僕としては弁解しがたいところもあるけど、まあ、やめときます。だが、たった一つ、これだけは弁解しておきたいのは、光枝さんに対する僕の気持ちだけは、いいかげんじゃないということです……」

その滑らかな雄弁からすると、館山文隆は、案外、利口な、かなり屈折のある男かも知れない。

「わかった……」ようやく、文隆の話題転換の意味を悟った黒川警部は、話をもとにもどす。「……それで、君はお父さんといっしょに、ここに滞在することを頼んで、オッケーをとった？」

「そうです」

「この別館二号に泊まることになったのは、君たちの希望で？」

「いや、帆村さんのほうで、前もって、ここを決めていてくれたんです。おやじが持って来た宝石を、しまっておく金庫が必要だったからだと思います」

「だが、君はここには泊まっていないようだが？」

「こんな離れた所で、おやじと鼻突き合わせていて、ろくに光枝さんの顔は見られないんじゃつまらないんで、一日、ここに泊まっただけで、後は本館でまだあいていた部屋に、引っ越させてもらったんです」

「君たちがここに来たのは、いつのこと？」

「七月二十五日」

「どうも状況からすると、ほんとうは帆村さんは、初めはその時はここにいる予定だったような？」

「そうです。だけど、どことかの宝石オークションで、急に行かなければならなくなったとか。だから一時は、ここに来るのは少し日延べしようかという話も出たんですが、まあ、暑中休暇も兼ねているんだから、僕たちのほうが先にやっかいになって、帆村さんの帰国するのを待とうということになったんです」

「ほかのお客さんも、もう来ていた？」

「池内さんは前の日の二十四日に来ていました」

「南波さんは？」

「南波さんは、ずっと遅れて二十八日だったかな……」

「それでは、話を事件に移したいんだが、順番として、まず萩原氏が殺された時のことからきこう。もう君もすでに私たちの横で聞いていたことだろうから、隠しだてはしない。我われはここにいる人たちすべてを、これまでに起きた二つの殺人について、容疑者だと考え始めた。そこで、その当時のアリバイについて、ききたい……」

「そのことなら、伊津子さんが、あの翌日の昼間、みんなにききました」

「えっ、何だって？」

「そのうち、私たちだっていつ容疑者になるかも知れないと言い出して、みんなのそれをきき始めたんで、もうよくわかっています」

「伊津子さんって、あの次女の？」

「ええ」

「また、どういう理由から？」

「よくわかりません。僕もかなりイカレテいるかも知れないけど、彼女もイカレテるんでね。ドギツイことを平気でいって、人を驚かすんです……」

館山文隆はときどき、黒川警部のうながしの言葉に刺激されながらも、その時のことを話した。

「すると、その時、アリバイがなかったのは、池内さん、角山さん、それに君のお父さんということになるのか」

「だけど、おやじがこの事件の犯人だなんて、滑稽ですよ……」突然、文隆ははっと、なにかに気がついたようすになった。「……待ってくださいよ！　だけど、おやじは、あのちょうど、事件のあった頃、本館や宝石館の外を通ったことは、確かだとしたら、そう！　なにか……重要なことを目撃した……刑事さん、ひょっとしたら、そのためにおやじは殺された、そういうことだって、あるんじゃないですか!?」

「つまり、犯人がお父さんを殺したのは、宝石を奪うのが目的ではなかったと？」

「刑事さん、ひょっとしたら、ピジョン・ブラッドの指輪を、父がここに持って来たというのは、僕の見まちがいで、やっぱり、宝石はまるで盗まれていないのかも。犯人はいかにも、宝石が狙いのように見せたというだけかも」

　黒川警部の眉が微かに寄せられた。

「だが、さっき君は確かになくなっているといったぜ」

「だから、思い違いだと……」

「お父さん本人以外にも、お父さんがどういう宝石を持ってここに来たか、詳しく知っている人がいるんじゃないのかな？」

「ええ、おやじはほとんど一人だけの宝石商を相手にして、宝石を買っていましたから、その人なら、良く知っているかも」

「よし、その人の名などを後から教えてもらおう。ここに来てもらって、チェックをしてもらうことにする。それじゃあ、今度は今晩の事件に移ろう。ついさっき聞いた概略によると、屋上に集まっていた君たちが、銃声を聞いたのは十時十五分頃とか、そうなのかな？」

「僕には、そう正確なことはいえないけど、そのくらいでは。ともかくその少し前に腕時計を見て、十時は過ぎていたんだから」

「その時、屋上にいたのは、誰とだれ？」

「光枝さん、南波さん、角山さん……それに僕……」

「お父さんも当然、いなかったようだが、あまりその集まりには出なかったと？」

「初めのうちは、まだ、時どきは、顔を出してました。現にさっきもいったように、萩原という人が殺された夜も、ちょっと顔を出しています。だけど、みんなのおやじの歳ですからね。どうしたって、どこか話が合わないというか……。一番、話があったのは、やっぱり光枝さんとで、だから、そういう時は、あの屋上の集まりとは別の所で、会ったり、話したりしていたようです。ともかく、そんなぐあいですから、だんだん屋上にいる時間も短くなったり、時にはまったく現われなかったりで、今晩もそうだったんですが……」

「今晩、みんなが屋上に揃ったのは、いつごろ？」

「八時二十分頃に僕が行ったのが最後で……いや、そうじゃないんだ。あのインチキ詩人が現われたのが、一番遅かったんだ」

「池内氏のことかね？」

「そうです」

「それは何分頃のこと？」

「四十分かな、五十分かな、僕はそういう時間のことは、あまり強くないんです」

「その間に、お父さんに会いに行ったというような人は？」

「父はここの別館にいたんですから、ぼくが知るはずがないでしょう」

「いや、ちょっと言い方が不十分だったかな。私のいうのは、屋上にいた者で、途中で脱け出て、誰かお父さんに会いに行ったというような人は、いないかということだ。例えば、光枝さんといった」

「なぜ、光枝さんと？」

「君はさっき、お父さんは光枝さんとだけは、わりあい親しかったというようなことをいったんじゃなかったかな？」

文隆の答える声にやや動揺のようなものが、ちらりと浮かぶ。

「まさか。光枝さんは、一度も下におりて行きませんでした。四十分……いや、四十五分頃かな、ペントハウスで電話をかけていたくらいで……」

「そんなことまで注意していたのかい？」

「そりゃあ……」一拍の間を置いて、文隆はしゃんとした調子になった。「……さっきもいったように、僕は光枝さんが好きですからね」

「そのほかに、屋上からしばらく離れていたという人は？」

「さあ……。光枝さんのほかは、そんなに注意してないから、はっきりしたことはいえません」

「しかし、さっきの話だと、伊津子さんは銃声の聞こえた時、いなかったという感じだったが？」

「ああ、そうだった。伊津子さんは十時ちょうどの頃かな。別館一号の自分の部屋にタロットのカードを、取りに行ったんです」

「タロット?」

壁に寄りかかっていた草刈警部補が、ちょっと上半身をのばして、黒川警部の耳に教えた。

「トランプ・カードの古いものです」

「ああ……」警部は曖昧な返事をしてから、話の先を文隆にうながす。「……つまり、なにかのゲームをするために?」

「というより、池内さんと、それで賭けをするためでした」

「賭?」

「詳しいことは、僕もよくは知らないんです。僕はその時、離れた所にいたんです。ちょうどそんな時、伊津子さんが急に大きな声をあげたんです」

「何といって?」

「『いいわ、それじゃあ、私、部屋にもどってタロット・カードを取って来るから。私の今この指にはめているサファイア指輪と、あなたの正直な告白とを賭けて、そのタロットで勝負をしましょう』といって、椅子から立ち上がったんです」

「なにか、口論になったことを、賭で勝負をつけようとでもいうことかな?」

「なんでしょう。伊津子さんが、このところ、ひどく荒れているのは、ある程度わからないでもないんですが……」

「どういう意味だい？」

「このところ、お姉さんばかりが男性にもてて、おまけに恋人の角山さんまでが、それに同調する感じなんです」

「ずいぶん暇なことで、騒いでいるというか……」

だが、警部のそんな言葉は、まるで文隆の耳には入らなかったようだ。

「だけど、悪いのは、池内のほうですよ。あの馬鹿、芸術家ぶったクサイ芝居で、なんでも物事をけなせば、自分が賢く見えると思ってるんだ」

「かなり悪くいうな」

「まあ、会ってみれば、どんな男かわかりますよ。ともかく、そうして伊津子さんが下におりて行った後、光枝さんが、池内さんに、『いったい、あなたが賭けた正直な告白というのは、なんなの？　あの伊津子のサファイア指輪って、かなりお高いものなのよ』って、ちょっと心配そうにきいたんです」

「そうだろうな。こういう宝石館のお嬢さんがはめているようなものだから」

「ところが、あの馬鹿、『その指輪がそれほどすばらしいものだと聞くと、ますます賭けてみたくなりますね』とくるんです。わかってます。あいつは光枝さんの気をひくために、あいつらしいやりくちで、わざとそういう態度に出て、からむんです。僕はむかむかして……」

「光枝さんの気をひくためというと……」黒川警部がすばやく口を入れた。「……池内さんという人も、彼女に心ひかれていると？」

「わざと光枝さんにいやがられることをいったり、あんまり彼女に興味がないようなふりをしたりしていますが、実はそうにきまってます。だから、ライバルと見ている、僕や南波さん、それに僕のおやじに対してまで、かなり毒のあることをいうんです」

「あなたのお父さんというのは……」

「さっきもいったでしょ。光枝さんはおやじに対しては、ひどく親切というか、好意的というか……。ああいうしっとりおちついて美しい人は、やっぱり歳上好みというか、そういう傾向があるのかも……」

「どうやら、光枝さんはここにいるすべての男性の興味を集めていた……そういう感じだな。それで、けっきょく、指輪と交換に池内さんが賭けたという、正直な告白というのは、どういうものだったのだ？」

「わかりません。それから、ちょっとごたごたしているうちに、銃声が聞こえたんで」

「それで、銃声を聞いて？」

「僕たちはそれをかなり遠くの、しかも籠《こ》もった感じで聞いたので、初めのうちは、何だろう、花火の音か、まさか銃の音でもあるまいしと、ちょっとがやがやっていたんです。そのうち、どうも銃声らしいということになって、皆はなにか悪い予感を持ち始めました」

「悪い予感というのは、この前の殺人事件があったので、それを思い出してと？」

「だれも口ではいわなかったけど、そんな感じで……。しかし、その時には、もう光枝さんがペントハウスの電話機を取り上げて、宝石館の警備室を呼び出してました」

「そのあたりからは、我われもすでに調べずみだ。宝石館の警備室には、警備会社から臨時派遣のガードマンが二人いた。彼等の一人はそういわれれば、つい今、遠くでなにか破裂音みたいにものを聞いた気もする。だが、その前に、浜辺で花火を打ち上げたような音を何度か聞いたので、今度もそうではないかと思ったというし、もう一人はまるで聞いた記憶はないといった」

「光枝さんは、だが、そういうことなら、もう一度館内を見まわってみるという警備員の言葉を聞いてから、今度は本館のキッチンに電話したようです……」

「そこには事務長の江森氏とメイドの柏原康子さんがいたが、そういう音はまるで、耳にしていなかった」

「それで、今度はここの、うちのおやじに電話したのですが、全然出てこないんです。南波さんが、さっき、下におやじの姿をちょっと見た気もするから、見にいってみようと下におりたので、僕のほうは別館に行ってみることにしました」

「そして、お父さんが殺されていることを発見した？」

「そうです」

「その発見の時、玄関のドアや部屋のドアのロックは、かかっていたのだね？」

「ええ」

「君のお父さんは、ふだんでも、そういうふうに、部屋や玄関の戸締まりをする人かね？」

「あまりしませんよ。だからぼくはそれだけでも、なにかへんな感じがしました。僕は鍵でそれをあけて……」

「どうして、君もまた、そこの鍵を持っていたんだね？」

「初めはぼくもまた、ここに泊まるはずだといったでしょ。その時、もう一つ鍵をもらって、まだ、そのまま返さずにいたものですから」

「銃声がしてから、君がここに来て、事件を発見するまでは、どのくらいの時間がかかったのだろう？」

「また、時間ですか。もうかんべんしてくださいよ」

「今まで、私たちの知ったところでは、なんだかんだいろいろあったとしても、三分以上、しかし四分はかかっていないというところらしいが……」

「じゃあ、そうなんでしょ」

「どうもありがとう。お父さんが……こういうことになったのでは、まだまだいろいろとあるだろうが、ともかく、自分の部屋にもどりたまえ。後から、お父さんの取引していた宝石商のアドレスやなにか、ききに行く」

　だが文隆が部屋から姿を消すと、黒川課長はさっそく口を開いた。

「とはいうものの、あの青年、おやじさんが殺されたというにしては、馬鹿にけろっとしていたところがあるような……」

「はい、それで、どこまで利口で、どこまで抜けているかよくわからない感じで……」

「自分は医者の家の典型的なドラ息子などといっているが、これまでの答えぶりからすると、必ずしもそういう頭の悪い感じでもない」

「はい、人間観察の目も持っていて、帆村伊津子や池内平一について、かなり突っ込んだ人物評もやっていました」

「しかし、わりあい筋の通った彼の話の中で、盗まれたピジョン・ブラッドとかいう指輪については、なにか明快でないところがあったな」

「はい。しかし、それはもう一度、チェックしてもらえば、はっきりするでしょう」

「それにしても、彼、池内一平に対しては、そうとうの悪感情を持っているようだ」

「はい、そして、それは長女の光枝さんをめぐってのような……」

「もし、この事件がそういう内部事情を動機とするものだったら、そういう恋愛関係をめぐってのものかな。探偵小説なんかも、やはり小説と名がつくくらいだから、そういうものが多いんだろ?」

黒川警部はやはり小説といえば、恋愛小説なるものを中心にしたものがそれだという、りっぱに古風な通俗観念を持っているようである。

だが、草刈警部補はあえて異論はとなえなかった。

「はあ、ものによっては、そういうものもあるようで……」

「真犯人が内部の者でないとしたら、やはりダンディーのイソあたりの宝石を狙っての犯《ヤ》行《マ》。しかし、内部だとしたら、帆村光枝をめぐる男たちの葛藤、そういう線も頭に入れておこう。しかし、どうもこの事件では、犯行そのものの状況をかためる材料が、あまりに少なすぎる感じだな。つまり、状況を具体的に物語る、証人や目撃者の話が不足している感じだというんだ。誰か、そういう者はいないものかね……」

第四章　ぼくは目撃者

1

（鶴山芳樹少年の日記）

八月四日（木）　晴後曇

きのうの夜、また下の宝石館で殺人があって、ぼくはそのモクゲキシャになっているのかもしれません。

この日記は、久美子先生と朝のべんきょうをほんのちょっぴりしたあとの時間に、書いています。

というのは、久美子先生は、きのう、宝石館でまた人殺しがあったと知ってから、すっかりおちつかなくなって

「ねえ、これはおばあちゃんにはヒミツだけど、きょうはべんきょうは短くして、あとは私もヨシちゃんもタンテイをすることにしましょう」

とやくそくができたからです。

それで、久美子先生は

「どう、ヨシちゃんのほうも、きのうはあそこにしのびこんだりして、だいぶはりきっていたけど、なにか見つけた」

とちょっとふざけたようにききました。

ぼくは、あのイソワキという男のことをいおうかと思いました。でも、大人とのたんていきょうそうでは、そのくらいはこっちがとくをしていないとかなわないと思ったので、やっぱりいわないことにしました。

それで、ぼくははんたいに

「久美子先生のほうは、どうです?」

とたずねかえしました。

久美子先生はちょっとにやにやして

「それは私のほうも、ヨシちゃんとおなじで、あまりシンテンなし。でも、このじけんはかなりネが深い気がするんだ。クサカリという、若いハンサム刑事さんなんかがそうさの中にいることもしらべずみだから、かれなんかにうまくアプローチして、もっといろいろのことがつかめると、話はヒヤクテキに進むと思うんだがな」

とはんぶんは、じぶんひとりで考えているふうにいって、へやから出て行きました。

それで、ぼくはまずなにをしようかと思いましたが、きのう見た事件のことは、やっぱりたいせつなことかもしれないので、まずそれを書いておくことにしました。

きのうぼくは、いつものように日記を書いていたのですが、とちゅうでちょっとくたびれたので、また窓の所におくじょうのようすをけんぶつに行きました。とけいを見たら、それは九時四十分でした。

きのうもまた、あの屋上ではパーティーがあったのです。

でも、見はじめているうちに、ぼくはへんな感じになりました。伊津子さんの姿みたいなのが、見えないのです。遠い所ですから、はっきりはわからないので、ぼくはうんと目を大きくして見ましたが、やっぱりなんだかそんな感じです。

そのかわり、だれかもう一人、これまでいなかった男の人がいるみたいに見えましたが、はっきりしたことはわかりませんでした。

ときどき、パッ、パッ、って、なにか青い光が、暗い所にひろがったので、ぼくはちょっと、びっくりしました。でも、そのうち、ぼくはその光は、しゃしんをとる時の、フラッシュだとわかってきました。

伊津子さんはどこかに出かけているのかな、もう少し日記を書いたら、もう一ど見てみようと思って、ぼくはまた、つくえにもどりました。

しばらくしたら、いきなり外で、バーンとすごい音がしました。

ぼくはびっくりして、まどの所に走って行きました。でも、外にはなにも見えませんでした。

ぼくは今の音は、海岸でうちあげている、花火かなにかだと思いました。その時、下の池の右のほうに、木の葉っぱの下から、人間が出て来ました。

そのへんはわりあいくらいので、それがだれかは、まるでわかりませんでした。その人は立ち止まって、うしろを見たり、それから、横や下を見たり、ずいぶんきょろきょろしているようすでしたがそれから、とつぜん、へんなことをしました。

ねずみ色のたてもののほうに、池の岸の所をずっと歩いて行ってから、いきなりしゃがみこんだのです。

その人は、両手を前に出して、なんだか地面をなでるようにしながら、少しずつ後ずさりし始めました。

その人の後ずさりはだんだんはやくなって、さいごには、すごくはやくなると、パッと立ちあがって、ひどくいそいで、また木のはっぱの下にかくれてしまいました。

ぼくはわけのわからないすじの話のテレビ・ドラマを見ているようなきもちで、窓の外を見つづけていると、また、一人の男の人が池のそばに出て来て、あのねずみ色なたてもののほうに歩いて行きました。

おくじょうの人たちが、なにか急にあわてたようなようすで動きまわりはじめて、あっという間に、そこから姿を消したのは、それからすぐです。

そして、それから、ほんのちょっとの間は、とても静かでしたが、こんどはまた大きなたてものほうから、なんにんもの人があらわれて、かいだんをのぼって池のほうに来ました。さっきのおくじょうの人たちにちがいありません。

これはじけんがおこったんだ、さっきのバンという音は、きっとピストルにちがいない、だったらこれは殺人じけんだと、ぼくはすいりすると、だんだんむねがどきどきしてきました。

しばらくすると、ねずみ色のたてものから、また人が走り出て来たり、今度はまた別の人がそこに行ったりしたので、じけんはその中で起こったのだとぼくは思いました。

パトカーのサイレンの音がして、それがすごく大きくなって、ぼくたちの山のほうにのぼってきたのはそれからすぐです。それもパトカーは一台ではなく、そのあとから、またそのあとからというように、三だいは来たんじゃないかと思います。

ぼくのまどからは、ものすごくしげった木の葉っぱにじゃまされて、宝石館とか、その門とか、ちゅうしゃじょうはほとんど見えないのですが、あんまりたくさんの警察の車が来て、やねの上でピカピカと赤い光をまわしているためだと思います。

しげった葉っぱがうすく赤くなったり、そうかと思うとそれがまっかな光になって、すきまから出てきたり、それからときどき青い明るい光もみえたりして、クリスマスツリーよりも、ずっときれいなかんじでした。

そして、プラザの所や、そのむこうの庭にある電気の光は、ぜんぶつけられたので、下の庭は今まで見たこともないほど、ぜんたいに明るくなりました。

なにか目の下が大きなぶたいで、そこですごいしばいが始まったみたいで、ぼくはわくわくしてきました。

その時、へやのドアで、そっとノックの音がして

「芳樹はもう寝たんだろうね」

というおばあちゃんの声がしました。

ぼくは十時になったら、かならず寝るということを、おばあちゃんにやくそくしてあるのです。

それで、ぼくはあわてて、ふくのままベッドの中に飛びこみました。

おばあちゃんはぼくがへんじをしないと、ほんとうにもう寝たんだと思ったらしく、そのまま行ってしまいました。

それで、ぼくはまた、おきて下を見ようと思っていたんですが、ついうっかりして、次の朝まで、そのままふくをつけて寝てしまったのです。

でも、その間に、ぼくはとてもこわいゆめを見たのを、あとから、思い出しました。あのイソワキっていうあやしい男が、ぼくにむかって、大きな黒いピストルをつきつけてあらわれたのです。

「コドモだ、コドモだ！　コドモは殺さないけど、よけいなことをいわないように、口の中にたまをほうりこんで、しゃべれなくしてしまう！」

と叫んでいました。

それからぼくはまた、イソワキが海水着をした伊津子さんのことを、ピストルをふりまわしながら、海岸で追いかけているゆめも見ました。

伊津子さんはウインド・サーフィンのデッキを両手に持って、ふりまわすのですが、一度も、ピストルにあたりません。それどころか、イソワキの持つ大きく、黒いピストルは、もっともっと大きくなって、伊津子さんの顔はますますひきつって、それがちょうど映画で見るみたいに、ぐんぐん大きくなるのでした。

……………。

2

伊津子の顔は、なぜか、どこか、ひきつった感じなのを、草刈警部補は内心、奇異の思いで見た。

しかし、彼女の声のほうは、透き通って、断固としていた。

「ええ、ピストルの音を聞いたのは、自分の部屋で、タロットを手にした時だわ。でも、それから、屋上にあがって行こうとするまで、私はなにもあやしいものを見たり、聞いたりしなかった。大きな破裂音を聞いた。ただそれだけ。それだって、花火の音かなにかと思って、一瞬、びっくりして、もうその次には、そんなこと、忘れてしまったくらい」

宝石館で続けざまに起こった二つもの殺人。ことは重大になった。

捜査本部が作られた署にもどった黒川警部たちは、わずかの仮眠の後、翌日、新規蒔《ま》き直しの気持ちで、再び宝石館に現われた。そして、本館の一階で、まずつかまえたのは帆村伊津子だった。

そこで、そのまま屋上のペントハウスにあがってもらっての、事情聴取になったのである。

きき手を引き受けたのは、草刈警部補。階段を上がる時、黒川課長が後ろから、押さえた低い声で、

「ああいう現代的な女性は、やはり現代的な君のほうがむきだ。君が話をきいてくれ」

と、役目をゆずったからだった。

だが、課長のその弁解は、いささか表向き。

海水着に近いような、胸、背中、脚を思い切り露出させた、花柄プリント模様のワンピースの伊津子の官能的な姿に、実はいささか気押《けお》されしたのかも知れない。あるいは、きのうの館山文隆の話に聞いた、彼女のイカレた性格というのに、早くも敬遠の態度を取り始めたのか……。

だが、それにしては、そういう伊津子のほうは、草刈の開口一番の質問に、彼女らしくないどこか動揺した感じの反応を見せたのだ。

草刈警部補は、彼女がピストルの音を聞いた時は、状況からして、現場からかなり近い、自分の部屋あたりにいたはずなのだから、なにかを見たり、感じたりしたのではないかと、きいたのである。

「その銃声か花火の音か、はっきりしない破裂音というのを聞いたのは、今、部屋の中といいましたね？」

「それは……ええ、もちろん、そうですわ」

「どの方向から、聞こえたと思いましたか？」

伊津子は電話スタンドの上に置いてあった煙草のパックを見つけて、火をつけた。なじみのブランドでないためか、たいしておいしそうなようすでなく、煙を吐き出しながら答える。

「あたし、そういうことは深く考えなかったわ。だから、タロットを持って、部屋を出た時は、そのことを忘れていたくらい」

「そうです。そのタロットのことですが、ぜひともおききしたかったのです。あなたはそのカードの勝負で、あなたの指輪と池内さんの正直な告白とを賭けたそうですが、池内さんの正直な告白というのは、どういうことだったのです？」

「もう、そんなことまで調べずみというわけ？　いいわ。答えるわ。ひょっとしたら、事件とかかわりあいがあるかも知れないし」

「えっ、事件とかかわりがあるというと……つまり、萩原さんが殺されたり、館山さんが殺されたことにかかわりあいがあると？」

「私の考え過ぎかもしれないけど、思いつくことがあったら、なんでもいってくださいというのが、こういう事件の時に、刑事《デカ》さんたちが、いつもいうせりふじゃあない？」

「そのとおりです」

「池内さんが賭けた正直な告白というのは、彼がお姉さんを愛しているかどうかということよ」

「はあ……」

さすがの草刈警部補も、返事のしようがない。

「賭のことまで調べた刑事さんたちですもの、もう知ってるんでしょ。お姉さんが、ここにいる男性どもに、どんなに人気があるかくらいは？」

「ええ、なんとなく……」

「まるで円陣になってひざまずく崇拝者にとりかこまれた、女神みたいなの。ところが池内さんだけが、いかにも芸術家ぶった第三者のようすで、自分は例外、お姉さんの美しさは認めるが、それはあくまでも美的存在として。愛とは別の問題……なあんて、あの時、そんなへんなカッコつけたことをいうんで、私、腹がたってきたの」

「それが、そんなに腹のたつことですか？」

「そうよ。池内さんはそうして、自分はみんなとは違うクールに、カッコイイ男というところを見せて、実はやっぱりお姉さんの歓心を買おうとしているのに、決まっているじゃないの。ゲリラ作戦よ」

「そうですか。それが、ひどく腹をたてるようなことなのですか？」

　草刈警部補はまったくの当惑の声。

「薄汚れた犯罪ばかり扱っている刑事《デカ》さんたちには、こういう人間のデリケートな心理なんか、わからないのかも知れないし……」しだいに、伊津子は小悪魔ぶりを見せ始めたようだ。「……説明する必要も感じないけど、ともかく、私、それは嘘だ、ほんとうは池内さんもお姉さんが大好きなんだ、ほんとうのことを告白しなさいとせまって、あの賭になったというわけ」

「しかし……」ほとんど、とほうにくれたようになった草刈は、それから、やっと話をきき続ける意欲をとりもどしたらしい。「……正直な告白といっても、それについても、嘘をいおうとすればいえることでしょう？　第一、賭けるにしても、ずいぶん値打ちのあるものらしい指輪と、そんなお金にもならない告白とでは、馬鹿げた話じゃありませんか？」

「賭って、馬鹿げてれば馬鹿げているほど、賭らしいじゃないの？」

「そういうわけですか……」いいかげん、伊津子に翻弄され始めた感じの草刈は、事務的事情聴取の態度をとりもどす。「……それで、あなたはさっき、なにかそのことが、ひょっとしたら、事件に関係あるかも知れないといいましたが？」

「そのことというのは、私がそういうふうにして賭をしたように、お姉さんがここにいる男性どもの賛美を受けていたという状況よ。館山のおじさんだって、姉さんを熱烈に好きだったことは、もうあなたたちだって、知っているんでしょ？」

「ええ、ある程度は……」

「歳は確かに親子の違いだけど、それでも館山のおじさんは、お姉さんと結婚したいとさえ、思っていたはずよ。ここに滞在しに来たのだって、パパが帰って来たら、その話をしようとしていたと、私、にらんでるわ。ひょっとしたら、あの持って来た宝石のコレクションだって、そのいくつかは、父にオッケーといわせるために、貢ぎ物としようとしていたかも知れない」

「はあ……」わずかの間、草刈は、言葉を失ってから、

「……しかし、それはあなたの考えすぎかも……」

「あなたはなにも知らないから、そんなことをいうのよ。それをにおわす証拠だって、いくらもあるわ。姉さん自身が病院院長夫人というのもおもしろいというようなことを、この頃、急に言い出していたのよ」

「つまり、館山医師はお姉さんを取り巻く男性の中でも、お姉さんを獲得できる最有力候補だったと?」

「それまでは、萩原さんがそうだったけれどね、そして、その萩原さんもやっぱり殺されているのよ。だから、私はこういうことが、もしかしたら事件に関係あるかも知れないといったの」

「待ってください！　それまでは萩原さんがそうだったというのは、彼がお姉さんを獲得する形勢にあったと……」

「だって、それまではだれもライバルなんていうものはいないで、萩原さんの独走だったんですもの。それがとつじょとして、池内さんが現われる、次には館山さん親子、そして南波さんでしょ」

「つまり、萩原さんというのは、お父さんの仕事のことやなにかで、ずっと前からあなたの所に出入りしていたから、お姉さんとのつきあいも古いというのですね?」

「そうよ。もう、五年にもなるんじゃないかしら。パパと萩原さんとの間に、どういう秘密の話し合いがあったか、私はなんともいえないわ。だけど、パパはお姉さんを萩原さんの所に、お嫁にくれてやるって、そういう、大時代の父親みたいな感覚の話を、していたんじゃないかしら」

「昔は詩人画家と自称する、芸術家らしくない感じですが?」

「『昔は芸術家』じゃないわ。今だって、パパはじゅうぶんそうだと思うし、私、そういうパパが好きなの」

「お姉さん自身の気持ちは、どうだったのです?」

「やっぱり、そんなふうに頭から決められたような関係は、気に入ってなかったみたい。それに萩原さんって……死んだ人のことを、そういっちゃ悪いけど、ハンサムどころか、しょぼくれて、どこか、こすっからそうだったのよ。萩原さんが、ここにたずねてくれば、お姉さんは適当におつきあいはしていたけど、実際にはあまり気乗りしていなかったことは、妹の私の目から見れば、ありありだったわ。そして、そこにまず登場したのは、池内さん、続いて館山さん、お父さんばかりじゃなくって、あの軟派息子までが、お姉さんに色眼を使い始めるんですもの」

「残っているのは、南波さんだけですが、この人はどうなんです?」

「彼は一番後から、ここに現われたんだけど、私はダーク・ホースというより、今は一番本命と思っているんだけど、まあ、その理由をいってもしかたないから、やめておくわ」

「南波さんというのは、あなたの家とはどういう関係なのです？」

「ええと……私……そういうことには、だいぶ弱いんだけど……確か、私たちの死んだお母さんの姉の息子……そんな関係じゃなかったかしら」

「それじゃあ、いとこですよ」

「六月半ば頃か。お姉さん、長野のほうに自分の用で行って、木曽福島にある、おばさんのお墓のあるお寺の近くに来たついでに、ちょっとそこにお線香をあげに寄ったんですって。そうしたら、たまたまそれがおばさんの命日で、ちょうどやはりお墓参りに来ていた南波さんと出会《でく》わして、お互いに名乗りあったんですって」

「それじゃあ、その時が初対面？」

「ええ。お姉さんはそういう人がいるということは、おぼろに知っていた。でも、南波さんのほうは自分にそういういとこがいるとは、まったく知らなかったというの。パパはまるで、私たちのことはいわなかったんですって」

「お父さんはいわなかった……というと、お父さんは南波さんをよく知っていたと？」

「パパは家を飛び出しての気まま放浪時代、木曽福島の南波さんのおばさんの家に、一年以上も寄宿していたことがあるんですって。もう五、六年も前の昭和五十六年から五十七年にかけてのお話だけど、おばさんはその時は、もう未亡人になっていて、一人息子の義人さんと二人暮しだったとか。彼はその頃、高校生かなにかで、父から学校の勉強の英語とか、数学もずいぶん教わったなんていってたわ。おばさんは父のそういう、生きかたに賛成だったかどうかは知らないけど、ともかく帆村のうちにも、私たちの養家にも、そのことをしらせるようなことはしなかったらしい。ともかくそういうめぐりあいで、お姉さんはきれいだし、私と違ってひねくれ者でないから、南波さんはお墓で会った時から、お姉さんに夢中になってしまったらしいわ。どうやら何通か、ラブレターみたいなものも送って来たみたい」

「お姉さんのほうは、どういう気持ちなんでしょう?」

伊津子は新しい煙草に火をつけて、話を続ける。

「お姉さんは、そういうことには、わりあい消極的だったはずだったんで、私はちょっと状況を過少評価していたかも知れないわ。でも、考えてみると、お姉さんみたいな人がわざわざ南波さんを、ここに招待したんですものね。初めて会った時から、かなり大きく心を動かされていたか、それとも何通かのラブレターで、ガーンとイカレてしまったか。一つには、自分の本意ではない萩原さんとの関係からの、逃避の気持ちもあったかも知れないわ……」伊津子は気むらなところを見せて、急に話をかたづけ始める。「……ともかく、話が脱線しすぎたみたいだから、その話はやめておく」

「いや、脱線ではないでしょう。だって、あなたは、事件の原因は、ひょっとしたら、そういうお姉さんのことにあるといったじゃありませんか」

「少し考え過ぎだったかも。でも、お姉さんみたいに、控え目に堅実な人でも、ああ男性にチヤホヤされると、やっぱりそこは虚栄に弱い女の性《さが》っていうのかな。少しいい気になりすぎてるっていうところがあるわ」

また、伊津子はどこかむきなようすになる。

「というと?」

草刈警部補は、かなり巧みなものやわらかさの合の手を入れ、伊津子の話をさそう。

「南波さんだけに好意をしめしているというならいいのに、もてもてでいい気持ちになったのか、館山さん親子にも、それから池内さんにも、決して悪いようすをしないから困りものなのよ」

「つまり……八方美人と?」

「そう、そう、その言葉どおり。八方美人で、男性どもの心をかきたてて、それを喜んでいるみたいだから、アブナイアブナイなのよ。また、やっかいなことに、そういう状況にあることで、お姉さんはなにか、これまでになく、生き生ききれいになったみたいで、潤さんまでが、なにかお姉さんに心ひかれ始めたみたいで……」

「潤さん?」

「角山潤さんよ」

「ああ、そうそう。その角山さんですが、あの鎌倉の長谷のほうに大きなお邸《やしき》のある、実業家の角山長蔵さんのうちの……」

「長男で、私の恋人よ」

「ああ、そうなのですか。なにか、よくこちらに来られるようで、この前の事件の時も、ここにいられたようですね?」

「そうよ。この頃はほとんど、毎日来ているんじゃないかしら。ということは、なにか、私の魅力ばかりではないんじゃないかって、かんぐりたくなるじゃない」

「はあ……」草刈はいささか返答に困るようす。「……今もこちらにいらっしゃってい
る?」

「さっき、葉山マリーナから電話があって、もうすぐこちらに来るといってたけど」

「話を事件にもどしますが、きのうの夜、銃声を聞いた時です。あなたは部屋にいたが、その音をたいしたことだとは思わなかった。それで、それからどうしました?」

「ようやく、タロットを見つけて、それから廊下に出て、屋上にもどって……」

「途中で、だれかにあいませんでしたか?」

「ああ、そうだわ。上からおりて来た、南波さんに階段をあがるところで、あったんだ。それで、その時、南波さんがあれはピストルの音じゃなかったかって聞いて……」伊津子は声を上げた。「……ああ、そうだわ、思い出した! 南波さん、その時、館山先生のことをいって、屋上から僕はその姿をちらっと見かけた気がするので、見におりて来たんだ

って、いったんだ。それで、私はそのまますれ違って、屋上にあがったの。そう、そうしたら、ちょうど階段をあがりきった所で、今度は館山ジュニアーに出会って、ともかくこれから、別館のおやじの所を覗いてみると聞いたわ」

「そうですか。いや、どうもありがとうございます。今は、このくらいで、けっこうです」

伊津子がペントハウスから出て行くと、さっそく、草刈警部補はいった。

「課長、彼女、なにか隠しているような感じが、しませんでしたか？」

「した、した。小憎らしい悪女めいた調子で、ばりばりとなんでも話しているようだったが、どうも銃声を聞いた前後の話だけは、今ひとつ、切れ味が悪い」

「そして、彼女、お姉さんに対して、また、それを取り巻く男性たちに対して、かなり屈折した気持ちを持っているようです」

「姉を嫉妬《しっと》しているというか、ほんとうのところ、必ずしも姉をよく思っていない感じだな」

「恋人の角山潤を、姉にとられようとしているという危機感……そんなものがあるような気もします」

「まさかとは思うが、事件がそういう恋愛関係、おまけにいい気なブルジョアの若者たちなんていうことになると、私は苦手だよ」

草刈警部補はちょっと苦笑してから、話を続ける。

「……しかし、南波義人という男が屋上から、銃声の前に、館山有文の姿を見たかもしれないという話、あれは、なにか重要な感じです」

「ああ、ともかく、彼本人に話を聞いてみよう」

「はい、すぐ呼びます」

草刈警部補はペントハウスのコーナーにある、電話スタンドのほうに歩いて行く。

黒川警部はちょっとした息抜きをするように、細い金属枠にほとんどガラスばかりといった感じのドアを押して、屋上の外に歩み出た。

はるか西側の夕立雲が、こちらにむかって崩れかかって来ているが、まだ空は高曇り。こちらまで、夕立になるかどうかは、かなりあやしいといったところ。

警部は南側のコンクリートに化粧タイル貼りの手摺《てすり》に行って、そこに体を寄りかからせた。はるかむこうの木立のほうから、ゆっくりと足元のほうへと視線を移動させ始める。

草刈警部補が、そんな警部の後ろに現われた。

「南波はすぐつかまりました。どうやら、彼はこの本館でなく、別館一号の部屋に泊まっているようです」

「ああ、ここの敷地の東隅の、車庫や庭師の住まいなどがあるほうだな」

「すぐあがってくると、いっていました」

視線を建物の下、藤棚のあたりにやっていた黒川警部が、声をあげた。

「なんだ、あの子供たちは？　草刈君、ここの誰かの所に、今、子供たちが遊びに来ているのか？」

「さあ、聞いておりませんが」

「ここは、現在もまだ、宝石館には客は入れないで、門には張り番の巡査がいるはずだな」

「はあ、そのはずですが……」

横に来て、下を見おろした草刈警部補は、同じように、子供の姿を認めた。二人であった。

「……ああ、ほんとうに。一人はこの土地の子という感じですが、いま一人は都会的な……なにか、葉山の別荘のどこかにでも滞在しているような……。どこからまぎれ込んで来たのでしょうか。ああ、こっちを見ました」

二人の刑事は、二人の子供と顔を見合わせた。

子供たちはびっくりする。ちょっと逃げ出しそうなようす。それから、なにか二言、三言、話し合う。

草刈警部補がいった。

「ひょっとしたら、この上に、もう一軒ある別荘は、鶴山とかいう学者一家の別荘だったはずです。そこに遊びに来た子かも……」

子供たちは逃げたいというようすを見せながらも、逃げるのもひきょうだというように、まだそこに突っ立ったままがんばっていた。

そして、また都会的な男の子のほうが、もう一人の子になにかいう。

黒川警部はちょっと苦笑のようすで、手摺から離れ、ペントハウスに歩き始めながらいった。

「まあ、あんな子供たちがまぎれこんで来たからって、どうということもないが、その鶴山とかいう人、偉い学者なのか？」

「はい、現在の代の人は確か国文学者で、その前の代の亡くなった弘明《ひろあき》という人は歴史……特に考古学の権威で、その未亡人も、これもまた英語かなにかの女学者で、どこかのキリスト教系の女子短期大学の校長もしていて、今はそこはそのかたの住居となっているはずです」

「すごいエリート教育一家というわけか？」

「そういうところです。しかし、そこの子が入り込んで来ているにしても、どこから入ったのか？　後ろの山からでも入ることができるのでしょうか？」

3

（鶴山芳樹少年の日記：八月四日の続き）

…………。

後ろの山から、またじけんのゲンジョウというのにしのびこもうと、ぼくがきめたのは、朝のうちに日記をつけおわってすぐ、セイちゃんが来たからです。

こんどはもうセイちゃんも、宝石館でおこった殺人を知っていたので、おもしろいから、そうしよう、そうしようと、いいました。

それでぼくたちはこの前のとおりにして、あの四角なたてものの横にポンと飛びおりました。セイちゃんが

「人が殺されたのは、このたてものの中なんだろ。きもちわるいよ」

といいました。

ぼくは

「だいじょうぶだよ、死体はもう持っていかれたんだから」

といいました。

でも、ほんとうはぼくも、やはり、とてもこわいきもちでした。

でもぼくはゆうきを出して、ちょうど下に大きな石のある窓の所に行って、それに乗って、せのびして中をのぞきました。

だけど、ぼくは背がひくいので、中はほんの少ししか見えなくて、ただろうかとへやの入口のドアがあるのが、わかっただけでした。

それでも、ちょっと見ていると、どこかからかヌッと死んだ人の顔があらわれそうなかんじになって、ぼくはあわてて石の上からとびおりてしまいました。

でも、あたりにはだれもいないかんじなので、ぼくはゆうきを出していいました。

「ほんとうにタンテイするなら、やっぱり、ジケンのゲンジョウというのを見なくっちゃ。思いきって、げんかんから中に入ってみないか」

でも、そういうことになると、セイちゃんはぼくよりゆうきがないみたいでした。

「やだよ。殺された人がまだいたらどうする、それに、あのイソワキっていうはんにんが、どこから出てくるかわからないもの」

といいました。

「イソワキっていうのが、はんにんかどうかは、まだわからないんだよ」

とぼくはいってやりましたが、セイちゃんはそういうことでは、あんまりほんとうのたんていのように、ちゃんと考えないようでした。

でも、ぼくも、なんだか、たてものの所にいつまでもいるのが、だんだんこわくなりました。

それで、もうゲンジョウをたんていするのはやめて、きのうの夜、へんな人たちがうろうろしていた池のほうや、それから下のたてもののほうに行くことにしました。

そして、ぼくは池の岸の所に来た時、足の下に、はんぶんうずまるみたいにして、キラッときれいに光るものを見つけました。

ぼくは思わず
「あっ、タマムシだ」

と、大きな声をあげました。

タマムシが前から、ぼくがほしいほしいと思っていた、世界一きれいな虫だったからです。ぜんたいには緑に見えるけれど、赤も黄色も、それから青い色も見えます。

きょねんなんかも、夏休みにつかまえたといって、ぼくの友だちがそれを学校に持って来て、ぼくはうらやましくてたまりませんでした。

でも、どこで、どうしてつかまえればいいのか、まるでわかりませんでした。

こんどもセイちゃんにきいたのですが、よく知りませんでした。前に二匹つかまえたことはあるが、地面をはっていたり、石がきにとまっていたのを見つけたというだけだったのです。

それが今ぼくの目の前にあるので、ぼくはむねをどきつかせて、そこにしゃがんで手を出しました。

でも、指でさわる前に、もうなんだかおかしいと気がつきました。そして、指がちょっとそれにふれたとたんに、それはかたくて、冷たくて、虫ではないと気づきました。

それはタマムシだったのですが、鉄とかどうとか、なにかそういったものでできた、男の人などがネクタイにつけてかざりにするようなものだったのです。そのしょうこに、うらにそうするための、はさむものがついていました。

ぼくはちょっとがっかりでした。それでも、やっぱりきれいだし、ほんもののタマムシを思い出すのにいいので、とっておくことにしました。

そのタマムシのうらには、ちょっとひっかいてきずをつけたみたいにして、小さく、えいごの字みたいなものが書いてありました。

持っている人の名をローマ字とかいうもので書くと、そういうものになるらしいのですが、ローマ字というのは、まだならわないので、ぼくにはよくわかりません。それで、そのまま、今、それを出して、ここにうつすと、こうです。

エー

この前みたいに、またうえきやのおじさんにつかまるとこわいなあと思いましたが、タンテイはそんなゆうきのないことではいけないと思って、ぼくたちはそれから、やっぱりこの前とおなじように、かいだんをおりて、宝石館の庭のおくのほうにむかいました。

もし、へんなことになったら、伊津子さんを呼んでもらえばいい、できたらあえないかと思って、ぼくは、一番はじめに伊津子さんに声をかけられた時とおなじあたりに行って、また、たてものの上を見ました。

それで、ドッキリしました。きょうはそこから男の人が見おろしていたからです。

そのうち、もう一人よこから男の人が顔をのぞかせました。

セイちゃんが
「あれはけいじだよ。ヨシちゃんの所に行く時、宝石館の前あたりにいるのを、なんどか見たことがあるよ」

とぼくにささやきました。

そして
「ヨシちゃん、きのうの夜、ヨシちゃんが見たこととか、みんしゅくにいるイソワキのこととか、けいさつにいったほうがいいんじゃない」

といいました。

でも、それをいったら、いつもぼくが宝石館をのぞき見していることがわかります。

イソワキのことだって、なんだかやっぱり子どもっぽい考えで、そんなことをいったら笑われそうです。

それで、ぼくはセイちゃんのうでをぐんぐんひっぱって
「また、門から外のほうに出よう。それで、シオサイソウに行こう。きのうの夜、イソワキがいたかどうかきいてみればいいんだ。もしいなかったら、アリバイというのがなかったんだから、ほんとうにはんにんかどうかもっとはっきりしてきて、それだったら、けいさつにいってもよくなるかも」

といいました。

それで、ぼくたちはシオサイそうに行きました。

この前の正一君を呼びだして、そのことをきいたら、正一君はイソワキはきのうの夜は、もどってこなかったといったので、ぼくはこれはますますあやしいと思いました。

正一君は
「たんていをしているなら、そっとあいつのへやに入ってしらべたらいいよ。おとうさんやおかあさんには、ヒミツでいれてやるよ」

といいました。

それはあまりよくないことですし、とてもあぶないことのように思えたので、ぼくはちょっと考えてしまいました。

でもえいがなんかを見ると、たんていというのは、どんどんそういうこともやらなけれ

ばいけないようなので、ぼくは勇気を出すことにしました。

でも、へやに入ったとたんに、むねがドキドキしてくるし、足がガクガクしてきてしまって、なにをしていいかわからなくなってしまいました。

だから、ぼくはもうすぐにへやから出たくなったのですが、それではたんていらしくないのでこまってしまいました。

その時、ぼくはへやのすみの所にカバンがあって、その外がわのポケットみたいな所に、小さい形だけど、ページだけはいっぱいあるような本が、つっこんであるのを見つけました。

それで、ぼくはその本を取り出してみました。

ひょうしには、かん字ばかりが並んでいましたが、その中に宝石という字がありました。中をちょっとめくってみると、それは昆虫図かんと同じような、宝石図かんみたいなものらしく、宝石のカラーのしゃしんが、いっぱいはいっていました。

「イソワキは、ほら、やっぱり、宝石のことをやっているんだ。これは宝石の本だ」

とぼくはいって、それをセイちゃんと正一君に見せました。

その時、ぼくはその本の間に、七、八枚の、おなじめいしがはさんであるのを見つけました。そういうのは、きっとこの本を持っている人のめいしだと思って、ぼくはそこにある名前を、ずいぶんむずかしいかん字ばかりでしたが、ゆびを動かして頭に入れました。

少しちがっているかもしれませんが、わすれないうちに、ここに書いておきます。

磯脇晴秀

それから、その図かんの本のうらを見たら、そこにえいごの字で、やっぱり名前の記号のようなものが書いてありました。

ぼくははっとして、ポケットにあったあのタマムシのネクタイピンを出して、そのうらの字とくらべてみました。そっくりおなじでした。

ぼくは

「すごいてがかりがわかったみたいだから、もうこれでいいよ」

といって、へやを出ながら、イソワキはほんとにじけんのはんにんにちがいないと、思いはじめました。

第五章　彼女をとりまく男たち

1

「犯人《ホシ》は磯脇であるという可能性は、だんだんあやしげになった感じもしますが、ともかく捜索を続けているそうです……」

ペントハウスのコーナーの電話で、署との通話を終わった草刈警部補が、黒川課長の所に歩み寄りながら報告した時、南波義人が下から姿を現わした。

草刈は恋のレースのトップを走っている人物として、なんとなく頭で描き上げていた南波のイメージの食い違いに、かなり当惑するようす。

ストレートに生真面目そうといえば誉め言葉で、やぼに貧乏臭いというのがほんとうのところ。

だが、あるいはこの帆村家をとりまくリッチな雰囲気の中では、その異色さが、光枝にかえって新鮮な興味をおぼえさせたのか……。

草刈は今までの南波のイメージの修正をしているうちに……。黒川警部が先に口を開いていた。かなり、屋上からの南波の館山医師の目撃というのに、興味をかきたてられていたらしい。

「なによりも前に、ききたいことがあります。あなたはきのうの夜、銃声のする少し前に、屋上から館山医師の姿を見たという話を、聞きました……」

南波は潔癖らしい調子で、訂正する。

「いや、そうかと思われる姿です。それから、少し前にといいますが、あるいはかなり前というのかも知れません。時間にして、十七、八分前ですから」

「銃声が聞こえたのは十時十五分頃ですから、すると九時五十七、八分というところ……」

「ああ、そうだ。光枝さんが九時四十五分頃ですか、電話をかけました。きっと下のキッチンあたりに、酒やスナックの追加でも頼んだのでしょうか……。館山さんらしい姿を見たのは、その後十二、三分たってからですから、そっちのほうから計算していっても、そういうことになるようです」

ともかく、帆村光枝はそうして、男性のひそかな熱い視線を、休みなく浴びていたのだ。

確か館山文隆もまた、その頃、光枝が電話をかけたといっていた。

南波は説明を続ける。

「……その時、僕は手摺にうんと背中を寄りかからせ、ヒキをうんと取った形で、カメラをかまえていて、ひょいとふりかえると、下に館山さんかとも思われる人影を見たということです」

「その館山さんと思われる姿を見た位置を、もう少し正確に話してもらえませんか？」

「ここの本館の西のほうの陰から、宝石館の玄関の前のあたりを通って、門のほうにむかって歩いて行きました」

「宝石館の玄関の前あたりだったら、あの館の正面はライトアップされているはずですから、かなりはっきりその人物がわかったのでは？」

「ええ、ですから、その時は、あっ、館山さんだな、庭に涼みがてらの散歩に出たのか。瞬間、そんなふうにも思いました。しかし、館の前はあのとおり、濃い繁りになっていて、人影はほんの数秒の間にその下に歩み込んでしまったので、確かに館山さんだったかときかれると、断言はできないところなのです」

「なるほど……」

「実際のところ、それはそれで、僕はもうそのことは忘れてしまったようなもので、銃声の後、光枝さんが電話をかけても、館山さんが出ないと騒ぎ出し始めなければ、もう思い出すこともなかったかも知れません」

「だが、あなたはそれで思い出した。しかも自分から、下に行って、さがしてみましょうと言い出したのは、やはり、あれは館山さんだったという、確かな印象があったからじゃないんですか?」

黒川警部はかなり執拗である。

「いや、僕がそうするといったのは……」南波はちょっとつまずいてから、続けた。「……光枝さんが……なぜか、かなり心配そうなようすでしたし、それに、ちょうどその時、僕は写真を撮っていて、ちょうどフィルムが切れたところで、新しいのを部屋に取りに行こうかと……だから、ちょうどぐあいがよかったというか……」

南波のもつれる言葉の意味を、警部は機敏に読み取っていたようだ。

「えんりょなくいいます。ほんとうのところは、つまりは、あなたは光枝さんのそういう心配に、じっとしておれなくなったのですね。だから、下に行って、さがしてあげようと思った。そういうことではありませんか?」

南波はろうばいする。

「まあ、そういうわけですが……」

「光枝さんが、そんなに館山さんのことを心配するというのは、なにか理由があるのでしょうか?」

「彼女は館山さんには特別の気持ちを持っていて、館山さんもまた、彼女が好きだからでしょう」

「いやにあっさりおっしゃるようですが、話に聞くと、光枝さんがもっとも好きなのはあなただと？」

さすがにベテランである。かなりねちっこいが、黒川警部は話を微妙な所に持って行くのに、なんとなく成功している。

南波はおそろしくにがにがしげな顔。

「伊津子さんでしょう？　ぼくの所に光枝さんが食事を持って来てくれるなどと、とんでもないことをいって？」

「えっ、それはどういう話……」

「あれ、じゃあ、刑事さんには、彼女、そのことをいってないんですか？　あの、なんでもあけすけな……いっては悪いけど、なにか暴露趣味の感じの彼女が？」

「いったい、どういうことなんです？」

「五、六日前ですか、彼女、突然、皆の前で、光枝さんはここに今滞在している客の中でも、僕は特別扱いで、僕のいる別館の部屋に、そっと御馳走を持って訪ねて行ったと、すごくあけすけな暴露をしたんです」

「しかし、そうなんじゃないんですか？」

「とんでもない！　まったくのデマで、御馳走どころか、彼女がぼくの部屋に訪ねて来たことも一度もありません。実際のところ、そうだったら嬉しいかぎりなのですがね」

警部はすかさずいった。

「ということは、あなたも光枝さんをたいへん好きだと？」

南波は困ったような表情から、思い切りをつけたようだ。はっきり答えた。

「そうです。今年の六月の二十日です。母の年忌で、墓参りに行きました。もう死んでから三年たっていますし、僕は一人っ子、おまけに父はぼくが小さい時すでに死んでいるという家庭だったので、墓参りに行くといっても、僕一人でした。それだけに、母の墓に花をあげている和服姿の麗人などというのは、信じられないような神秘的な美しさでした。それが光枝さんだったのです。ぼくはもう一目惚れで、それ以来、今にいたるも光枝さんとその時の出会いの光景とを、たいせつにしているんです」

その地味臭さから、なにか若さの情熱の不足を感じさせる南波義人だった。それだけに、彼の話しぶりには、急に熱の籠もったものが感じられた。

「お母さんのお墓は、……やはり木曽福島？」

「そうです。会社に就職するまでは、ぼくはそこに住んでいました。しかし、今は大手電機メーカーの長野工場の研究開発部に、エンジニアーとして勤めているので、長野市のアパートに住んでいます。ですからその日は休みをとって、そこまで出かけたのです。光枝さんも長野のほうに用があってやって来て、お父さんからそこに行くなら、ちょっと自分の代りに、世話になった母の墓参りに寄ってくれと頼まれたのだそうです」

「確かあなたのお母さんは、ここのご主人の帆村建夫さんの、亡くなった奥さんのお姉さんとか？」

「そうです。そして、帆村のおじさんは放浪時代、僕たちの所に来ていて、一年以上、滞在していたでしょうか。その間に、僕はおじさんにいろいろ勉強等を教わったり、どこかにつれて行ってもらったり。僕は父がわりのなにかを、おじさんに感じていたところがあります」

「お墓で知り合ってから、あなたは光枝さんと文通を始めたとか？」

「それも、伊津子さんがいったことでしょうが、文通といったって、今度の夏、ここに来て滞在してはどうかというようなことを、二、三度やりとりしただけで……」

「光枝さんの招待があったというのもデマだと？」

「それはありましたが……」

「でしたら、少なくとも、光枝さんはあなたが嫌いではない？」

「そりゃあ、そうでしょうが、それは好意というくらいのことです。招待は、確かに光枝さんの名前でしたが、それが帆村のおじさんに頼まれたというだけで、事実、池内さんだって、光枝さんの名前で招待を受けているはずです」

「じゃあ、あなたは光枝さんをめぐる……つまり……」警部は言いよどんでから、適当な言葉が見つからなかったのかも知れない。はっきりした言葉でいった。「……恋の争いでは、決してトップを走っているとは思っていなかった」

「トップどころか、一人で苦悶して、ドンジリを走っているだけだと思っています。池内君は芸術家的弁舌の魅力で、光枝さんをひきつけています。そして、館山文隆さんはプレイボーイの魅力で、そのおやじさんのほうは父親的吸引力でです。しかも、つい数日前に知った、驚くべき話では、なにかあの殺された萩原という探偵などは、もうそれ以上の約束……婚約めいた話さえあったとか……」

「話を屋上の目撃にもどしますが、そうして、館山医師かも知れない姿を見たのは、その九時五十七、八分、一度だけなのですか？」

「そうです」

「館山さんがもどって来たような姿は、見なかった？」

「ええ、第一、僕はそれからすぐ手摺から離れて、ダンスをしたり、しゃべったりしているみんなの写真を撮り始めたので、もう下を見ていないんです」

「そうだ、その写真です！」いきなり、草刈警部補が声を入れた。「……ずいぶん、あなたはパチパチ撮っていたようですから、あるいはその中には、角度の関係で、屋上の下の宝石館前を写したとか、そういうものがあるんじゃないですか？」

「いや、そんなものはありませんよ。だいたい、どんなものを撮ったかおぼえていますし、第一あの屋上からじゃあ、いくら角度を変えても、宝石館の前なんか写るはずがありません」

「だが、ともかく、犯行の時間の頃、写されていた写真というんですから、どこで、どういう手掛かりになるものをキャッチしているかわかりません。その写真、いつできるんです？」

「今朝、早く持って行ったので、今日の夕方にはできるはずです」

「ともかく、できてきたら、参考のために見せてください」

「わかりました」

　黒川警部が今までの聴取を、また続け始める。

「それで、あなたは銃声の後、みんなと騒いでいるうちに、館山さんらしい姿を見たのを思い出して、その姿をさがしに下におりた……」

「階段をおりたところで、伊津子さんに会いました。それで、今の銃声のことや、ちょっと宝石館の前あたりに行って見ることなど話して、外に出ました。そして、館の前あたりから、木の繁りの下、それから、ちょっと駐車場の端まで足を伸ばして、本館の廊下にもどってくると、すでに別館に行った館山文隆さんが事件を発見して、屋上に連絡していたのです。みんながちょうど、一階におりて来たところで、ぼくは池内さんなんかといっしょに、光枝さんの後について、別館二号にむかって駆け出しました」

「そのへんのところで、なかなか物事をきっちりと観察なさっているあなたにききたいのですが、あの日は、夕刻前にかなりの夕立があって、現場の別館に行く池の岸の砂の多い土は湿っていて、足跡が残りやすい状態になっていました」

「ええ、それはぼくも気がついていました」

「そうですか！　それはすごい！」黒川警部は、南波の鋭い注意力に嬉しそうだった。

「……というと、あなたはその岸の砂に、どういうものを見ました？」

「なんだか粗い砂だったし、庭園灯の光もずいぶん遠い所のものが、わずかにとどいているだけだったので、はっきりしたことはいえませんが、わりあい砂は全体にきれいに平らで、そこにひと筋だけ足跡がついていただけの感じでした。しかし、いそいでいたこともあって、その足跡がどういう特徴があるかも、第一、どっちのほうにむいていたかも、まるで気をつけませんでした」

「だが、ひと筋だけ……つまり、一人の人間が歩いただけしか、足跡はなかったというのですね？」

「ええ、そうです。ですから、それはさっき、そこに行って、お父さんが殺されているのを見つけた、館山文隆さんのものだと思ったのですが……」

黒川警部は眉に深い皺《しわ》を寄せてしまった。

「ああ、それはそれでもいいでしょう。しかし……そうなると……あなたの話を聞くと、館山医師は九時五十七、八分に宝石館の前に姿を見せ、その後また現場にもどって殺されているのだから、その往復の足跡がなければならないのです。ところが、これがまったくないということになります。あの別館からはこちらの本館方面に出るには、階段をおりるにしても、また別館一号に通じる坂道のほうに行くにしても、あの沼岸はどうしても通らなければなりません。ですから、これはひどくおかしなことになります」

あっけにとられた顔だった南波が、声をあげた。

「だから、やっぱり、ぼくが見た人影は、館山さんではなかったのかも。ぼくはその証言に責任を持ちませんよ」

「しかし、ともかく、その時間に、宝石館の前をだれかが歩いて行ったというだけの事実については、責任を持っていただけるんでしょ？」

「それはそうですが……」

「いや、今のところは、それでけっこうです」

黒川課長は、君のほうには質問はないかというように、草刈警部補のほうを見た。草刈警部補が小さく首を横にふった。

警部は南波に礼をいってひきとってもらう。そして、その姿が階段から下に消えるのを待つのももどかしげに、口を開いた。

「草刈君、君は確か、現場に到着するとすぐ、あの池の岸の砂土にはすぐ目をつけて、鑑識の連中に、何かそこから足跡は取れないか、手掛かりはえられないか、きいていたようだな？」

「はい。しかし、もうたくさんの連中が歩いてしまって、さんざん荒らした上に、砂土も粗い粒だったので、足跡もいたって大まかな形が残るといった程度のものになってしまい、靴跡の特徴もつかめそうもないといわれて、あきらめたのですが……」

「だが、荒らされる前には、そこはかなりまっさらの状態であったことが、今、わかった。そして、足跡がだれのので、どっちにむかってついていたかよくわからないにしても、ついていたのはたった一ひと筋。もし、それが事件発見者の館山文隆のだとしたら……いや、おそらくそうであるにちがいないが、そうだとしたら、ガイシャの足跡もないのはもちろんホシの足跡もないということになってしまうぞ。おい、話はますます奇々怪々。すでに現場の部屋が密室の形になっているんだから……それに、建物の玄関、部屋のドアのロックとなると、この前と同じ、また三重密室になってしまう」

話はまったく逆になったよう。今度は、黒川課長は馬鹿に密室の話に乗っているのに、草刈警部補のほうは気乗りしない顔。

「はい、そういうこともいえますが、あるいは話はさほどのことでもないのかも……。犯人は犯行直前の夕立などというのは、考えてもいなかったかも知れません。だから、その時、そこに足跡が残るなどとも、考えていなかった。だが、犯行後、犯人が現場の建物を出て逃走しようとした時、初めてそれに気がついたとしたら、どうでしょう。当然、足跡を消そうと、しゃがんだ姿勢になって、手で砂土をならしながら後退する。いや、事実、私はあの岸辺の砂土の状態を見た時、なにか所どころが雨上がりの自然の表面ではないような、奇妙な感じを持たないでもありませんでした。しかし、あそこは庭園灯の灯《ひ》が、わずかにとどいているといった程度の所でした。その上、夕立後の沼の砂土の自然の状態というのはどういうものかなどというのは、シャーロック・ホームズではありませんから、そうはっきりしたことは僕も知りません。それで黙っていたのですが……」

「すると、君はあそこにガイシャの足跡がないのも、またホシのものがないのも、ホシがそれに土をかぶせて隠匿したからだと？」

「その可能性はじゅうぶんあると思うのですが。銃声が起こり、皆が騒ぎ出し、館山文隆が現場に行くまでは、現在検討したところでは、三、四分くらいはあったと思われます。その間に、犯人がそのくらいの隠蔽工作をする時間は、まずあったはずです。ですから、課長、三重密室などというようなことは、考えなくてもいいかと思います」

「なるほど、こいつは、人に注意を与えながら、自分がその過ちをおかしそうになったのかも知れないな。よしっ、ともかく、そのへんのことは、ひとまずおあずけにしておいて、次には帆村光枝をめぐる男たちという奴たちの残りを、かたづけていこう」

2

「そうです。彼女をめぐる男たち……それは女王蜂に蜜を捧げて走りまわる雄蜂ともいっていいのかも知れません。もっとも生物学的正確さでいうなら、働き蜂なんでしょうが……そういう状況が、今、ここで展開されていることは確かです」

池内平一は、黒川警部の光枝をめぐる男性たちの話題から始めた事情聴取に、軽く冷笑めいたものを浮かべて答えた。

「そういうあなたの話ぶりを聞いていると、なにかあなただけは、その雄蜂でないようなふうにも聞こえますが?」

黒川警部は多分にひにくっぽかった。

「いや、ぼくもその哀れな雄蜂の中の一匹ですよ……」池内は肩を落として見せるというかなりの芝居がかりで、あっさり状況を認めた。「……それも、もっとも熱烈なと、自分では思っているのですがね。ただ僕はいささか芸術家的冷静さというのでしょうか。美の鑑賞のためには、第三者的冷静さを持っていなければならないと心がけているので、むりに冷めている態度を持しているだけです」

「ああ……」

ハイブロウめかして、なにか不可解な、池内の理屈を、どのくらい黒川警部が理解したか。

池内は今日はまた、はでなポンチョという服装。その胸の上に、賑やかにいくつかの首飾りをじゃらつかせている。

「あなたも、ここの帆村さん一家と遠い親戚……というようなことなのですか？」

「いや、親戚ではありません。帆村のおじさんが放浪時代、生駒で乾物問屋をやっている僕の家の二階に、かなりの間下宿していたということからの知り合いです」

突然、草刈が声を入れた。

「生駒というと、大阪の近くの、山伏《やまぶし》や陰陽師《おんようじ》がいるので有名な、あの生駒山の近くの？」

「そうです」

黒川刑事がちょっと不審そうにたずねかえす。

「しかし、それがいったいどうしたんだ？」

警部補は慌てていった。

「いや、ちょっと、そんなことを思い出して」

黒川警部はまた事情聴取にもどった。

「帆村さんが、あなたの家に寄宿していたのは、いつごろのことなんです？」

「六年ばかり前……正確にいえば、昭和五十七年の年の初めから夏の初めにかけてです。

僕は大学の休みに、何度か生駒にもどって来て、その期間中には、ずいぶん親しくなりました。いっしょに飲んだり、養老、伊勢、といった所に旅行に行ったり……。大学の美学科にいましたから、詩人で画家という帆村さんには啓発させられる所、また共鳴する所が、大いにありました」

「昭和五十七年の年の初めから初夏と言うと……名古屋の館山さんのマンションを借りていたのも同じ年で、それは年の秋から冬にかけてということでしたから、ちょうどその前にあたるのかな？」

「ここに来て、館山さんの話などを聞くと、そうなるようです」

「そして、その前、昭和五十五年から五十六年のほぼ二年間は、木曽福島の南波さんの家にいたという。実際のところ家出したのは、昭和五十一年というと、なるほど、かなり放浪の生活だったようですな」

「生まれついてのコスモポリタンというか、ロマンを追うにしても、おおらかに高貴……帆村さんには、そういう感じがあって、そこが魅力なんですが」

「だいぶ、あなたの今日に大きな影響を与えたようですね」

「もともと僕は芸術志望で、だから大学も美学を専攻したのですが、卒業寸前まで、人生への目標はついていなかったんです。いや、それどころか、そういうものを失って、虚無的になっているところがありました。おりもおり、帆村さんを知ったのですから、確かに大きな影響を、それもプラスの影響を受けたと信じています」

また、草刈警部補が口を入れた。

「そういう人が、今度はピッタリと放浪をやめて、ここに定住し、どうやら芸術活動的なものをやめて、宝石などに夢中になり始めたのは、どういうわけでしょう?」

「そういうことは、芸術活動ではないというのですか?」

まるで、自分のことのように、いささか色めきたった池内のようすに、警部補はちょっとたじろぐ。

「いや、必ずしもそうではありませんが、宝石館などというのを建てたり、宝石取引まで始めたり、自称放浪詩人画家を標榜《ひょうぼう》していた人にしては、かなり現実的な大転換だったような……」

「いや、必ずしもそうじゃないでしょう。芸術家というのは突き詰めれば、美的な一つのことに情熱を傾けるということにつきますからね。今度はそれが詩や絵から、宝石という対象になっただけです。放浪をやめたのだって、生活が線を描く〝動〟から、定住の点の〝静〟になったというにすぎません」

池内はポンチョの袖をひらつかせて、空中に点や線を指先で描いた。

「そういうわけですか……」

池内のどこかひねた理屈に、警部補はなにか不満足の声で曖昧な返事をした。

黒川警部がまた、具体的な聴取を始める。

「すると、ここのご主人の帆村さんとは、それ以来の知り合いと?」

「いや、そうじゃありません。帆村のおじさんがそうして僕の家に滞在していたのは、さっきもいったとおり、昭和五十六年の初夏までで、その後は、実際のところ、音信不通ということになってしまっていたのです。それが七月の初めのことです。偶然の天使が舞いおりて来たのです。みんなは馬鹿に南波さんと光枝さんの墓の前での出会いを、ロマンチックなようにいいますがね、僕と光枝さんの場合だって、ロマンチックなものなんです。ただ都会的なタッチというので、一般大衆の鑑賞の程度を越えているのかも知れませんがね」

「ああ……」

池内のキザに青臭い表現に、黒川課長はなんとも曖昧な答。

「帆村さんがいなくなった翌年です。僕の母が急死し、今から三年前、父も死にました。もともと芸術方面志望で、商売などは嫌い。おまけに、僕は一人っ子だったので、これ幸いと、商売をたたんで、店も土地も、ほとんどすべてを売却することにしました。まあ、父はかなり手広く事業をしていましたので、この不肖の息子にも、むこう十年や十五年は遊んで暮らせるものを残してくれたんです。僕は生駒の郊外に、一人住まいのかなりの高級マンションを借りました。そして、人にいわせれば売れない詩を作ったり、時に自費出版の詩集を出したり、そのほかの時間はもっぱら仲間の集まりに次から次へと顔を出して、安酒を七色の夢を誘《いざな》う美酒《うまざけ》と自ら錯覚して飲む……。光枝さんとめぐりあったのも、そういう仲間と良く行く、梅田のあるバーだったのですが……」

「ああ、大阪ですか……」

黒川警部はしばらくは池内の思うがままにしゃべらせようというように、気のない合の手を入れる。

「そこに光枝さんがひょっこり現われたというのですから、これは奇跡です。といっても、実際には奇跡の裏に、因果ありで、そのバーには、ぼくたちの尊敬しているある高名な詩人が、ちょいちょい現われるのです。その日、光枝さんはその人と、そこで待ち合わせる約束だったのです」

「すると、その詩人というのも、やはり光枝さんのまわりを飛びまわる働き蜂？」

「いや、もう齢《よわい》七十近い人ですからね。働き蜂になるのはシンドイでしょうが、ともかく賛美者くらいにはなっていたかも知れません。いや、しかし、これは冗談で、実際には宝石館で今度新しく出す案内パンフレットに、その先生の宝石を題材にしたかなり有名な詩を、引用したいので、光枝さんはその許可をとるため大阪に来て、そのとりきめをする所として、そのバーを指定されたのです。しかし、その先生がなかなか現われない。たまたま、僕もまだ会うはずの友人が来ない。そこで、互いに言葉を交わして……とまあ、通俗平凡といえば、そうなのですが、男女の仲は、そのきっかけはいかに通俗平凡でも、問題はいかにその内容を花開かせるかということで……」

とうとう黒川課長もがまんなりかねたように、話を現実的で、スピーディにしようとし始めた。

「お互いに姓を名乗りあえば、あなたの池内はともかく、帆村という姓はそう多くないから、ひょっとしたら帆村建夫と言う人と、なにかご関係はという言葉が出る。そのことから、じゃあ、あなたはあの帆村建夫さんのお嬢さん……となったわけですな。そして、あなたは光枝さんに当然、一目惚れ」

「一目惚れとはまた、古風にして、通俗な言葉ですが」

「だが、南波さんは一目惚れと、どうどうといいましたよ」

「だから、彼はセンスのない、ただのかさかさの現実主義エンジニアーなんですよ。ところが実際には、一番後からここに現われたその彼が、恋のレースの一番先頭を走っているらしいというから、世の中はひにくなものです」

草刈警部補が横からいった。

「レースの先頭を走っているというのは、光枝さんが皆には秘密に、南波さんにいろいろの御馳走を届けているという話ですか？」

「ああ、そんなことまで！　そうです。あっちのほうの別館に泊まっているのは、彼一人ですからね。こいつは動かせない事実のようです」

「しかし、南波さん自身はまったくそんなことはないと否定していましたがね」

「恋というのは、隠すほど楽しいものです……」池内はまるで、シェークスピア俳優のせりふのようにいった。

「……だから、当事者どうしは、そういうでしょう。ともかく、こいつは晴天のへきれきの感じがありましてね。僕を含めたみんなも、ショックを受けたようです」

「しかし、そうなると、正直のところ、あなたのいう恋のレースとしては、あなたはずいぶん後ろのほうを走っているようですね」

草刈は無遠慮に突っ込んでから、相手に答える隙を与えず、ひらりと質問を変えた。

「あなたは、どの程度、萩原さんという探偵を知っていたのです?」

「実際のところ、遠くからその姿を、四、五度見たというだけで、互いに名乗りあったことも、話したこともありません。ただ、庭などで光枝さんと、かなり親密そうに話し合っているのを見て気になり、事務長の江森さんから話を聞いたところ、さっきいったようなことを知ったというだけです」

「ほかの人で、萩原さんを知っている人は?」

「萩原さんが殺された翌日です。伊津子さんがみんなの前で、どっちみちそういうことを警察にきかれるにちがいないからといって、そのことを皆に聞きました」

「ああ、なにか彼女らしい態度で、ぼくたち刑事の尋問のまねごとをしたらしいですね」

「それだと、萩原という人はずっと宝石館のほうの警備室に寝起きしていて、ほとんどこっちの本館方面には来なかったようなので、そういう人がいるらしいと知っていたくらいという人がほとんどでした。館山のおやじさんのほうなどは、その存在さえ気づいていなかったようです」

「あなたは萩原さんの事件があった夜の、屋上の集まりの時には、八時四十分と、八時の約束にしては、馬鹿に遅く来たようですが？」

「電話を待っていたんです。夕食を終わって部屋に帰ったら、メモ用紙に、〝男性より電話あり、八時にもう一度する。緊急重要用件で、秘密の話ゆえ、部屋にいられたしとのこと。先方、名前いわず〟と書いてあるものが、テーブルに置いてあったので、その電話を待っていたのです」

「電話の内容までは立ち入りませんが、その電話は正確には、何時頃かかってきました？」

「いや、かかってきませんでした。八時半頃ともなると、僕は、こいつはかなり悪質ないたずらかと思い始めました」

「しかし、しかし誰が、そんないたずらを？」

「例えばその犯人はあの医者の卵のできそこないの館山文隆だとしても、正体は隠せるんじゃないでしょうか。口に綿を含むとか、コップを口の横に置いてしゃべるとかするとかで、電話の声はずいぶんちがうものにすることができると聞いています」

「ああ、つまり、あなたはそういう用件を伝えた電話のほうが、いたずらと思ったと？　その伝言メモがいたずらとは、考えなかった？」

「あまり……」

「なぜです？」

「なぜかといわれても……ああ、そのメモを書いてくれたのは、なにか光枝さんのように思えたからかも知れません……」

「そのメモは、今も持っていますか？」

「ああ、そういえば、そのメモ、なくしてしまったような……」

「いつ頃なくなったのです？」

「おぼえちゃいませんよ。しかし、いくら待っても、電話がかかってきそうな気配もないので、屋上にあがった時は、部屋に残しておいたのです。だが、その後、あれで、いつ部屋にもどったのかな。事件の騒ぎで、かなり遅くなってもどった時には、もうなかったような……。ともかく、今、あなたに指摘されて、そういえば、そのメモはなくなっていると、初めて気がついたくらいですから……」池内は中途で、ふいと口をつぐんでから、ちょっと考えて、思いついたようだ。「……待って、くださいよ。いや、ともかく、そのメモは光枝さんが書いたんじゃないようです。今、思い出したんですが、きのうの夜、ぼくが屋上にいる時、また、その男からここのペントハウスの、そこの電話に、また連絡が入ったらしいんです」

「らしいというのは？」

「電話に出たのは光枝さんだったからです。彼女、ちょうど電話をかけおわって……といっても、内線で下のキッチンを呼び出してでもいたのでしょうか……」

「というと、九時四十分頃ですか？」

館山文隆も南波も、その時、電話をしていた光枝を見ていたのを、草刈警部補は思い出していた。こうなると、光枝は恋する男のすべての、熱い視線を浴びていたことになる。

なるほど、こうなると、伊津子がきげんを悪くするのもむりはないように、草刈にも思えてきた。

「正確なことはわかりませんが、そんなところでしょうか。光枝さんが通話を終わって、電話をはなれてこちらに歩いて来た時、また、電話が鳴り出しました。それで、光枝さんは回れ右をして、また受話器を取り上げ、ほんのちょっと話してから、少し慌てたようすで、送話口を手で覆って、僕のほうに受話器を持ち上げて見せたんです。それで、僕が近づくと、ちょっと眉をひそめて、『池内さん、なにか、よくわからないけど、三日前、部屋に電話するといって、そのままになっていた人だとおっしゃるの。重要な秘密の話なので、すぐ部屋にもどって、もう一度、こちらからかけなおすのを待てと伝えてくれと、一方的におっしゃるんだけど、ともかく出てみて』といいました。その、言葉からすると、けっきょく、光枝さんはその前にも、同じような電話がかかったことは知らないことになります。だから、メモ伝言は彼女でないのでしょう」

「といって、そうして、その時、電話がかかってきたとすると、さっきあなたがいったような館山文隆さんのいたずらでもないようですね。館山文隆さんはその時、確か屋上にいたはずでしょ」

「ああ、そうか……」

「それで、あなたはその電話に出た？」

「ええ。しかし、もう線はすでにプッツリ切れていました。さっきもいったように、そんな話には、まったく心当たりはありませんでしたが、やっぱり気にもなります。それで、ともかく一階の僕の部屋までおりてみました」

「九時四十三、四分というところかな」

「しかし三十分以上たっても、なんの連絡もないので、いいかげん腹がたってきた時、銃の音のようなものを、聞きました。しかしぼくは海岸あたりで打ち上げた馬鹿でかい花火だろうと思って、さほど気にしませんでした。そして、なおもあれで……七、八分は待ったでしょうか。とうとう頭にきて、屋上にもどろうとした時、なにか外の廊下が騒がしい感じがしました。それで、廊下に出てみると、もうみんなが館山医師が殺されたのを知って、下におりて来ていたところでした。それで、僕もみんなといっしょに、現場に駆けつけたのですが……」

「すると、その正体不明の主は、とうとう電話をかけてこなかった？」

「ぼくが部屋を出た後のことは知りませんが、まず、そうでしょう」

草刈警部補が、あときくことはないかというように、黒川課長の顔を見る。なしという合図をもらう。

「どうもいろいろありがとう」

池内平一の姿が消えると、今度は待ちかねたように、黒川警部がたずねた。

「君、だいぶ熱心に池内に質問したようだが、かなり彼を疑っているからかね？　正体不明の電話とか、そういうことを気にしていたようだが？」

「彼はともかく両方の事件に、アリバイがない人ですからね。そして、これまでの二つの殺人については、動機ありともいえます」

「つまり、恋敵《こいがたき》を殺したという？」

「彼は外面はハイブロウに、自称芸術家的の美を賛美する冷静さで、恋の争いに参加していたようなことをいっています……」

「わけがわからん屁理屈《へりくつ》だ！」

警部はにがにがしそうに吐き捨てる。

「……ともかく、そのレースでは、彼が一番出遅れている感じです」

「そこで、まず婚約者だともいう萩原幸治をかたづけ、次にこれも父性的愛情で、光枝さんの心をつかんでいる館山有文をかたづけた。おい、しかし、それなら、一番の本命の、南波義人をまず、というんじゃないか？」

「いきなり、そこから始めたら、すぐ疑われるでしょう。まず外濠《ぼり》から、慎重にと……。しかし、これはあくまでも一つの考えで、現在のところ、そう深く彼を疑っているわけではありません」

「しかし、そう、のんびりしていると、本命の南波義人が金の斧で、ぐっさり。それで、恋敵は全部始末……いや、そうでもないか。もう一人、角山潤という人物が残っているのかな。伊津子嬢にいわせれば、彼もまた、光枝嬢にかなり心を傾けているというんだからな」

3

「僕が光枝さんに心を傾けているなんていうのは、伊津子君の行き過ぎの、八つ当たりです。彼女自身だって、そんなことを心から信じてはいないと思います」

角山潤は明快な口ぶりで答えた。

　今日は、モヘア糸の本格ポーラーの薄ベージュ色のブレザーを、カジュアルにはおい、あいかわらずリッチにしてソフト。イイトコの育ちをいっぱいに漂わせていながら、それが少しも嫌味でもなければ、軟弱でもなかった。

「行き過ぎ……というのは、なにが行き過ぎと？」

　同じ年齢層の相手は君にまかすと黒川課長にいわれて、またもや草刈警部補が主な質問役にまわっていた。

「お姉さんの人気に対する反発の行き過ぎです。ただでさえ、自我が強くて、行動的で、いつも自分が皆の中心になっていないと、気がすまない伊津子君です」

　角川は切れのよさそうな頭で、分析していた。容姿や服装ばかりでなく、頭脳も優秀。やや完璧すぎる嫌いさえある。

　答える草刈の調子も、なんとなくそのへんにこだわるように、気乗りしていない感じ。

「どうも、そうのようですね」

「それが、今度ばかりは馬鹿にお姉さんだけが、中心になっているのです。それも若い女性にとって、最大の関心事の恋愛でです。それで、彼女はいつも以上に大胆だったり、突飛だったり、また、状況をひっかきまわしたりする反発行動に出て、自分を目立たせようとしているのだと、僕は思っています」

「だとしたら、確かにその効果はあったような。だいぶ男性たちは、それには迷惑しているような感じですから」

「ええ、しかし、実際のところ、伊津子君のそういう行動の矛先《ほこさき》は、男性どもより、むしろ主にお姉さんにむけられているのではないかと、僕は思っています」

「なにか、性格上からも、伊津子さんと光枝さんの間は、必ずしもうまくいかないところがあるような感じもしますが？」

「その性格ですが、僕は光枝さんは月の美しさ、伊津子君は太陽の美しさというように受け取っています。もちろん、それにくわえて、歳の違いということもあるでしょうが……」

「いくつ、違うのです？」

「五つ違うはずです。幼いうち、若いうちに逆境にある時は、わずかの歳の差でも、ずいぶんその受け入れかたが違ってくるようです。ましてや月の性格である光枝さんは、じっくりと静かに、その苦労を受け入れたのでしょうから……。もちろん、彼女たちのその逆境というのは、もう、ごぞんじでしょうが？」

「お母さんが亡くなって、その直後にお父さんも家出、光枝さんと伊津子さんはどこかにひきとられて、育てられたというような？」

「正確には、ひきとられたのは、愛知県刈谷の小さな町工場の経営主の家だとか……。しかも破産して、最後にはその日の生活にも困る状態になっていたとも聞きます。といっても、僕もそう詳しいことはよく知らないのですが、ともかく、光枝さんはそういう境遇の中で、妹の面倒をみるという姉の立場でもあったのです。しかし、だからといって、その苦労を暗い影にせずに、おちついた大人の雰囲気の美しさとして溜め込んだのですから、りっぱなものです」

「しかし、それなら妹の伊津子さんのほうも、少しはそういうところが出てきてもよさそうですが……」

「人間の性格は、遺伝か環境かとよくいいますが、どうやらこれはどちらともいえない、微妙なからみあいのようです。その両方が同等に作用して性格が形成されることもあれば、それよりも環境の力が強くて、それに影響されてしまうこともある。また逆に遺伝のほうが強くて、それのほうが大きく作用してしまうこともある。伊津子さんはどうやら、その後のほうのケースで、持って生まれた、あけっぴろげに明るい行動的な性格を、そのままのばしてきたようです」

「だが、それが時には、我儘《わがまま》な感じにもなる?」

「そうでしょうね。しかし、我儘をそのまま自由闊達《かったつ》にのばしながら、なお、人に好かれ、愛されるのであれば、こんな魅力的な性格はありません。僕は伊津子さんの、そういうところを理解しているつもりなのですが……」

「はあ……」いきなり、正面からのろけられた感じに、草刈警部補はちょっと言葉を失ってから、また発言する。

「……だが、今度ばかりは、状況が特殊だっただけに、いささか、伊津子さんもその自由闊達というやつを、ずっこけさせすぎた?」

「男性は……特に日本の男性は、ガールフレンドだ、恋人だのといっている間は、伊津子君のような太陽型の女性を歓迎するくせに、結婚というようなことになると、月型の光枝さんのような女性を選ぶようです。日本の男の功利的保守性というのでしょうか。あるいは、今まで女性を従えることしか知らなかった日本の男は、女性に対して、広い度量と器用なつきあいかたを持っていないので、太陽の熱とまぶしさを持つ女性を、もてあつかいかねるのかも知れません」

「だが、角山さんはそれができる?」

「とはいいません。しかし、そう努力してみたいと思っています。だから、今は伊津子君のいらだちを、まあ、おちついて眺めているといったところなのです。しかし、刑事さん、あなたたちが、こんなことに興味を持たれるというのは、今度の事件の根には、なにかそういうことが要因になっているとお考えだからですか?」

「あるいはと考えざるをえない、状況になりつつあるのです。それで、失礼ですが、あなたのアリバイというのを、一応、もう一度、ここで確認したいのですが、第一の萩原氏の時は、八時二十分頃に、伊津子さんに見送られて車でここを出て、以後は鎌倉の長谷のマンションに行った」

「そうです。しかし、翌日まで、だれにも会っていませんから、それを立証することはできません」

「きのうの夜は……」

「これはおかげで、はっきりしているようです。八時五分頃に、屋上の集まりに参加したのですから。九時頃ですか、二階のトイレにちょっとおりて行った以外は、ずっと屋上にいました」

「事件がわかって、下におりてから、あなたは……」

「僕は光枝さんに頼まれて、警察に事件を連絡する役目にまわりましたので、キッチンに行って、そこから電話をかけ、別館二号のほうには、行きませんでした。伊津子君も僕につきあって、ずっといっしょでした」

草刈警部補は課長と顔を見合わせる。今のところはこれで切り上げようという合図を交わす。そこで角山に礼をいって、ひきあげてもらう。

角山の薄ベージュの服の色が階段から消えると同時に、草刈が口を開いた。

「彼、なにかすべてに完璧すぎて、かえって、妙にあやしさというものが感じられるような……。伊津子さんに対する物わかりの良さだって、かえって、こっちをおちつかない気持ちにさせます」

　しかし、黒川警部は、別のことを、考え始めていたようだ。かなり意気ごんだ調子になっていた。

「私はなんだか、ここの上流葉山族の連中の、変に理屈ばかりこねまわす、恋の鞘当てなんかには、つきあっていられない気がしてきたよ……」

　部屋隅のスタンドの電話が、ブザーの音をたて始めた。

　草刈警部補が歩み寄って、二分ばかり話をしてからもどって来る。

「現場の別館で、館山さんのコレクションを調べていた宝石商の報告です。どうやら、一つだけ、なくなっている物がある。ピジョン・ブラッドの指輪だとか」

「やっぱり！　しかし、たった一つだけとはな。この前の事件の時は、けっきょくは宝石といわれるものは、一つも盗まれていないといえる。いったい、これはどうしたわけなんだ？」

「ホシはこういう複雑怪奇な方法をとりながら、もっとでかい宝石に関するヤマを狙っているのでは？」

「でかいといっても、六角ランタン・エメラルド以上のでかいヤマがあるというのか!?　あるいは、館山氏のコレクションをそっくりちょうだいする以上の、ヤマがあるというのか!?　そのどちらとも、かなり盗んでいける余裕があったというのに、ホシはそれをしなかった。しかも、今度の事件にいたっては、一つだけ盗んで、後は残していったという、まったく信じられないような、馬鹿げた手間をかけている」

「どうも、話が行ったり来たりで、方針がぐらついて、しかたがありませんが……」

「ヤマは宝石関係の外部的なもの、そうでなくて、この宝石館内部の人間にからむもの、この二本立てでふらふらとやっていると、いつまでたっても捜査に進展は望めないな。少し遠まわりかも知れないが、けっきょくは、このほうが近道になるにちがいないから、こうしよう。ともかく、まだ調べたりない事件にまつわる詳細を洗い出し、それを検討整理してみる。そして、今度は断固として一本道を設定して、捜査を進める」

「わかりました」

「とすると……もっと調べて、洗い出してみたいものは……いっぱいある。二つの死体に共通する、脚に縛られたり、からんだりしていた奇妙な紐、ポケットの中にあった藁の十字架、それから盗まれた三つの凶器、トプカプの短剣に、パントライン拳銃に……」いっているうちに、黒川警部は顔がこわばって来た。「……おい、草刈君、もしそうなら、いま一つ残っている柄に宝石の象眼がある金の……なんだっけ……そう闘斧《とうふ》……それが使われて、まだ殺人があるというのか!? いったい、そいつはどういう斧だというんだ!?」

4

その斧の写真も出ているという、館内展示物総目録の、かなりの厚さの本を持って、光枝がペントハウスに現われた。

光枝は黒川警部の斧はどんなものか見たいという言葉に、低いティー・テーブルにそれを置いて、そのページを開いた。

「……大英博物館《ブリティッシュ・ミュージアム》にある本物は、銅の柄の部分など、かなり腐蝕しているそうです。でも、ここにあるのは原型を復元させて、イミテーションの宝石を象眼させた物です。父は、そういうふうに、現物を詳細に検討して、実物より実物らしくするということに、とても凝っていたんです」

「その凝り症が……まだ、その拳銃が使われたかどうかははっきりはいえませんが、どうやら裏目に出たような。すべて、凶器としてもりっぱに役立ってくれたんですからな」

警部は開かれたページの写真を、食い入るように見た。

長さ二十五センチというところだろうか。登山用のピッケルにひじょうによく似ていた。だが、斧の部分は金、そして、柄にはさまざまな色の宝石がはめこまれていた。実際は上質のクリスタル・グラスといったものなのだろうが。

「こいつは、もうりっぱな凶器だ……」

重たい声でうなって、しばらくその写真を眺めてから、警部は気持ちをとりなおしたように顔をあげた。光枝に質問を始める。

あらたまった、真剣な声だった。

「もうここにいるかたの、ほとんど皆さんにいろいろ話を聞いたのですが、ある部分に至ると、話が矛盾したり、混乱したりして、我われとしては困っているのです。特に妹さんの伊津子さんの話されたことについては、だいぶ検討の余地があるようです。一つ、お姉さんのほうから、はっきりしたところを聞きたいのですが」

光枝の眉がしかめられた。それもまた、潔癖の感じを匂わせて、美しくないこともない。

「妹には困っているのです。あの自分勝手なところは、父譲りなのかも知れませんが……」

「お父さん譲りとおっしゃると、やはりお父さんも、そんなふうに、かなり自分勝手と……？」

光枝は瞬間、ちょっと躊躇《ちゅうちょ》のようすを見せてから、また口を開いた。

「父は宝石のオークションで、やむをえず海外に出かけたともうしあげました……」

警部は光枝がなにを話し出そうとしているのか、当惑の声。

「ええ、そう聞いておりますが……」

「でも、たとえ噂でも、宝石館の宝石が狙われているという話があったり、また、こちらで招待したお客さんが大勢見えるという時に、急に出かけるなんて、やはりおかしいとはお思いにならなかったでしょうか？」

「そりゃあ、確かに……」

警部も認める。

「実は父の用件は、そういうことではないのです。自分一人の好きなこと……そのために、出かけてしまったのです」

「そうなのですか……」

黒川警部は、あいづちを打つのにとどめたという感じ。

「詳しいことをもうしあげてもしかたがありませんが、父はハプスブルク家の〝マリア・テレジアの花束〟という、宝石の花束を見に出かけたのです」

「宝石の花束？」

「はい、宝石でたくさんの花を作って、それを束にした豪華な宝石装飾はかなりの数ありますが、その中でも、このマリア・テレジアは最高に豪華なものなんだそうです。今もお話ししたとおり、父はそういう世界的な宝石製品の精巧なレプリカを作るのに凝っていて、その中でもそのマリア・テレジアは、もっとも作りたがっていたものでした。ところが、それを見せてくれる、手に取ってもいい、実測してもいいという話が、突然、起こったんです。そうなると、もう父は前後の見境がなくなってしまって……。でも、それは招待したお客さんに弁解になりませんので、私がまだましな口実を作ったつもりでした。でも、これもあまりじょうずな話ではなかったようで……」

「なるほど、そういうことですか」

「小さい頃のあまりの我儘育ちが、いい大人になっても、続いているというのでしょうか。けっきょく、父が私たちまで捨てて、まったく消息を絶って、放浪生活をしていたのだって……」光枝の声がしだいに恨みがましくなるのは、しかたがないことかも知れなかった。

「……その話は、もうごぞんじでいらっしゃいますわね?」

「はあ、聞いております」

「私たちは養家で、実際のところ、父母の名も聞かされていなかったくらいなんです。それが突然、降って湧いたように父が現われて、私たちを引き取ると……。これだって、また、自分勝手もいいところです。私、時に、あんなホテルの事件なんか起きなければよかったと……ホテルの事件というのも、もうごぞんじだろうと思いますが……」

「ああ、知っています」

「そんな事件で、父の名が新聞に出て知れ渡ってしまう。帆村の一族の何人かの人がそれに気づく、それから一か月そこそこで、おじいさんが死ぬ。もともと父はもうとっくに家とは義絶状態のようなものでしたが、これが最終的な手切れ金というような意味のものが、親族会議で決めて渡される。でも、帆村財閥のことでしたので、それがそうとうのものだったのです……」

「すると、帆村のご本家とは、今はもうなんの交際もない？」

「本家ばかりではありません。分家も、ほんとうのところ、帆村の少しでも息のかかっている人も、むこうのほうからおつきあいお断わりというようなことなので。その義絶金にしても、父の顔を見るのもいやだというように、すべては弁護士を通してでした。妹は元来がああいう性格ですし、私よりかなり歳下な者ですから、そういうこともよく知らないで、父のそういうひどい自分勝手も、むしろ自由人のすばらしさだとか、それ以前の無責任な家出にしてもロマンチックだとか、そんなふうに考えているようですが、とんでもない話です」

怒りを隠さなくなると、さすがの光枝もあまり好ましいようすではなくなる。

「なるほど……」

「それなのに、妹には……いいえ、当人の父にさえも、貧しい生活から脱け出て、どうしてこんな恵まれた生活にいられるかということの認識がたりないようで、困っています」

「よくわかりました……」つい出て来た光枝の愚痴を、ある程度聞いたところで、警部はききたいことに話を持って行く。「……妹さんは我儘勝手な発言をなさるというと、例えばあなたが南波さんに対して、特別好意的で、皆さんとは違った扱いをなさっているというようなことも、勝手な発言……つまり嘘か、勘違いかということなのでしょうか？」

光枝は意外にも、すぐ返事しなかった。数秒の沈黙を置いて、ゆっくりと口を開いた。

「そんなことで、いつまでも話を曖昧にしておいたりすると、警察のかたにもご迷惑をおかけするかも知れませんから……」瞬間、彼女はまた、ちょっと言葉を切って、ぽつりといった。「……それはほんとうです」

「つまり、南波さんの食事を運んであげているようなことは、ほんとうだと？」

「南波さんにも、もう隠さないようにと、これから伝えます。ただ、ほかの皆さんにあまり知られたくはなかったので、つい……」

「なるほど……」こういうことになると、黒川警部はかなりもてあつかいかねるようす。それでもがんばる。

「……少し立ち入ったことをおききしますが、あなたはなにか、なくなった萩原さんと婚約者であったとか、そんな話もちょっと耳にしましたが……」

「いいえ、婚約者というほど、正式のものでもなければ、また、大げさなものでもありません。ただ父と萩原さんの間で、そういう話があったかも知れないという程度です。それで、私はどうだいという話を、父から聞かされたといったくらいです。なにか今度の事件に、そういうことが関係あると、警察のかたはお思いになっているのでしょうか？　それでしたら、前もってもうしあげておきますが、あるいは妹は、私と館山さんの間にも……

お父さんのほうですが……なにかあるというようなことをいったかも知れません。でも、それもまったく妹の無責任な発言で、ただとてもやさしい、話のしやすいかただったので、親しくおつきあいしていた。ただ、それだけなのです」

「とすると、あなたがほんとうに親しかったのは、南波さんだけだと」

光枝は瞬時沈黙し、ちょっとはじらいの色を見せて、ぽつりと答えた。

「はい」

「はっきりしないことがまだ、いくつかあるんです。萩原さんの殺された時です。池内さんは八時四十分頃まで、屋上の集まりには現われなかったそうですが、それは、外から電話がかかってくるので、部屋で待つようにという伝言メモがあったからだといっています。そして、あるいはそのメモを書いたのは、あなたではないかといっているのですが？」

「いいえ、まるで、ぞんじません」

「ああ、やはり、そうですか。それから今度は、館山さんの殺された時です。九時四十分ほんの少し過ぎか、そこの電話が鳴り出したとか」

「ええ、おぼえています。ほんとうは下のキッチンかどこかで、誰かが取り上げるのでしょうが、ちょうど私が受話器を置いたばかりで鳴り出したので、私が出ました。池内さんにでした。頭からものをいうような、ずいぶん失礼な男の声の電話でした。そこに池内さんはいるか。この前電話をかけるといって、かけそこなったものだ。秘密の話なので、池内さんに部屋にもどっているようにいえ。すぐかけなおすと一方的におっしゃるので、ともかく、今、ここに池内さんはいますからと、いそいで呼び寄せたんですが、もうその時には、むこうは切ってしまったようです。池内さんはもう誰も出ないといって、ちょっとどうしようかと考えていたようですが、それからすぐ自分の部屋におりて行かれました」

黒川警部は草刈警部補と顔を見合わせて、一応事情聴取終了をきめる。

「どうもありがとうございました。ひとまず、今はこれでお引き取りいただいて、けっこうです」

光枝の姿が階段から下に消えてすぐ、電話が鳴り出した。

草刈警部補が歩み寄って、取り上げる。

ほんの二言、三言、話を交わしてから、警部補の声は叫びに近い、大きなものになった。

「えっ、ピストルが見つかった!? それも、コルト・バントライン・スペシャルだと!? わかった、すぐ、そこに行く!」

電話を切った草刈は、大声でいった。

「課長、お聞きになったでしょう! ピストルが出てきたんです! 宝石館の前の、大木のうろの中に突っ込まれていたそうです!」

第六章　ウルの黄金闘斧《とうふ》

1

うろのあるその大木の幹に、抱きつくようにして背伸びし、縦長に開いた口から中を覗いていた黒川警部が、ふりかえっていった。

「なるほど、こんな深いうろなら、ゆうゆう、その馬鹿長い銃身のピストルも隠せる」

警部のふりかえった先では、草刈警部補が白手袋の手に持った、ライフル銃と見まごう、バレルの長い拳銃を、注意深く見つめていた。顔をあげて答える。

「しかも、課長、サイレンサーがついているのです」

「なにっ、消音装置が？」

「マキシム型という古典的な型式をとったもので、そうとう、ごつくて大きいものです。市販品でなく、器用な手作りの感じです。このピストルなら、まずまず、かなりの消音効果が期待できそうです。例えばここで、この銃が撃たれたとしても、本館の屋上で、気がつく人はいないかも知れません。その上、人がおしゃべりをしたり、音楽が流れていたりしたとしたら、なおさらのことです」

「君は、今、そのピストルがここで撃たれたとしたらといったが……」

だが、草刈警部補は課長の言葉をさえぎるように、声をあげた。

「課長、しかもシリンダーから、二発、いや、三発、弾がなくなっています！　しかし、薬莢も弾丸も今のところ、発見されているのは、現場の部屋の中のまだ一発だけ……」

彼はまわりにいる同僚や制服警官に、鋭く声をかけた。

「みんな、ちょっと、このあたりの地面、木の幹、壁とか、なんでもいいから、かたっぱしから調べて、薬莢や弾丸の跡がないかさがしてくれ」

いいながら草刈警部補自身も、もう木の繁りの下に大股に歩み込んで行く。

宝石館の中から一人の私服刑事が歩み出て来た。後ろについて来た白衣の男をふりかえりながら、黒川警部にいう。

「課長、鑑識の人が、ちょっと話があると」

白衣の男が歩み寄った。

「ちょっと、妙なことが発見されたので、一応、報告しておきます。血痕が被害者の倒れたあの奥の小ホールばかりでなく、玄関よりの床のほうのかなりの箇所にも、発見されたのです。ごく微量だったので、つい、見逃していたのですが……」

「それは、どういう意味なんです？」

「さあ、それは、そちらのほうで考えていただくことで。ともかく、ルミノール反応でずっとたどって行くと、そこのシャッターにも……」鑑識課員は玄関にむかって右横手の、畳み込んである黒塗りの鉄製透き通し格子シャッターに、視線を投げた。「……ごくわずかながら、反応が出てくるのです」

「えっ、あれにもか⁉　どのへんだい⁉」

「来てください……」鑑識課員は先に立って歩きながら、引き出しシャッターの横に歩み寄った。「……そこの、白墨で数か所、丸を描いてある所です」

　課長は少し目を寄せてみる。

「これは……ちょうど端のほうの……引っ張り出すと、正面の柱にぶつかる所で、柱の向う側は左手のシャッターが、同じようにして、引っ張ってこられ……」

　いいながら、警部はそのシャッターを少し引き出してみた。下部のレールの上を、ほとんど音もなくシャッターが滑って、繰り出される。

　シャッターが伸びると、透き格子の一つは、横十センチ、縦二十センチくらいの長方形のものだとわかる。

　警部がうなり声をあげた時、土をはげしく叩くような足音をたてて、草刈警部補がむこうから走り寄って来た。

「部長、見つかりました！　弾が！　奥の方の一本の木の幹深くにめり込んでいるらしいのです！　あっ、鑑識さん、ちょうどいい！　写真を撮って、その後、弾頭《バレット》を掘り出してください！」それから、草刈は黒川警部に興奮した声でいった。「……課長、つまりここでもピストルが撃たれたことは、ほぼまちがいないということ。それから九時五十七、八分に、あるいは館山医師とも思われる人影を、南波氏が見たかもしれないということ。この二つにはなにか重要な関係がある感じになってきました。ともかく、もう一度、南波氏に会う必要がありそうです。きのうの目撃の話、もう少し突っ込みたいものです。それから屋上で撮ったあの写真、それも早く見て、なにか手掛かりを得られないものか……」

「これ、写真をもらってくる引替え券なんだけど、芳樹君、頼まれてくれる？」

ほんの三センチ四方ばかりの、切符状の紙片を伊津子に渡されて、芳樹少年はこっくりとうなずいた。

芳樹少年のいる鶴山邸の門前をまた通り過ぎ、上にのぼると、道はいよいよ踏み跡程度となる。そして、二十メートルほどで、ついに行き止まる。

そこには長年の風雨に浸蝕された崖が、後退に後退を重ねて、切り立った赤土の崖を作り、十メートル以上のオーバーハング気味の絶壁になっていた。所どころに、鋭い角《かど》を見せた岩も露出する。

伊津子は手にしていた、パースの口を開ける。

「お使い賃というのをあげたいけど、お金持ちのうちの芳樹君じゃあ、それも失礼みたい。だから、ほかの形でお礼をするとして、ともかくバス代と写真代だけは出さなくては。これだけあったら、たりると思うわ。それからこの細かいほうは、バス代の小銭……」

伊津子は数枚の千円札と、いくらかの百円硬貨を芳樹の手に渡す。

「……それじゃあ、おりる所は森戸海岸。おりて、そのまた先のほうに、一分も歩けば、その左側に、コンビニエンスの店がある。そこよ。カウンターで、『おねがいします』っていって、これを渡して、写真をもらえばいいの。でも一つ約束して。店の人にもし万が一、誰に頼まれたのときかれても、私だなんていわないでちょうだい。知らないっていうの。そのほかの誰にきかれても同じこと。絶対、約束して」

「うん、約束するよ……」少年は力強くいってから「……これ、きのう、屋上で撮った写真？」

「ええっ!!」びっくりしてから、伊津子は顔をこわばらせた。「……どうして、そんなことを、知ってるの!?」

芳樹は慌てる。

「ただ……そうじゃあないかって……」

「でも、どうして、そうじゃあないかって……」

「だって……きのうの夜、暗い所に、パッ、パッって、フラッシュの光が、光ってたんだもの。それで、写真を撮っているんじゃないかって……」

「ああ、そうか！　屋上から見える、裏の山の上の、あなたのお邸の建物で、こっちをむいた窓。よく光がついているわね。あの部屋が芳樹君の部屋？」

少年はうんと、ひとつうなずいた。

「じゃあ、あなた、きのう、あの窓から下のほうを見ていた？」

少年は慌てた速口。

「見てたっていったって、ほんのちょっとで……だから、パッ、パッて、青い光がしたっていうだけで、それで、何だろうと思っただけで、それからもう遅いから、すぐカーテン引いて、寝ちゃったもの」

「でも、それでも、バーンって、すごいピストルの音は聞いたんでしょ？　芳樹君、お姉さんのうちで、殺人事件がきのうあったことは、知ってるんでしょ？」

「うん、それは知ってるけど、そんなピストルの音なんて、知らないよ。それからすぐ寝てしまったんだもの」

「だけど、それだったら、芳樹君はいつも時どき、自分の窓から私たちのいる屋上を見ていたんだ？」

「あんまり見てないよ。おばあちゃんは十時には、必ず休みなさいっていうし、それまでぼくはいつも日記をつけるんで、忙しいんだもの」

　だが、伊津子は質問を放ち続ける。

「でも、時どきでも、屋上を見る時は、あそこからなら、そこにだいたい誰がいるとか、なにをしているとかはわかるんでしょ？」

「そうでもないよ。ぼんやりと人がいるのが見えるくらいで、男だか、女だかもわからないぐらいだもん。じゃあ、ぼく、写真、取ってくる」

「待って！」少年がなにか逃げ出そうというようすを感じ取ったように、伊津子の口調は鋭くなった。だが、体をまわそうとして、そのままの姿勢で固着した少年を見ると、彼女の顔はにっこりとやわらいだ。「……どこで、どうして、写真を受け取るか、まだきめてないじゃないの。それじゃあ、ええと……あそこまでだったら、往復四十分もかからないか。いいわ、私、ここで、ずっと待ってる」

　少年はくるりと身をまわすと、小径《こみち》の坂をいっさんに駆けおり始めた。

　伊津子はしばらくはなにかを考え込むように立ちつくす。それから近くに手頃な木の切株を見つけると、そこに腰をおろす。そして、煙草に火を点《つ》けた。

　その頃、芳樹の姿は、自分の家の前を駆け抜け、宝石館の門の前に近づいて……。

2

草刈警部補は宝石館の門前を駆け抜けて行く、少年の姿を横目で見ながら、制服警官の話を聞いていた。警官は門の内側、木陰の下に置いた、折り畳み椅子にすわって、警備任務についていたのだ。

「……私はまだ三十分前にもならない四時に、任務交替したばかりで、それ以前のことは知りません。それに、その南波という人も、どういう人か知りませんが、ともかく、私がここに来てからは、捜査関係以外では、男は誰も外に出て行きませんでした」

草刈は自ら、別館一号の南波の部屋に行った。だが、いくらノックをしても応答がない。ドアに鍵もかかっている。

ああ、そういえば彼は夕方には、屋上で撮った写真はできるといっていた。おそらくそれを取りに行ったのだと納得した。

それで再び外に出て、宝石館前にもどろうとし、ふと、門の警備警官に、それを確かめてみようと思いついたのだ。

制服警官はその返事の後に、付け加えた。

「……しかし、女のかたなら一人……ここの次女の伊津子さんというかたですか……あのかたが、つい、さっき、ここを出て行きましたが……」

張り番のこの警官は、派手やかな存在の伊津子は、おぼえてしまっていたらしい。

「南波さんというのは、黒縁の眼鏡をかけた、多分、白ワイシャツに腕まくりの人だ。ともかく、外から帰って来た人がいたら、誰かたずねて、南波さんだったら、すぐ私の所につれて来てくれ」

警備警官に指示してから、草刈は宝石館の玄関前にもどる。中から、黒川警部が現われた。

「草刈君、事件の様相は、一変した感じだぞ。たいへんな事実が二つもあらわれた。まず第一は、今、宝石館の事務所の電話で、鑑識から報告を受けたのだが、別館二号の部屋の壁にめり込んでいた弾だが、あれにはいくら調べても、血痕反応等は発見できなかったというのだ」

草刈警部補は、瞬時、まったく空白の顔になる。それから、つぶやき出した……。

「だから、その弾は館山医師の体を貫通していない……ということは、それたもので、しかし、館山氏は確実に銃弾で殺されたとしたら……」草刈ははっとした顔になる。「……課長、ぼくがつい今、ここの前の木の幹で発見した弾頭《パレット》、もしあれのほうに血痕が検出されたとしたら……」

「そのへんのことは、君にまかせる。とりあえず、君に緊急に教えておかなければならない、もうひとつの驚くべき事実がある。今、鑑識課員と中に入って、確認してきたのだが……」

黒川警部は、館内の床上や、建物外側の繰り出しシャッターの血痕について話してから、続けた。

「……草刈君、密室などという不可能も、調べが進み、あらわれるものがあらわれれば、簡単な現実っていうやつがわかってくると、私は事件の初めの頃いった。どうやら、そうなってきたようだ。まだ、はっきりしたことはいえないが、私は第一の萩原氏殺しの密室については、しだいになにかつかめてきた気がする。君のほうは、第二の館山氏殺しの密室について、同じような気がしてきているんじゃないか？」

「はい、確かに。しかし、課長、第二の殺人にも、宝石館から盗まれた宝石製品の凶器が使われたと確認されたとなると、あらわれるものはあらわれると、悠長なことはいっておられなくなるような……」

課長の表情がむずかしくなり、声も重たくなった。

「うん、それだ。もし、あの残ったウル王朝の黄金の斧などが、使われる可能性があるというなら……犯人はなにか、この事件をゲームにでもしている気でいるのだろうか!?　探偵小説には、話を刺激的にするために、犯人がよくそういう手を使うことが書かれてるくらいは、私も知っているが、冗談じゃないぜ！」

「はい、犯人はゲームのつもりだろうと、次の惨劇だけは、なんとか食い止めなければ！」

「草刈君、南波氏のほうはどうだった？」

「それが、つかまらないのです。外出しているようです。帰りしだい私の所に来るように手配してあります。どうやら問題の写真を、取りに行ったのではないかと思われますが」


芳樹少年から受け取った封筒の中の写真を、伊津子は見ようとはしなかった。そのまま脇の下に、パースといっしょに挟むと、少年の帰りを待ちかねていたように口を開いた。

「ねえ、芳樹君、あなた、さっき、自分の部屋の窓からは、屋上を見ても、そこにいる人は、男か女かもわからないっていったでしょ。でも、池の所だったら、もっと近くになるでしょ。だから、かなりよくわかるんじゃない？」

「わからなかったよ。だって、あのへんはあんまり明りがないし、木がいっぱいあるし……」

「『わからなかった』って、芳樹君、それはきのう見た時に、わからなかったということね？」

芳樹はちょっとつまり、それでもそれなりに機敏に頭を働かせたようだ。

「ちがうよ。だって、僕はきのうはすぐ寝てしまったっていったろ」

伊津子の視線は横目使いに、崖の向うの中空に行く。

「でも、明りのことや、繁りのことを、そんなに詳しくいえるのは、やっぱり、よくそこを見ていたんだ」

芳樹はちょっと突っ張るようす。

「そんなに、見ちゃいないよ」

伊津子は二メートルばかり横に移動して、横目使いに崖の下のほうを見た。

「私、気がついたんだけど、芳樹君、この前、私の所で、人殺しがあった次の日、私の庭にお友だちと来てたでしょ？　ほら、それで、ガーデナーのおじさんに怒られた日よ」

少年はふしょうぶしょうというようすで、うなずいた。

「ほんとうをいうと、あなたたち、あの時は、今度は探険でなく、探偵に来てたんじゃない？」

「知らないよ」

「『知らない』っていう返事は、知らないだけで、ちがうっていうことじゃないわよね。いいえ、いいのよ。私だって、早く犯人がつかまってほしいから、探偵、大歓迎。子供のカンのほうが、大人よりずっと鋭いことが多いんですって。私のききたいのは、そうでなくって、そうして私の所に入って来る時は、どうやら門からじゃあなくって、裏のあなたのお邸のほうからじゃないかっていうことなの。裏の山の所を、はいおりてくるんじゃない？　ねえ、そう？」

芳樹はうなずいた。

「ひょっとしたら、今日もまた、そうして、私の所に探偵におりてきたんじゃない？」

「知らないよ」

「ねえ、そうして探偵してて、なにか見つかったことがあった？」

「知らないよ」

「また知らないか……」

伊津子の手は、少年の肩にかかった。横手の崖の下をもう一度見る。だが、その視線を下からふり仰ぐ少年の顔に移したとたん、彼女の緊張した顔は急変した。

突然、狼狽《ろうばい》し、それから悲しそうな表情になる。

「そうよね。そう、知らない。なにも知らない……」

彼女の手は少年の肩からはなれた。つまった声になる。

「……ごめん、いろいろきいて。でも、そうよね。知らない、知らない……いいえ、知ってても、いいわ」

彼女の顔は、今度は急に晴れ晴れとした。

「知っていてもなんでも、それは芳樹君にまかせてしまう……」伊津子は芳樹が理解しようとしまいとかまわないという調子で、急に楽しげにしゃべり出した。「……ねえ、芳樹君、今のお使いのお礼……いや、そうじゃないわ……純粋のプレゼント……そう、恋人へのプレゼントをしたいんで、ききたいんだけど、芳樹君、今、一番ほしいもの、なーに?」

芳樹は考え込む。

「ねえ、なんでもいい。ちょっといってみて」

「チュウシャキ」

「えっ、なんですって!? チュウシャキって、あの予防注射かなんかの時に使う?」

「そういうのじゃなくって、昆虫の注射器だよ。ママもおばあちゃんも、虫にそんな注射をして殺すのは、かわいそうだっていうけど……」

「そういえば、確か鶴山さんのおうちは、クリスチャンだったわね」

「でも、コガネムシやカブトは毒壜なんかに入れておくと、死ぬまでにうんと暴れて、脚や触覚を折ったりして、いい標本ができないんだよ。注射ですぐ殺すのが、一番なんだよ」

「じゃあ、それを秘密にプレゼントしよう。どこで売っているのかしら?」

少年の目が輝いた。

「ほんと? デパートの昆虫採集道具の売場に行けばあるよ」

「そう。じゃあ、そこで買う。でも、ママやおばあちゃんには見せないでね。さあ、早くおうちに帰りなさい。何時に帰るって、約束してあるんじゃない？」

「……四時に帰って、おばあちゃんと鎌倉に食事に行くという約束だったのに、まだ帰ってこないんで、私が探す役を、いいつかったんです……」

諸田久美子は、帆村伊津子にいった。

芳樹を探しながら、下からあがって来た彼女は、ちょうど宝石館の門を入って行こうとする伊津子を見つけると、思いきって声をかけた。そして、あなたはここの次女の伊津子さんではないか、芳樹君のことを知っているようなので、ひょっとしたら、どこかで見かけなかったかとたずねたのである。

「あなたは……？」

伊津子のほうは、諸田久美子をほとんどなにも知らないといっていい。

「私は芳樹君の、夏だけの家庭教師です」

「ああ、そう……」

「そういう人間がいるのは、ごぞんじだったのでは？」

「ええ……」といってから、伊津子は芳樹をよく知っているという事実を避けるように、曖昧にぼかした。「……私は今日は、鶴山さんのお坊っちゃんなどは、まるで見かけなかったようだけど……」

門の中から、草刈警部補の姿が歩み出て来た。

「なにか……あったのですか？」

とたんに、久美子の目が輝いた。積極的に話しかける。

「失礼ですが、あなたは、今帆村さんの所の、事件を捜査していらっしゃる、草刈刑事さんでしょ？　この前を通る時、何度かお見かけしているんです……」

自分の姓さえ知っているのに、草刈警部補は驚いたようす。

だが、久美子はこの機会を逃してはならないというように、速口にしゃべり続ける。

「……私はこの上の鶴山さんの所のお孫さんの、夏休みの家庭教師をしている女子大生で、諸田久美子といいます。いつか、お暇なおりに、事件のお話を詳しく聞きたいと思っていたんです。私、こういうことが大好きですし、きっと、なにかのお役にたてると思ってるんです」

奇矯で、大胆ということは、自分でも認めるような伊津子だった。だが、それでも、この諸田久美子のアプローチには、まったく当惑のようす。

「それで、何かあったんですか？」

ようやくまた草刈はきく。

「いいえ、どうということはないんで、ただ、私の教えている芳樹君を探していて、伊津子さんに見かけなかったかと、きいていたんですが……」

草刈はふと思い出したようだ。

「ああ、ひょっとしたら……いや、それにちがいない。上からおりて来たのだから……そう、四十分くらい前に見かけたのが、あの子じゃなかったか……」

「えっ、上からおりて来た？　四十分くらい前というと、四時二十分くらいのことですか？　でも、四時に帰るという約束で、それで、上の家のほうからおりて来るなんて……」

「目の大きな、なかなか賢そうな、都会的な顔をした……そうだ、そういえば、今日は、そのずっと前にも、その子がここの敷地内にもう一人の男の子と、入っていたのを、屋上から見て……」

横で聞いていた伊津子の顔が、はっとこわばった。だが、すぐ平静にもどる。なだらかな声で口を開いた。

「子供ですもの。理由なんかまるでなしに、あっちこっちに出没して……。ひょっとしたら、もう、うちに帰っているのでは？」

「あるいは、そうかも……。ともかく家にもどってみます……」そして、久美子はそれで芳樹の問題のほうは、もうかたづいたというようす。「……刑事さん、ともかく、一度、わずかの時間でけっこうですから、話をする機会を作ってください。私なりに事件を考えて、あるいは参考になることも、話せるのではないかと思っているんです」

「はあ……」相手が若い娘、しかもかなりの美人とあっては、草刈警部補もむげに拒否できないような、曖昧な態度になる。「……しかし、こういうことは、そう民間の人に話すというわけには……」

敷地の中から、草刈の名を呼ぶ男の声と、大きな足音が走り寄って来たのは、そんな時だった。

「すぐ来てください！　また、事件が……！」

「事件!?　まさか……」

「それが、そのまさかの、コロシのような……」

私服の男が、門の外に駆け出して来た。

「ほんとうかね!?　いったい、誰が……」

いいながら、草刈は駆け出し、伊津子がその後に続いた。そして、久美子までがその状況に便乗して、警備の警官のなんのとがめも受けず、いっしょに中に走り込んでいた。

「それで、いったい、誰が殺されたと!?」

草刈の問に、横を走る刑事が息を切らしながら、答えていた。

「南波という……人で……なにか、斧で殺されたとか……」

3

「……斧、藁の十字架、脚にひっかかった紐、そして密室を暗示する、部屋のベッドサイド・テーブルの引出しの中にあった鍵……」

黒川警部は現場の部屋のテーブルの上に並べられた四つの品物を、腕組みして、もう一度ふきげんな視線でにらみつけた。

金色に尖《とが》った斧の片方の先端部分には、やや酸化して黒くなった血痕が、あざとくついていた。いや、そこばかりでなく、銅製の柄の部分にもその飛沫が飛び散って、ちりばめられた宝石のいくつかの光を、覆いかぶせてしまっている。

南波義人はその先端を頭部に……しかも二か所に、深く打ち込まれて、死亡していたのだ。即死だろうという。

死亡推定時刻は、死体発見の前の一時間前を中心に、三十分くらいの間。発見がほぼ五時のことだったから、まず三時四十五分から四時十五分くらいの間と見こまれた。

どうやら、黒川警部たちが角山、あるいは光枝に事情聴取をしているさいちゅうか、その直後の犯行らしかった。ともかく、私服、制服の警察官、鑑識課員等という、数え上げたら、七、八人近くの捜査員のいる中での犯行なのである。

草刈警部補はいった。

「しかし、課長、大胆不敵な犯行というよりは、いよいよ追い詰められて、犯人がやむをえず打った必死の行動……なにか、そんな気がします」

「君は南波氏が屋上から重要な目撃をしていた証人であること、そしてあるいは犯人を教える重要な手掛かりを写しているかも知れない写真を撮っているかも知れないことから、そういっているのかね？　つまり犯人はそういう自分に危険な証人は、一刻も早く殺さねばならなかったと？」

「はい、そうです」

「まあ、賛成だな。こんな状況の中で、殺人を犯せば、犯人はこの中にいる誰かであることは、もう動かせない事実になってしまうはずだ。なのに、あえてその危険に賭けた」

「しかし、けっきょくは我われは、またもや犠牲者を出してしまったということで……」

「くよくよするな！」黒川警部の声は力強かったが、自分自身にむかってかけているようなところもあった。

「……ともかく、その責任は私が持つ」

「しかし、課長、考えてみると、なんともくやしいというか、腹がたつというか。僕はもう少し早く南波氏の死を、発見できていたかも知れないのです。なのに、ぼくは彼の部屋のドアをノックして返事がなく、鍵がかかっていることを知ると、もうそれで、南波氏はおそらく写真を取りに行ったのだろうと即断して、その場を立ち去ってしまったのですから……」

草刈警部補が、南波氏のいる別館一号の一階の部屋のドアを叩いたのは、四時十三、四分のことだった。

だが、彼はそれで、引き返したために、発見は五時少し過ぎを待たなければならなくなってしまったのである。

だから、発見者はその後、南波の部屋を訪れた池内平一となった。

彼は証言した。

「屋上で刑事さんにいろいろ話を聞かれて、それから部屋にもどったら、また、この前と同じような筆跡の手紙が置いてあったんです。しかし、最後に今度は南波義人と名があったので、ああ、この前のメモも彼だったのかと思いました。これからちょっと外出するが、二人だけでぜひとも話したいことがある。五時前にはもどって来るから、五時ちょうどに部屋に来てくれとありました」

「あなたは南波さんとは、ほかのかたよりも親しかったのですか？」

黒川警部は質問を入れた。

「いや、親しくはありません。彼は一番後から来た男ですし、見てのとおりのあまり美的センスのない、科学一点ばりの、やぼな感じの男でしたからね」

「それがまた、なぜ、二人だけで、話したいことがあるなどと？」

「まるで、見当もつきません」

「その南波さんの手紙は？」

「私の部屋に置いてきましたが……」

警部は急に慌てる。

「ともかく、なによりも先に、その手紙を、今、すぐ取って来てください」

池内は三分ばかりで、もどって来た。

「また、なくなっているんですよ！　確かにベッドサイド・テーブルの上に置いておいたつもりなんですが……」

「この前の伝言メモもなくなっていた……。あなたは部屋から外に出る時は、鍵をかけるのですか？」

「そんな手間のかかることはしませんよ。鍵はもらっていますがね。使ったことは、ここに来てから一度もありません。ここに泊まっている人の誰だって、そうでしょう」

「それで、あなたは五時に南波氏の部屋に行った」

「そうです。科学者の彼のロマンチズムは、正確ということだろうと思ったので、ジャストにです。だが、ノックしても、呼んでも返事がありません。ノッブをまわしてみても、ロックされているようです。しかし、そうしてノッブを持った手に、なにか濡れたものを感じたので、見てみると、ぬめりと血らしいものが……」

池上はその実際を示すように、ポンチョのカーテンのような袖をひるがえして、ゆっくりと腕を上げ、顔の前に手を開いて、目を大きく見張って見せる。

「……びっくりして、そのノッブに目を近づけて見ると……」

彼は今度は両手を、少し折った脚の両膝について、そのようすを見せた。

「……やはりそこにも血が……。この宝石館を今吹き荒れている、血腥《ちなまぐさ》い雰囲気が雰囲気ですから、私はそれで、もうすべてが想像できる気がして、建物を飛び出して、本館のキッチンに行きました。光枝さんと事務長の人がいましたので、二人に鍵を持ってもらって、もう一度南波氏の部屋にもどろうとしました。廊下に出ると、海水パンツの上にバスタオルをはおった、館山の坊やがちょうど出て来ました。海に行こうとしていたらしいんです。彼も僕たちといっしょに別館一号に走りました。そして、部屋のドアを開けてみると、南波さんがまわりにずいぶん血を流して床の上に……」

池内がたえまないジェスチャ入りの説明を終わって出て行くと、草刈がいった。

「しかし、課長、どうもすっきりしません。南波氏からもう一度、話を聞こうと、四時十三、四分の頃、ここの部屋のドアを僕がノックした時、そのノッブもつかんでロックを試しました。だったら、当然僕の手にも血がついてもよかったと思うんですが……」

「犯行は君がドアをノックした後なんじゃないか。死亡推定時刻は三時四十五分から四時十五分までだが、十五分以降二十分くらいまで、なんとかその可能性がなかったとはいえないだろう」

「いささか強引なような感じですが……」

「彼は五時まで外出すると、手紙にも書いてあったそうだから、それまでは外出のためにロックをおろしてあった。そして、君と入れ違いに、ここにもどって来た……」

「しかし、門に警備していた警備の者は、四時以降は、ここの人たちは伊津子嬢を除いては、誰も出入りしなかったといっているのです」

「ともかく、検死の係官もいっていたろ。これだけ大胆に斧を振り下ろしての凶行なら、犯人《ホシ》にだって、かなり血がついていたはずだと。とすれば、ノッブなどに血がついていなかったというほうがおかしい。だから、やはり犯行は君の訪問以後のような気がするがね」


事件関係者のアリバイも、すでに、おおざっぱなことが調べられていた。

その頃にはまだまだ真夏の暑さの倦怠が、帆村邸には漂っていた。活発に動いていたものは、捜査関係の人間だけ。ほかのものは、みんな、一人で部屋にいて、夕刻の涼しさを待っていたという感じだったらしい。

ということは、ほとんどがアリバイ曖昧ということであった。

ただ一人、あの活発な伊津子だけが四時五、六分頃から五時頃まで、外出していた。下の国道におりて、ちょっと海水浴場を見物にいっただけだという。だがその証人ということになると、彼女は誰も持ち出せなかった。

少しばかりアリバイのありそうなのは光枝だった。ちょうどその頃、黒川警部たちの事情聴取を受けていたのである。

だが、その時間は、ほぼ三時五十分から四時十分まで。犯行推定時間は三時四十五分から四時十五分までだったから、やはり前後に少しアリバイがない。

草刈は電話で、角山潤にもアリバイを問い合わせた。事件をしらせる意味も含めてである。

出てきたのは、あるいは母親とも思われる年配の女性の声だった。

「潤は今、教会のほうに行っております」

「教会？」

「はい、そこで催します、サマー・チャリティー・バザーの委員をやっておりますので、その打ち合せにです」

「ああ、すると、お宅はクリスチャンで？」

「そうです。教会の電話番号をお教えします……」

そこで、その教会に電話をかけて角山を呼び出した。

「ぼくはあなたたちの事情聴取に答えてからすぐ、帆村さんの家を出て、長谷のマンションに行きました。ついたのが、四時ちょっと過ぎでしょうか。五時半まで、そこで一人で仕事をして、それから六時頃にここの教会に来ました」

つまりはアリバイなしということである。

今このあたり一帯は、海水浴の車で、一年ではもっとも混《こ》む時だ。しかし、きょうはウイーク・デイ。しかも、角山はこのあたりの道をよく知っているだろう。鎌倉からでも、まず三十分もあれば、じゅうぶん宝石館に来られるはずだった。

黒川警部はさっきから、かなり確信あるなにかをつかみ始めたようすになっていた。かなり力強い声で、また続けた。

「しかし、今度の事件で、たった一つだけ従来のものに欠けている要素があるな」

黒川警部の漏らした意見に、草刈警部補がこだまのように、すぐ答え返した。

「はい、わかっています。宝石がかかわっていないことです」

「前の二つの事件だって、実際のところ、宝石は盗まれていないようなものだった。どうやら、これもまた、芝居っ気のある犯人の、事件を粉飾する道具だてのように思われる。だが、今度の事件では、犯人もかなり追い詰められた感じであることは、さっき話した。だから、そんなよけいなことをしている暇が、なかったんじゃないかな」

「はい、あるいは、そうかも……」

「だが、その他の脚の紐、そして藁の十字架、それから密室ということでは、やはり同じだ」

　現場の部屋の戸締まりは、内側から全部おりていた。

　そして、館山氏の時と同じように、今度もまた鍵はベッドサイド・テーブルの引出しに入っていたのである。

「……だがね」黒川警部は力強い声になっていた。「……私は第一の萩原氏の事件のそれについては、どうしてそんなものができたか、さっきの宝石館内の血痕のことから、見当がつき始めてきている。そして、第二の館山氏のほうについては、草刈君、さっきの凶器のピストルの発見や血痕のない弾丸で、君のほうが、だいぶ考えがまとまりかけているようだ。だったら、今度のこの事件についても、少し考えをめぐらせば、きっと解決のいとぐちが見つかるにちがいない」

「はい、ぼくもそう思います」

「事件の密室の謎さえ解ければ、犯人はもうおのずからわかってくる。そんな感じだよ。君はどうなんだ？」

「はい、僕にもごくごくおぼろながら、なにかがつかみかけてきているような、そういう感じがしないでもありません。課長、こういうせっぱつまって、しかも忙しい時にもうしわけないのですが、少しばかり、ちょっと時間をいただけませんか。ふと思ったことを、確かめてみたいのです」

「いいよ」

「その間、ちょっと、ここの証拠品の一つのこれを借りたいのですが……」

片隅の小テーブルに行って、草刈が取り上げたのは、あの藁の十字架だった。

「ええっ!? 君はそれに、なにか……」

「ちょっと思いあたることがあるのです。なにかくだらない妄想のようにも思えるのですが、案外、犯人はその性格からして、そういうことを信仰しているのかも……」

「信仰!? なにかわからないが、まあ、まかせよう。私もその間に、もっと考えを固めておこう。その後、互いに考えていることをぶちまけて、できれば犯人《ホシ》の名も打ち出したいものだ。しかし、その間に、やつがまた、なにをしでかすかわからない。各人は自室にいて、互いに会うことも避けるようにすることも、今の段階ではやむをえないだろう。みんなにそう注意しておく。そして、その間は、警備の警官を増強して、この中のできるだけ各所に配置しておくようにする。君と今度会う所は……そう、また、本館屋上のあのペントハウスにしよう。夕食を終わった後の午後九時。いいね」

4

正九時、草刈警部補は、大型のマニラ紙封筒を小脇に抱えて、本館屋上のペントハウスに姿を現わした。

　すでに、黒川課長が、そこに待っていた。

「草刈君、君のいない間に、また、新しい情報が二つばかり入った。館山医師のコレクションからたった一つ消えていた、ピジョン・ブラッドの指輪だが、あれが出てきた」

「えっ、あの指輪が！」

　草刈は小テーブルに手にした封筒を置くと、その前の椅子にすわる。

「きのう、ここに館山氏のコレクションをチェックに来た宝石商だが、彼がここの帰りにちょっと横浜の同業の所に寄った。ところがそこで、近頃珍しい大物の宝石指輪が手に入ったといって、見せられたのが、なんと、館山氏のコレクションの中にあるはずだった、あのピジョン・ブラッドのリングだったというんだ」

「ええっ、もう、そんな所に流れていたと!?」

「それだ。その上、それはすでに、一人のブローカーの手を経て、その宝石商の手に入ったものだったというのだから、もっとおかしな話だ。ともかく、元の売り主の人間のことから話そう。ちょっと調べてみたら、すぐわかったよ。そんな大物の宝石だ。正体を隠して、売却処分なんて、できるはずがない。そこで、館山文隆はやむをえず、自分の名を名乗り、父に頼まれたといって、売りに来たというのだ」

「あいつが！　しかし、一体、いつ、売りに来たと？」

「そう、それが大問題で、なんと八日も前の二十七日の日なんだ。彼等がここに来た翌々日ということになるか」

「そうか！　あのプレイボーイ医学生は、ここに来てからすぐ、おやじのコレクションの中から、それだけをそっと盗み出した。それしか、考えられませんね。そして、彼だったら、おやじがそれを外に取り出している時や、そのほかいろいろの隙に、盗み出すことは簡単なはずです」

「そうだ。いや、実をいうと、ついさっき、彼をつかまえて、ちょっとしめあげたら、もう、あっさりハイてしまったよ。ガールフレンド……いや、自分の赤ん坊をはらましてしまったのだから、もうフレンドとはいえないか……そういう女に、堕胎の金と沈黙料を払わなければいけなくなっての、非常手段だといっていた。だが、話を聞くと、どうも女は妊娠などと真っ赤な嘘をいって、金をおどしとろうとしているだけという感じがあるな。だが、私の知ったことか」

「ピジョン・ブラッドの指輪を、おやじさんのコレクションから盗みとったおりもおり、そのおやじさんが殺されて金庫が開けられ、宝石がぶちまけられているという事件に遭遇した。そこで、これはうまいと思って、自分の指輪泥棒も、その中に紛れ込ませようとしてしまった……」

「そういうところらしい」

「まさかとは思いますが……彼はそのたった一つの盗みを隠すために、コロシをということは？　後のたくさんの宝石は、盗んで行かなくたって、いずれは息子として、相続することになるでしょうから、そのほうが安全です」

「ああ、私もそれは一応はそういう可能性もあるなと、ちらっと思ったりもした。だが、あの若者はくだらない人間……そういう表現は使えるにしても、そんな大それた悪いことをするほどの、器《うつわ》でもなさそうだ。ああ、それから、もう一つの新しい事実だ。宝石館前の木の幹から発見された弾丸だが、君の考えたとおりだった。あれからは血痕が検出されたと、今、連絡があった」

「やっぱり！」

「どうやら君は、第二の館山医師殺しについては、かなりしっかりしたものをつかみ始めたな。そして、私のほうは、第一の萩原探偵殺しについて、その密室の謎から、犯人像まで、かなりはっきりつかみ始めた」

「第一の密室の謎の解け始めた手掛かりは、やはり館内の床や、外側のシャッターの血痕ですね？」

「ああ、それからトプカプの短剱と、ガイシャの傷口の不一致の二つだ。私たちはその時、それは犯人が芝居っ気から、そんなことをしたんだろうとも考えた。確かにそれもあったかも知れない。だが、実はその意味の後ろに、犯人はもっと重要な目的を、巧みに隠していたのだ。その目的とは、トプカプの短劒がそうして使われた以上、犯行はそれが盗まれた以後のこと、だから犯行は、当然、宝石館内のことだと無意識のうちに、我われに思わせることだったのだ。だが、実際は犯行は宝石館内ではなかった。そう、外でおこなわれ、それが第一の密室を作る要素になっていたのだ」

「僕もまったく同じ考えです」

「しかし、なーに、密室、密室といっても、そんなに大したものじゃない。君のように探偵小説をたくさん読んでいるものには、噴飯《ふんぱん》ものなんだろうが、要するに犯人はガイシャをあの格子の入口まで呼び寄せて、外側から透き格子越しに、刃物で刺したというだけだ」

「確かに、格子で血のついていた箇所は、我われが立った時、ちょうど胸のあたりの高さに、集中していたようでした」

「そのとおりだ。実際のところ、まだ不可解なこと、いささか不合理なところも多少はある。だが、大筋においてまちがいはないと私は確信しているから、ともかく説明を通しておく。回廊の真ん中、玄関正面の柱には、呼び出しベルのボタンがあった。ホシはそれを押して、警備の萩原氏を中から呼び出す。そして、隠し持った凶器で、透き格子を通して腕を伸ばし、グッサリ刺す。萩原氏は倒れる。ホシは格子から手を伸ばし、萩原氏の腰の鍵束を手にいれる。それを使って、外側から順番に錠をあけて行く……」

「ホシは必ずしも萩原氏の顔見知りである必要はありません。なにかの理由をいって、萩原氏をできるだけ近くに引き寄せればいいのです。もちろん、顔見知りなら、ますますそれは簡単なことだったでしょう」

「ともかく、シャッター、それから館内部の床の血痕が、ホシが萩原氏の死体を、館の奥まで引っ張って行ったことを物語っている。これで、残っていた、どうしてホシが中に入ったかという前の半分も説明がつくし、後の半分はもうすでに説明したとおりだ。さあ、次は、君の館山氏殺しの密室のほうだ……」

「なにか、ぼくの担当という感じになってしまいましたが、こう思います。といって、すでに課長ももう、概略はおつかみになっておられるでしょう。確かに、課長のおっしゃるとおり、この密室のトリックも、あるいは通俗平凡なものなのかもしれませんが、ポイントは、館山氏はあの別館二号で殺されたのではなく、あの宝石館前の木立の中あたりで、殺されたということです」

「同一犯人の手口は似るというが、確かにそんな感じだな。つまり、第一のと同じく、コロシの現場は実際には死体発見の場所ではなく、その外に持って行くという手口だ」

「はい、しかも、今度はまったくの外部で、その上、犯行時刻も十時十五分ではなく、その前の……おそらくは南波氏が屋上から、その姿を見たという九時五十七、八分の直後だろうということも、一つのポイントです」

「うん、そういうことがいえる」

「きりのいい時間ということを考えると、おそらく十時頃にでも、館山氏は、あそこの宝石館玄関前の、木立の下でホシと会おうという約束だったのではないかと思います。ホシはそこであのコルト拳銃にサイレンサーをとりつけて、待ちます。やがて館山氏が現われます。ホシは館山氏を射殺し、ただちに死体を別館二号の部屋に運搬します。すべてを完了するまでには、ゆうに十五分の時間があったとはいえ、その間に死体を背中にかついでというのは、やはり時間の点でもたいへんですし、第一、労働としても骨です。課長、この敷地の東北隅のほうに、園芸道具入れの物置き小屋があるのは、お気づきでしたか？」

「ああ、車庫の裏手にある？　あれはそういう物置きなのか」

「はい。その奥には、ガーデナーの居住用の小さな住まいもあります。それで、実はさっき、僕は出がけにそこに行って、ガーデナーに声をかけ、その物置きの中を覗いて来ました。ありました。手押し車……ホイールバローとか、猫車ともいわれるものが、三台ばかりです。特に、中の一台は二輪のカート型のもので、これなら死体を運ぶにゆうゆうというものでした。物置きに別に鍵などはかけていないということですから、誰だって、すぐ持ち出せます。それで、ともかく鑑識に連絡して、すべての車の綿密な検査を依頼しました。あるいはガイシャの血痕、頭髪、衣類の切れ端等が発見できれば、しめたものですが……」

「手まわしのいいことだ。ホシはそれに死体を乗せ、あの実際のコロシの現場の宝石館前の木立から、別館一号の横のだらだら坂の道をのぼって、別館二号に行く……」

「ホシのやったことの手順は、あるいは細かい所では前後が違うかも知れませんが、後の状況から見て、大体こんなところだと思います。館山氏は高価な宝石のコレクションをここに持って来ているのですから、ほかの一般の泊まり客と違って、あるいはちょっと外に出る時でも、部屋や建物の玄関のロックをおろして来たかも知れません。もしそうだとしても、ホシは隠し金庫のものも含めたすべての鍵を、死体から手に入れたのですから、問題はありません。隠し金庫の鍵を開け、中の宝石をぶちまけます。それから運んできた死体を、しかるべき位置に持って来て、いかにも銃弾に撃たれたようにして、転がします。ここのところの順番だけは、まずまちがいないと思うのは、死体の下に、ネックレスの端が、わずかばかり挟まり込んでいたことでわかります」

「そうか！　もし、金庫を開けて、宝石がぶちまけられたのが後だとしたら、そういうことにはならなかったはずだ。おい、ということは、その状況だったら、ホシは館山氏をあの部屋で殺害し、それから死体から鍵を取り上げて金庫を開けたという考えは、初めから成り立たなかったんだ！　どうして、そんなことに早く気がつかなかったのか!?」

「わかってみれば、まったく、そういうことになります。なにも、うろの中のコルト拳銃や、壁の中の血痕のない銃弾がなくても、私たちはいちはやくそれに気づいていなければならなかったんです」

「反省しよう。それで、話をもどして、その金庫の中の宝石がぶちまけられた意味だが、それは第一の事件と同じで……」

「ホシが事件を怪奇複雑なものに粉飾し、目くらましにしようとしたものです。だが、そのことは、あとから説明することにして、まず初めに犯人の動きを追います。死体を所定の位置に置いた犯人は、次にサイレンサーをつけたままのあのピストルで、死体の位置などを考えて、壁に弾がめり込むように、もう一発撃ちます。今度は、薬莢《やっきょう》等もその場に落して、いかにも殺人のおこなわれた弾は、そこで撃たれたように見せます。それから、彼は死体から奪った鍵で、部屋や玄関のドアの錠を外側から閉め、外に飛び出して、カートを押して……」

「池のそばの十メートルばかりの間の、砂土の道の足跡の問題だが……」

「はい、それです。この日の昼間の雷雨で、ある程度カートの車輪や足跡が残るようになっていたことを、ホシはあらかじめ承知していたかどうかは、わかりません。ともかく、現場の状況から見て、最後には気づいたことは確かです。そこで、しゃがみこんで、後ろ向きに進みながら、手でまわりの土を掻き寄せてならし、隠蔽工作をしました。それは、あのあたりが、なにか不自然に平らだったことでもわかります。彼はカートを物置きに返します。それから、別館二号に近い、だが、その後、できるだけ疑惑をかけられない場所……といえば、つまりはみんなのいる場所にもどりたいということになると、本館と別館二号の中間、あの池の北端のちょっとした木立のあたりではないかと思うのですが……そういう位置に立ちます」

「そして、今度はサイレンサーをはずしたあの錠で、頭上の空中にむかってでも、一発、発射する？」

「そうです。もちろん、これは、みんなに、犯行のあった時間は、その時だと思わせるためです。そして、ここでは薬莢等は回収して、その痕跡を消します。ホシとしては、ほんとうは、この後すぐに、拳銃を大木のうろに隠したかったのだと思います。だが、今もいったように、なるべく早くみんなの所にもどりたいし、事実、そうであったことを見ると、彼はその銃を、一応、どこか手近の見つかりにくい所に隠し、すぐにみんなといっしょになったのだと思います。それから、ともに騒ぎ始め、現場の部屋に駆けつける。そしてどさくさまぎれに、鍵を……理想をいえば、死体の服のポケットにもどしたいところだったでしょうが、それはあまりに危険なので、隙を見て、ベッドサイド・テーブルの引出しに入れておく……」

「第三の事件の南波殺しはおそろしく簡単なものだった。ガイシャの部屋を訪問して、入れてもらう……といっても、もともと宿泊客のほとんどが、自分の部屋の鍵等かけていなかったようだから、これはどういうことはない。そして、斧をふるって凶行におよんだ。

それからガイシャの持っていた鍵を持って、外に出てドアをロックする。検視官の話を聞くと、かなり血が飛び散ったのではないかというから、まずは自分の部屋にもどって、そういう血を落とし、クリーンな体になる。そして、鍵は第二の時の手口とまったく同じく、事件発見の騒ぎにまぎれて、ベッドサイド・テーブルの引出しにもどした」

「はい、そして、今日の事件で、そういうふうにテーブルの引出しに、鍵をもどせる機会を持てた人間ということになると……」

「ノッブの血で最初に異変に気づいた最初の発見者の池内平一、鍵を持って駆けつけて来た光枝嬢と事務局の江森幸三、それから海水浴に行こうとして廊下で事件を知った館山文隆、この四人がいっしょに、どっと現場の部屋の中に入っているな」

「もちろん、課長はその中の誰が、また鍵をベッドサイドのテーブルの引出しにもどしたかは、もうおわかりになっているのでしょうが、ここにまた、その犯人を証明するような、別のおもしろい手掛かりが一つあるのです……」

草刈警部補はテーブルの上の、マニラ紙の封筒を引き寄せた。中から、さっき持って行った藁の十字架が取り出される。

「君はさっき、なにかその藁の十字架を持って行く時に、『犯人はそういうことを信仰しているのかも……』というようなことをいっていた。そして、ついその前だが、角山潤はクリスチャンだ、というようなことがわかった。なにか、そういうことと関係があるんでは？」

　藁の十字架を見ながらいう課長に、草刈は答えた。

「ええ、信仰は信仰でしたが、キリスト教ではなく、呪術の祈禱《きとう》というようなものに対する、信仰なのです」

「呪術？」

「もう一度、これを見てください……」

　草刈警部補はその藁細工を、部長の前にかかげる。

　ちょっと目を凝らして、それを見た課長は、声をあげた。

「やっ、今は十字じゃあなくて、一つの先端がずいぶん奥深くまで、二つに別れて……ああ、あの一か所だけあった白い木綿糸の縛りが、なくなっている……」

「よく記憶されていました。そうなんです。あの白い糸の所だけをほどいたんです。それから上下がどちらかも変えてみると、こういう形になったんです。何に見えます？」

もう一度、近ぢかと、その藁細工を目の前に寄せられて、黒川課長はうなった。

「その新しく二つに分かれた所を二本の脚と考えて、それを下むきにすると、なにか人の形をしているような……」（前頁図参照）

「そうなんです。これは人型をした人形……正確にいえば、呪殺に使う藁人形なんです。だからこそ、その胸にあたる所に、ピンが刺してあったのです」

黒川警部の声は、あっけにとられていた。

「つまり……それは、ほら、よくいう丑《うし》の刻参りによく使うといわれる、あの杉の木の幹等にプッスリと呪いとともに、五寸釘ではりつけにする藁人形……？」

「ええ、その縮小ものといったらいいでしょうか……」草刈は封筒の中に手を突っ込むと、茶褐色の模造皮表紙の、馬鹿に古びた本を一冊、取り出した。小口もひどく黄ばんでいる。

「……これは、僕の古本屋での掘り出しものの一冊で、店のおやじがこういうものに詳しくなかったらしく、叩き売りの値段がついていたので、飛びついて買ってきたんですが……」

「ははあ、君の雑学の秘密はそういう所からか」

「まあ、そんなところなんです。この本は、日本の民間信仰の呪術を、けっこう、それなりに詳しく調べて、なかなかの議論も展開してあるんです。といっても、だいぶめんどくさそうだったので、ざっと目を通し、そのままにしてあったんです。だが、ふとあることから、呪いの藁人形に気がついたので、あの本には、そういう人形の図がいっぱいあると思い出して、持って来たんです。人形の作り方はいろいろあるようです。それで、その図を次つぎ見て行ったところ、中の一つと、ぴったり一致しました。藁を縛るのは麻糸で、各腕、脚、首の所の縛りの所は三本……。まあ、これとひきくらべてください」

草刈は本と藁人形を並べて、課長の目の下に置いた。

わずかの間、それをひきくらべていた課長は、うなり声をあげた。

「うーん！　縛り方の数は、まさにこのとおり！　違う所は、さっき君がほどいたという、あの白い木綿糸の所だけということになるか……」

「そして、その木綿糸はこれが呪いの藁人形ということを、カモフラージュするためです。しかし呪いをかけた者は、それでは自分の怨念が相手に届く効果が減じるのを恐れたのでしょう。そこで、人形と同じように、どの犠牲者の脚も、人形と同じに、二本を一本にまとめた形に縛ったのではないでしょうか。ことは実用的なものではありません。それで、あんな型式的な縛りになったのです」

「なるほど……」いったものの、部長はいささか考えをつまずかせたようだ。「……しかし、なにも、そんな呪いの藁人形等をわざわざ作って、犠牲者の体に持たせるようなことをしなくても、彼は実際に、次つぎと人を殺してきたようにも思えるが……」

「このへんが、こういう嫉妬、憎悪、怨念からくる犯罪の、むずかしいことかも知れません。この本にも、そのへんのことが、ちょっと書かれています。ほんの数行ですから、読んでいただいて、ぼくの返事と思ってください。文の中で、シャーマニズムとあるのは、神や精霊から、直接力を得ようとする予言術、病気治療術、呪術等を包括する広い意味での宗教……そんなふうにでも考えればいいと思います」

草刈はパラパラとページをめくって、本の初めのほうを出すと、その一部を指さした。

〝……シャーマニズムの呪術の修行型の一典型は、丑の刻参りなどであるが、これには、呪いの儀式によって、相手を害そうとする意図がもちろん第一義であったとしても、そこには呪う相手を害そうとする、実際には直接的、具体的攻撃を意識しての、戦闘心を鼓舞する意図、また、その憎しみを呪いによってカタルシスに転化する意図というようなものがあることも、見逃せない……〟

課長が読み終わった見当をつけて、草刈がいった。

「つまり呪いの相手をかたどった人形などを作って、呪いの言葉を吐いたり、釘や針でその人形をプッスリやったりする行為の中には、相手を現実に傷つけたり殺してもいいという意図もちゃんと持っていて、そのための勇気を奮い起こそうとしているところがある。また激しい憎しみをそういうことで、楽しんでいるところがある……そういうようなことをいっていると僕は解釈しています。なんのひるむこともなく、大詩人と自称し、自分の芝居っけたっぷりの芸術家的感覚や行動に、自己陶酔《とうすい》している池内平一らしいことじゃありませんか。そういう彼の世界は、ちょっと裏返して見れば、もうシャーマニズムになるんじゃないかと思います」

「とうとう、ホシの名が出たね。私は彼のどこかキザというのか、バカげたというのか、まるでいつも芝居しているあのようすが、事件の様相を確かに異常なものにしていたということだけで、じゅうぶん納得できる気持ちだ。しかし、もう少し深く彼の心理に踏み込めば、そういうことになるんだろうな」

「この呪いの藁人形のきっかけを僕がつかんだのは、実は彼がずっと生駒の住人だったということからだったのです」

「なんで、そんなことが？」

「池内の事情聴取の時、あるいは課長もお気づきだったかと思いますが、彼のいる所が生駒と聞いた時、僕にはある連想がありました」

「ああ、確か、すぐそばに生駒山があるなとかきいたな」

「そうです。その生駒山から、その奥の奈良県の葛城山《かつらぎさん》にかけての一帯は、いってみれば、今問題になっている呪術のメッカで、陰陽師《おんようじ》や山伏修験者《しゅげんしゃ》などという人たちがたくさんいて、神霊術、幽視術から、動物霊落しの術、そして呪術を盛んにやっているのです。もちろん、呪殺というようなことになると、表だってそうだといっている者はないようですが、ひそかに、そういう人たちの教示を求めたり、また、祈禱を頼みにきたりする人たちが、ずいぶんいることは確かだそうです。池内がどこで、どういう形で、そういうものに触れる機会や、また学ぶ機会をつかんだかは知りません。だが、その機会だけはいくらでもあったと思います」

「なるほどね。そして、彼がそういうふうに、かたっぱしからガイシャたちを呪ったのは、光枝嬢をめぐっての、ライバルに対する激しい嫉妬からくる、憎しみといったわけか？　ほかの者たちがいろいろの形で、光枝嬢との距離をせばめていたのに、池内平一はまったくその圏外《けんがい》にいた」

「外面はいかにも涼しい顔を見せていましたが、内心では彼はひどくあせっていた。というよりは、落伍者として、激しい嫉妬に燃えていた。別の意味で、光枝嬢と男たちの関係に怒りを持っていた伊津子さんは、だからこそ、そういう池内の気持ちの一端を機敏に捕えて、妙な賭など始めようとしたのかも知れません」

「ともかく、館山文隆を除いた、光枝嬢に恋していた男どもを、ことごとく血祭にあげた。そして除かれる館山文隆は、その恋の争いでは、池内同様、ほとんど問題にならない存在だったのだから、無事に生き延びている……」

「そういう感じのような……」

「しかも池内はこれまでの三つの事件で、全部アリバイがないのだ。正体不明の伝言メモや電話などということで逃げようとしているが、そのメモが実際にあったかどうかということになると、ただ彼自身がそういっているというだけだ。館山医師殺害の時、彼に電話があったことは確かかも知れない。だが、あんなものは、なにも知らない第三者に依頼し、一定のせりふを教え、そのとおりに電話させればいい。現に、その電話は、まるでこちらのいうことも聞かず、強引に一方的にしゃべりまくって、切ってしまったと、光枝さんはいっている」

「短剱、ピストル、斧と盗んだ三つの武器は、全部使いはたされたのです。彼のシャーマニズム的、儀式殺人もこれでおしまいという感じはしますが……しかし、けっきょくは、彼をこんな連続殺人に駆り立てたものは、嫉妬のあまりの狂気と考えると、僕たちには理解しがたい心理で、彼はまた、いつ、なにを始めるかわかりません。ともかく、すぐ行って、彼を押さえ込んでおく必要があると思います」

「ああ、賛成だ！　ほかの場合と違って、じわじわと追い込んだりしているうちに、とんでもないことになったら、今度こそ、こちらの面子《めんつ》がたたない。逮捕状請求という前に、まず彼の狂気に歯止めをかけておく必要がある！」

黒川警部たちは、ただちに屋上から二階におりると、池内平一のドアをノックした。だが、いくら叩いても、呼んでも返事がない。ノッブを持ってドアを押したが、ロックがかかっている。

廊下のむこうの曲り角から、階段の上がり際に折り畳み椅子を置いて、警備をしていた制服警官が、当惑した顔を出す。

その姿にむかって、黒川警部は声をかけた。

「おいっ、まさか、この部屋を池内氏は出て行ったというようなことは、ないだろうな?」

「ないはずです。午後七時四十五分頃、夕食を終わってなのでしょうか。階段をあがって来て、部屋に入った以後は、まったく姿を見せませんから」

草刈警部補と思わず顔を見合わせた警部は、制服巡査にどなった。

「おいっ、鍵だ！　下のキッチンに行って、この部屋の鍵をもらって来い！　それから、そのキッチンから誰かにインターホンで、池内の部屋に連絡させろ！」

警官を下に走らせると、黒川警部は階段とは反対側の、廊下の突き当たりのドアに走った。ドアは鉄骨非常階段の、吹きさらしの踊り場になっているはずだった。

そこを押す。開かなかった。ノッブの下を見ると、鍵穴があった。内側からは鍵なしで開くが、外側から開けようとする時は、鍵を必要とする、いわゆる緊急《エマージェンシー》ドアの型式にはなっていないようだ。

黒川警部がそこから、部屋のドアの前にもどり始めた時、中でインターホンのブザーが長く、大きく、音を立て始めたのが、微かに聞こえた。音は一度休んで、また、鳴る。

その音が四度ばかり繰り返された時、警官が手に鍵を持って、廊下のむこうから、小走りに姿を現わした。

草刈が鍵を受け取って、開ける。

中は照明があかあかとついていた。だが、見まわしたところ、人影はない。

草刈が斜め前の、プラザにむかった西側の窓が大きく開け放たれているのを見つけたのは、すぐのことだった。

彼はふりかえって、かなりの風音をたてて動いているエアーコンデショナーの吹出し口を見た。冷房が入っているのに、窓は開いているのだ！

彼は眉をひそめると、ずかずかと窓の前に歩み寄った。胸よりもやや低い、窓の下縁に体を寄せ、上半身をやや突き出して、下を見る。彼の口から、大きなうめき声があがった。

「課長、見てください……」

黒川警部が草刈の横に歩み寄る。彼の喉からも大きなうなり声があがった。

窓の真下、庭園灯の蒼白の光の中に浮き出した、幾何学的模様タイルのプラザの端に、人の姿がこれもまた馬鹿に幾何学めいた、きれいな大の字の形で、うつむけに倒れていたのだ。ポンチョ姿であった。

「池内!?」

叫んで、一瞬、草刈警部補の顔を見てから、黒川警部はいっしょにドア口にむかって駆け出した。

二人の姿が建物の裏口をまわり、その姿の所に駆け寄ったのは、二十秒にも満たない時間。それから草刈の姿が、どこかに消えて、数人の姿をつれて来た。その後からまた、何人かの姿が駆け寄る。人影はそれぞれに、なにかを話し合ったり、上を見上げたり、周囲を歩きまわったり……。

そして、黒川、草刈のコンビが、再び池内の部屋の前の廊下にあがって来たのは、十五分あまりたってだった。

光枝がいっしょだった。手にキーがいっぱいさがった、プラスチック・ボードを携えていた。

「……各階の非常口のキーは、父が持っている予備が一つに、後はこのボードに二つあって、もしお客さんがお泊まりになれば、万一のためにお渡ししようと考えていたのですが、初めてのことですし、まったく気がつかなかったので、ごらんのとおり、このままになっております……」

光枝はボードから一つの鍵をはずすと、廊下突き当たりのドアに行って、鍵穴にそれを入れた。ロックをはずす音を軽くたててから、そのドアをむこうに押しやって開けた。

「そのキーボードは、キッチンにさがっているのでしたね？」

「はい、そうです」

「そして、今晩は、それに近づいたものはない？」

「はい、夕食後、あとかたづけやなにかで、私は康子さんとずっとおりましたから、確かです」

　黒川警部は後ろの草刈にふりかえった。力強い声でいった。

「そして、君、二階の階段の上がり際で警備の巡査は、誰もこの階にあがって来た者も、おりて来た者も見ていないのだ。だから、これまでの密室構成解明の要素の一つとしてあった、その人物が現場から外に出たという状況もなければ、事件発見の直後、第三者がどやどやと現場の部屋に入り込んだという状況もない。その上、今も下で見てきたとおり、今度は部屋の鍵は、部屋の中のテーブルの引出しなどではなく、本人の服のポケットの中にあったのだ」

「はい、それに、今度は、藁人形もなければ、脚を縛った紐というようなものもないようです。ということは、これは今までのような殺人ではなく……」

「そう、自殺だ！　池内はもう狂気だ。まだなにをしでかすか、わかったものではないと私は考えた。それは確かだったんだ。ただ、その狂気は、最後には自分さえも自殺に追い込むものだったんだ。激しい憎しみを抱いた人間たちを、すべて始末したと満足した時、彼に残されたものは、今度は自分を殺すこと、自殺だったのだ。やはり犯人は池内だったのだ……」

第七章　名探偵二人

1

（鶴山芳樹少年の日記：八月四日の続き）

…………。

ぼくは、もうぜったいにはんにんはイソワキという男だと思いながら、しおさいそうからうちのほうにもどって、山のさか道をあがって、宝石館の門の前までくると、伊津子さんが出てきました。ぼくをまっていたようでした。

ぼくたちはうちの前を通った、おくのがけの所まで行きました。そうしたら、伊津子さんはぼくに、おつかいをしてくれないかといいました。しゃしんをとってきてほしいというのです。

ぼくはいいよと、いいました。

それで国道に出て、バスに乗って、森戸海岸まで行って、たのまれたしゃしんをもらって、また、もとのばしょにもどりました。

伊津子さんはそこに、まだまっていました。そして、それからちょっと話をしているうちに、ぼくはついうっかり、いつも夜になると、じぶんのへやから、伊津子さんの所のおくじょうなんかを見ていることを、いってしまいました。

そうすると、伊津子さんはいろいろのことを、きこうとしました。

でも、そういうふうに人の家を見ていることは、いけないことで、神様にもはずかしいので、ぼくはあんまりよくは見ていないといいました。

伊津子さんもとうとう、おしまいにはあきらめたようでした。

それから、ぼくにプレゼントをするといって、ちゅうしゃきをあげるといいました。

ぼくは前からほしい、ほしいと思っていたので、うれしくなりました。

うちに帰ったら、はるさんが、おばあちゃんはぼくが帰ってこないので、すこしごきげんをわるくして、ハイヤーを呼んで、ひとりで鎌倉に行きましたよといいました。ほんとうは、おばあちゃんとそういうやくそくだったのです。

久美子先生が、九時頃に
「また、ねっしんに日記をつけているの。おばあさまから聞いたわよ。思っていることを、しょうじきに書いて、じぶんのはんせいのざいりょうにするためだって。だから、夏休みのしゅくだいとして学校に出したり、人に見せたりするものじゃないんですって」といって、入って来ました。

でも先生はなんだか、いつもよりにこにこして、うれしそうでした。

そして

「ヨシちゃん、知ってる。また、あそこで、人殺しがあったのよ」

といって、ぼくをびっくりさせました。そして、いいました。

「こんど殺されたのも、また、あそこにとまっていた男のお客さんなんですって。それが、こんどは、私、ちょっと、うまいことやって、そのげんじょうに入り込むことに、せいこうしたの。それで、今、帰ってきたというわけよ。おかげで、こんどは、ずいぶん、いろんなことわかったわ」

ぼくは先生がきげんがいいのは、そうしてこんどはうまくたんていができたからだと、やっとわかりました。

ぼくはたったひとつだけ、ききたいことがあったので、なんともないようすで、ちょうど日記のよこにあった紙に、さっき手ちょうで見た磯脇晴秀という字を書いて、これはなんと読むのかとききました。

久美子先生は、それはイソワキハルヒデと読むのだとおしえてくれました。

それでぼくは
「ぼくの名を、英語のふたっつだけの字にすると、こう書いて、ワイ、ティーって読むんだけど……」

とつくえの上に、ゆびでＹＴと書いて
「……この紙の名前の人だったら、それはどうなるの」

とききました。

「そうか、ローマ字を小学校でおしえるのは、たしか四年生の時だから、まだヨシちゃんはよくわからないのか」

といいながら、先生はエンピツをとりあげて、紙の上に、ＨＩと書いて、エッチ、アイと読むのだとおしえてくれました。

それから先生は、ふしぎそうにききました。

「でも、どうして、そんなこと、きくの？　まだ、ヨシちゃんはたんていをつづけているんでしょ。そういうことに、かんけいあるの？」

といいました。

ぼくは
「うん、たんていはたんていだけど、はんにんあてのけんしょうマンガに、そういう話があって、それがてがかりになっているかもしれないんで、きいただけだよ」

とうまくごまかしました。

　それで、先生はへやを出る時、いいました。

「ヨシちゃんも、だいぶめいたんていきどりみたいだけど、でも、そういうことなら、私だって負けないつもりよ。どうやら、私もじけんのカクシンを、かなりつかみかかっている気がするの。あの若いけいじさんあたりが、聞く耳をもってくれるといいんだけど。ともかく、けいさつのそうさはコンポンテキに、まちがっているらしいわよ」

2

「……どこか、なにかまちがっている。僕にはそんな気もするのですが……」

　帆村邸の応接サロン。

　草刈警部補は、黒川課長と並んでソファーにすわりながら、なにかおちつかないようすでいた。

　だが、課長のほうは、背中を後ろにどっかりともたせかけ、事件の一段落に、かなり安心したようす。連日の捜査からくる、疲労の色をどこかに隠せないところはあったが。

「なにか、まちがっているだけでは、どうしようもないんだがね。少しでも具体性を持って、いってもらわなければ」

　草刈はちょっと間を置いてから、あまり元気のない口調でいいだした。

「例えばですが……課長のおっしゃる具体性はあまりないのかも知れませんが、あのパフォーマンスの多い、芸術家タイプの池内が、窓から飛びおりて自殺などという、あまりカタチヨクない死にかたをしたことです……」

「ああいう死にかたを、カタチヨクないというのか？」

「ああ、これは感じかたの違いでしょうか……」草刈警部補は、ただちに話を変えた。

「……しかし、彼は一体二階の窓から飛びおりて、どれだけ確実に死ねると見込んでいたのでしょうか。確かにある高さはありますし、飛びおりた地上は、化粧タイルの張られた固い所です。だが、それで死ねるかどうか、普通の人間なら、当然、疑問をもつような高さで……ほんとうに死にたいなら、せめて屋上にあがるとか……」

「ほんとうに死にたいって……君、池内はほんとうに死にたくはなかったと……」あやしむ声を出してから、ようやく課長も気がついたようだ。「……ああ、君は、池内も殺されたのだとでも……」

「高い所から突き落す。これはもっとも簡単で、しかも殺人を隠すには、かなりいい手段……」

　部屋の入口で声がして、草刈の言葉はさえぎられた。

「父が自分の書斎で、会いたいともうしております」

光枝の姿が入って来た。

黒川警部は、ちょっと当惑したふう。

「ああ、ここではなく、奥のほうで？」

「はい、ご案内します」

草刈たちが今日も午前早くから、帆村邸を訪れたのは、帆村建夫に会うためだった。早朝、光枝から父がきのう夜遅く、東京のホテルに投宿した。今日は朝早くこちらにむかうから、すぐ会いたいという伝言があったと、伝えて来たのだ。

光枝の今日の着物は希少な芭蕉布か。薄山吹色の地に、ごくさっぱりと型染めをほどこして、野趣溢《あふ》れる爽やかさ。ザワザワと微かに固い衣《きぬ》ずれの音が、いかにも風通しのいい感覚を、後ろを歩く草刈たちの耳に伝えた。

帆村建夫の書斎は、二階の西端、西と北を大きくガラス壁にした、近代事務所ふうの設計とインテリアで統一されていた。

西のガラス壁からは、木立越しに遠景に拡がる相模湾、北は宝石館の玄関とその前の木立が見下ろせる。確かに建物の中でも、外の景色がぞんぶん楽しめる所のひとつのようだった。

帆村建夫はその北と西のガラス壁のコーナーに置かれた、大型デスクのむこうにすわっていた。

部屋の広さ、それにすぐ前のデスクの、豪華な大きさのせいもあったろう。そのむこうにすわる帆村建夫は、いささか小さく見えた。

だがよく見ると、肩がやや怒りかげんの、胸の広い、良い体格。話によると、もう六十少し過ぎのはずだったが、髪にあまり白いものも見つからなかった。

椅子に座ったままのちょっと尊大な態度で、帆村は二人の刑事に椅子をすすめる。その声は、太く、張りのあるものだった。

彼のほうから、さっそく話が始まった。ちょっと眉をひそめて、にがにがしげに。

「とんだことになったもので。なにか、あっという間に、死者が三人……いや、きのうは平一君がとんだことになったので四人。しかし、さっき光枝の話を聞くと、なにかもうだいぶ解決の感じになったとか……」

「ええ、だいたいの真相がつかめてきました。そして、それによると、もうこれ以上の悲劇はないように思えます」

「これ以上の悲劇は起こらないというのは、光枝の話では、なにか警察は平一君が犯人で、最後に自殺したとか……そんな馬鹿げたことを考えていることからですか?」

「どうやら、いろいろの証拠が、そういうことをさししめしているようで……」

「馬鹿な!」帆村建夫は吐き捨てた。「……平一君は、繊細《せんさい》な美的感性の、自由な発想に富んだ、だが、気弱な性格の芸術家タイプの男でね。そんな人間が殺人などと、しかも次から次へと人を殺して行く、血腥い殺人などをやれるはずもない！」

「しかし、その繊細な美的感性というやつで、殺人を遊戯化したか、呪術として儀式化したか……」そこまでいってから、黒川警部ははっと思い出したようだ。「……そういえば、池内さんから聞いたのですが、あなたは彼といっしょに、よく生駒山のほうに出かけたとか？」

「ああ、あの山歩きのことですか。しかし、それが……」

「そういう所では、山伏、行者、祈禱師にはよく接触したのでは？」

「ああ、姿を見たり、ちょっとなにかをたずねたり、時には、好奇心で、軽い話をこちらからもちかけてみたり、そういうことはありました。ともかく、ああいう所ですからね。感性の強い者なら、どうしたって、日本土俗の異様な雰囲気を感ぜずには、いられないでしょう。一度ですが、山にある石切神社に、すごい数のお百度参りが集まってぐるぐるまわりながら、なにかの呪文ですか、お経ですか、口でぶつぶつとなえて、ひとまわりする度に、紙紐を一つ折り曲げて行くのを見た時などには、一種異様な感覚に包まれましたね」

「池内さんもその時、そこにいましたか？」

「ええ、いましたよ」

「なにか、いったとか、反応を示したとか、そういうことはありましたか？」

「さあね。昔のことで、そんなことまではまるでおぼえちゃいませんが、やはり私と同じように感心して見ていたんじゃないですか」

「池内さんがそういう信仰とか、呪術をもっと積極的に知ろうとか、あるいは学ぼうとしたようなことは？」

「さあ、知りませんね。私の知る限りでは、ないようです。しかし、もう足かけ六年前です。その後、なにかそういうものに興味をもったのかも。なんでも知りたがる、試したがるという男だったことは、確かですからね。しかし、刑事さん、そんなことが、平一君の犯人であることと、何の関係があるというのです？」

「ともかく、あるのです……」黒川警部は、帆村のかなり強引に押してくる態度に、ふきげんになったようだ。

「……今、我われは様ざまな角度から、その証拠がためをして、もんくのつけようのないように……そう、今、あなたがおっしゃっているような、もんくなどつけようがないように、努力しているわけです。その一端として、宝石関係の事実も、いま一度、それをもっともよく知っている所有主のあなたの、確認を得たいと思います。まだ、盗難にあった宝石館には、行っていられない？」

「ええ、今帰って来たばかりですから。それに、けっきょく、ほんとうの宝石はなにも盗まれていないのでしょ？」

「お嬢さんはそうおっしゃいましたが、ほんとうのところは、よくわからないと、おっしゃっているのです」

「わかりました。ちょっと、ここでの用をかたづけしだい、見に行ってみましょう」

「いや、今すぐ、いっしょに行っていただけないでしょうか？」

「もう少し後にしてください。ともかく、緊急にかたづけなければいけない用があって、まだ二、三十分はかかりそうなので。先に行って待っていてください」

　草刈が口を入れた。

「早いほうがいいと思うのですがね。今、ふっと、思いついたんです。あの、ここの目玉展示品だという六角ランタン・エメラルド。あれだって、ほんとうに無事かどうか……そういう疑問が、あるかも知れませんし」

「えっ、それはどういう意味で!?」

「精巧な偽物にすりかわっている可能性だってあると、今、ふと気がついたのです。池内平一はロックが幾重にもかかった、宝石館の戸締まりを巧みに突破して、あのガラス・コンパートメントの前までたどりついたんです。あるいは、あのコンパートメントの警報装置でさえ、巧みに作動を解除して、六角ランタン・エメラルドに手を伸ばすことに成功したということだって、考えられます。そして、すでにちゃんと作っておいたレプリカとすりかえた。ともかく私たちも、事務長さんも、それから光枝さんでも、あれが真実、本物かどうかを鑑定する能力はもっていないし、第一、あれ以来、誰もそれに近づいていないはずです。池内平一が一階の展示ケースをさんざんぶっこわし、まったく値打ちのないものばかり盗んで行ったのだって、それでりっぱに解釈がつきます。そこにみんなの目をそらして、六角ランタン・エメラルドが盗まれたことに、できるだけ長い間気づかせないためだったとしたら、どうです？」

この想定は、黒川警部も思ってもいないことだったらしい。驚きの表情を、顔いっぱいに浮かべる。

しかし、帆村建夫は自信に溢れていた。おちついたものだ。

「それは不可能です。第一、警報装置を解除できても、あのコンパートメントには、その上に厳重なロックがあって、そのキーもやはり複製不可能、しかも私一人が、たった一つ持っているだけなんです……」

「それは、海外旅行中はどこに？」

帆村氏からの無返答に、また、草刈は返事をうながす。

「その鍵は、海外旅行中はどこに、帆村さん？」

なにか北側の窓の外に気をとられていたらしい。彼は名を呼ばれて、慌ててまた、視線を草刈にもどした。

「ああ……ここの部屋の金庫の中です。しかし、ともかく、あなたにそういわれると、私も気になります。用件が終わりしだい、すぐ宝石館のほうに行きます」

椅子から立ち上がりながら、黒川警部はふきげんをむき出しにした。

「じゃあ、そうしますが、ともかく二十分などというのではなく、用件が終わりしだい、すぐ来てください」

怒りを大股の速足に変え、部屋を出て、廊下を抜けて行く課長。草刈はその後を小走りに追いながらいった。

「課長、自分の娘でさえ、父は我儘勝手だといっていましたが、どうやら、そういう感じですね」

「非協力もいいところだ。あいつの頭にあるのは、自分のことだけっていうのか……」

本館を出て、宝石館玄関の事務所に行くと、江森事務長が、発送するらしい宣伝物か案内状かの郵便物の山の中に、一人いた。

「今、帆村さんに会って来たんだがね、あの人はいつもあんなふうなのかね?」

黒川警部は必ずしもまだ、鬱憤《うっぷん》が晴れないようである。

「えっ、館長、帰って来ていられるのですか？　それだったら、つい、今、いらっしゃったお客さんに、失礼をしてしまって……」

「帆村建夫さんという人は、いつもあんなふうに、どこかいばってかまえたような、自分勝手なことばかり主張する人なのかい?」

事務長がちょっと当惑したようす。

「そうでしょうか。私には、温厚な……ただもう宝石に夢中というだけの人のように……」

二人の刑事は、帆村を待つ時間を潰す感じで、ぶらぶらとまた、宝石館の玄関前に歩み出た。

本館から、光枝が急ぎ足で、出て来た。

「ほんとうに、もうしわけありません。あんなふうに、父はいつも得手勝手で……それにしても、今日はひどいようです。池内さんが犯人だということのためなのか……」

光枝にあやまられると、二人の刑事もあまりきびしいことはいえなくなる。

適当に心をやわらげた答をして、彼女が中の事務室に消えるのを見送ると、課長はいった。

「しかし、驚いたね。さっきの六角ランタン・エメラルドも、盗まれているのではないかという、君の推理。あそこまで行くと、確かにかなり探偵小説的だ」

草刈は苦笑する。

「僕だって腹がたって、帆村氏をおどかそうとして、ひょいと考えついたというだけです」

「しかし、ひょっとしたら、ひょっとということだって、ありうるぞ。しかし、それを聞いた時、帆村氏、馬鹿におちついたようすだったな」

「むりな仮定推理でしたからね。帆村氏にはまったくナンセンスとしか聞こえなかったし、事実、ナンセンスでしょう……」だが、草刈は語調をあらためて続けた。

「……しかし、気に入らないな。なにか気にいらない」

「帆村氏に会う前に、話していた池内の自殺のことか？」

「それも気に入りませんし、なにか、僕たちの解決もだんだん気に入らなくなったような……」

溜息《ためいき》まじりにいいながら、草刈は身をまわして、玄関前の古木の繁りの方にむく。腕を組む形をとろうというポーズになって、ふと半端なところで止めた。

彼の視線は繁りの終わる右端の部分の空間、すきとおしに山の上のほうが見える所に落ちていた。

そこには鶴山邸の二階の一部があった。かなり広い窓が見えた。そして、ごくごく小さくはあるが、一人の人間の姿……しかも若い草刈警部補の視力は、まだまだそうとうのものので、その姿は少年と見た。しかもどうやら、じっとこちらを見下ろしているらしい。

草刈は急に、考えを得たようだ。

「課長、ちょっと、僕に時間をください。気に入らないことのなにかが、少しはわかるかも知れない……といっても、あまりあてになりそうもありませんが。帆村氏のほうは、課長におまかせいたしますから」

「かまわないが、いったい、どこに行くと？」

「上の鶴山邸です。案外、無垢な目が、たいせつなことを目撃しているといったようなことも……」草刈のしゃべりはだんだん独言めいて来た。「……しかし、あの子に接触するには……そうだ家庭教師……そうだ……もろかわ……いや、もろた、だったかな、名のほうは……えみ……いや違ったくみ……くみこだったか……」

3

「諸田久美子よ。よくおぼえておいてちょうだい、草刈さん。坊やの家庭教師の女子大生といったから、すぐにメイドさんもわかったらしいけど……」

それから三十分後、電話で打ち合わせた草刈と諸田久美子とは、葉山港のすぐそばにある、イギリス・カントリーふう建物の喫茶店、〝フランス茶屋〟の中で、むきあってすわっていた。

「……それにしても、きのうは、ずいぶんすげない返事だったのに、またどうして、今日は事件のことについて話したいだなんて、うってかわった態度なのかしら？」

「君、なにか、きのうは、あれから僕といっしょに、なんとなく現場に入り込んでしまって、かなりうろうろしていたようだね」

「なんだ、知っていたのか」

「そうさ。あれだって、僕の好意だぜ。まあ、こっちもいそがしいこともあったけど」

「まあ、恩をお着せになって。だから、電話によると、なにかを私に頼みたいとおっしゃるわけね。いったいなにをなの？」

「君が教えている男の子……」

「芳樹君というんだけど」

「彼、見た感じからしても、かなり利発そうだけど……」

「ええ、そのとおりよ。三年生にしては、いろいろのことを知っているし、漢字もたくさん知っていて、文章の構成力もある。だから、毎日、ずいぶん長い日記をつけているらしいわ。感受性も豊かで、よく物を見ることもできるし……。去年、私が夏の家庭教師についてから、成績があがったっていって、今年もいい条件でオヨビがかかったけど、実は私の力なんか、問題じゃないのよ。あの子の才能が、初歩的な基礎学習ができあがったこの時期になって、急速に花開き始めたところに、私がぴょっこり飛び込んで来たという、ラッキーだけなの」

「彼の寝起きしている部屋は、海のほうにむかっていて、帆村さんの邸を一望に見下ろせるところじゃないか？」

「ええ、一望といったって、あそこはたくさんな木の繁りもあれば、起伏の大きい所もあるから、全部というわけにはいかないけど」

「実はその芳樹君が窓から、下のほうを見下ろしているのをついさっき見て、僕はふと気がついたんだ。そうして、彼、そこにいることが多いなら、案外、事件に関係した重要なことを、なにか見ている可能性だってずいぶんあるんじゃないかとね。その上、彼、時には、帆村さんの邸の中にもぐりこんでいることもあるらしいし」

「ええ、私と探偵ごっこをしているんですもの。そうだと思うわ」

「ええっ、探偵ごっこ?」

「きのうもいったでしょ。私は好奇心の女。そしていったん興味を持つと、たちまち悪乗りするという、かなり単純、軽薄なできなの。特に事件を推理探偵するということになったら、もう身震いするほど大好き。一方、ヨシちゃん……私は、彼のことを、そう呼んでいるんだけど……彼も子供らしい無邪気な気持ちで、自分が名探偵であることを空想しているの。そこに私たちの目の下で、殺人事件でしょ。だから、勉強の時間は少し削ってもいいから、二人の名探偵が、事件究明のために、競争をしましょうという約束になったの」

「とんだ、家庭教師だな」

「そうしたら、またすぐに殺人事件、それからまた殺人って、まさに連続殺人。驚いたわ、きのうの夜も、あれから私が帰ってから、また一人死んだ人が出たんですって。驚きね。ねえ、それも殺人なの？　なにか、自殺だっていう話もあるって……そういう噂もちょっとキャッチしたけど、どうなっているの？　死んだのは、なにかいつも、コケオドシみたいにはでな民族服みたいなものを着ている、池内っていう人なんでしょ？　ねえ、あなたたち刑事さんは、今、どういう線に行ってるの？」

「そう続けて、質問されても、一気には答えられないよ。ともかく、我われとしては事件の解決の一応の目安を、きのうつけたつもりだった。課長等はもう後は証拠固めの段階だと、かなり楽観的なようすなんだ。ところが、ぼくは時間がたつにつれて、だんだん話はこれでいいのかと不安になってきた。どこかおかしい、どこかまちがっている、頭の後ろでしきりにそんな声がし始めた。そんな時、芳樹君がこっちの下のほうを見ている姿を見つけて、ぼくははっと気づいたのだ」

「ええ、芳樹君が、彼は彼なりに、なにかをつかんでいたり、考えていることは確かね。きのうもなにか、へんな人の名前なんか持ち出したので、私、それどういうことってきいたんだけど、うまく逃げられてしまったわ。どうやら、コシャクにも、彼、私を出し抜こうという、探偵競争意識を持っているらしいわ」

「やれやれ、あんな小さな子と、本気になって、探偵ごっこの競争か。ともかく、諸田さん、ぼくが彼と会って、ちょっとした質問をする機会を、作ってくれないかな」

「オッケーといいたいけど、私としても、ここは要領良く立ちまわらなければいけないから、交換条件。その代り、これまでのあなたたちが調べた事件の話を、詳しく話してちょうだい。そうしたら、ヨシちゃんとの会見にも、便宜をはらうわ」

「交換条件としては、こちらのほうがずいぶんボリュームがあって、君のほうは少なくて、わりにあわないんじゃないか？」

「ボリュームの問題じゃないと思うけどな。価値の問題よ。だったら、ヨシちゃんのほうが、どんな重要な価値あるものを持っているかも知れないし、私だって、この前もいったように、かなり持っているかも知れないもの」

「じゃあ、交換に応じるか……」

久美子のエキセントリックな個性と、軽やかな強引さ。草刈はそれに押されて屈服するのも、そう悪くはない気持ちになっていたらしい。

彼は事件のことを、頭から話し始めた。

どの事件にも共通する、密室、藁の十字架、脚の紐等とうの不可解、そして、光枝をめぐる男性たちや妹の伊津子たちの事件の頃の行動、それから、池内の死、彼の出身地の生駒山にまつわる呪術等から、ついに導き出された池内犯人説……。

久美子は熱心に話を聞きながら、追加注文したミルフィーユのほうも、熱心にむしゃぶりついていた。

そして草刈のひととおりの話を聞くと、新しい追加注文のアイスコーヒーをストローで吸い上げながらいった。

「ずいぶん詳細な話をありがとう。でも、一つまだちょっとしたことが抜け落ちているみたいだから、ききたいんだけど……」

「そうかな。なんだろう？」

「……草刈さんが、東京の萩原探偵事務所に調べに行った時のことだけど……」

久美子の質問に、草刈は当惑の声をあげた。

「おい、待ってくれよ。どうして、そんなことまで、君は知っていると……」

久美子はちょっとしまったという顔。それからにやりとした。

「実はもうしあげますと、私、その時は、もうかなり活発な行動開始をしておりましてね。それで、草刈さんのことを、ずっと尾行させていただいたの。事件のとっかかりさえつかめない個人、素人探偵にとっては、担当刑事さんの後を尾行するっていうのは、いい手でしょ？」

「なるほどね。そういう手があるのか」

「刑事さんって、自分は尾行するほうで、尾行されることはないって、信じているのかしら。まるで気づかれずに、とうとう神田までついて行って、事務所の外で、逐一、立ち聴きさせていただいたの」

「でも、おかげで私は事件の初めから、とてもいいヒントをつかませてもらって、すでに事件の捜査の方向をはっきりつけられた気さえしたの、だけど、それからが個人探偵の悲しさ。何のウラを取ることもできず、情報も得られず……」

「なにか、かなり、事件がわかっている名探偵めいたことをいうね」

「それで、ききたいんだけど、あの時、草刈さんは萩原さんがこの葉山で見知った顔に出会ったといって、事務所に電話をかけたという話を聞いたでしょ。そして、その男の名や住所を書いた手帳というのを、事務の人に出してもらった……」

「ああ、その男も事件にかかわりあいがあるのではないかという線で、別に捜査を進めているが、こっちはさっぱり進展がない」

「どういうひとなの?」

「国際的な宝石詐欺師として名のある男だ。海外でずいぶん暴れた後、帰国して北海道に住み、もう引退しているということになっている。だが、あるいは、それはうわべの話かも知れない。ともかく、今はその北海道の住まいから、かなり長い間姿を消しているというんだ」

「草刈さんはその人の名を自分の手帳に書き写しただけだから、廊下で立ち聞きをしている私には、なんにもつかめなかったけど、何という名の?」

「驚いたね……」

「磯脇晴秀だ」

「ええっ、磯脇晴秀！　それ、どういうこと!?」

久美子は今は眼鏡をとって、美人を隠していない顔の目を、真ん丸に見張った。

「というと!?」

「きのう、ヨシちゃんが、その磯脇晴秀、それそのものの姓から名までを、ずいぶんいっしょうけんめいに書いて、私にこれをどう読むのかってきいたのよ！　それから、その名を英語のイニシアルにしたら、どうなるかともきいたわ！」

草刈はしばらくの間は、まるで口がきけないという状態。それから、叫び出すようにいった。

「ともかく、彼に会おう！　すぐ、会うようにしてくれ！　彼はほんとうに名探偵かも知れないぜ！」

4

「……そうか。そういうことから、君は名探偵になっていたのか。人相といい、白髪といい、しゃれこんだ服装といい、それはダンディーのイソにまちがいない！」

帆村邸や、鶴山邸から国道におりてすぐの所にある、〝京急《けいきゅう》フードサービス〟。

海側の、国道のレベルよりもずっと高く、展望台型式にかまえた建物。長者ヶ崎海岸あたりの海水浴客をメインにしたレストラン。だから、一階にはシャワールームなどもある。今日は朝からの、かなり重たい曇りだったせいもあって、客の姿はいつもよりぐっと少ない。

久美子がそこに、芳樹をつれておりて来たのは、フランス茶屋を出てから、三十分ばかり後のことだった。

少年は初めは、草刈をひどく警戒するように、口を開こうとしなかった。

しかし、久美子の口添えや、草刈の悪くない人柄を、しだいに理解したのだろう。やがて口がほぐれ、そのうちには、今度は自分の探偵の結果を、自慢げに物語る感じにさえなっていた。

草刈はひととおりの話を聞き終わると、もう椅子から腰を浮かしていた。

「ともかく、すぐ連絡して、その〝しおさい荘〟に手配を置く！　芳樹君、まだ、名探偵の君から、ききたいこともあるし、智恵を借りたいこともある。待っていてくれ」

草刈警部補がもどって来たのは、かなりの時間をかけてからだった。

「〝しおさい荘〟に厳重な張り込みを置くことにした。芳樹君の話によると、磯脇は昼間はほとんどいないというし、時には宿に帰って来ないこともあるというから、すぐつかまえるというわけにはいかないかも知れない。いや、もし、すぐ見つけたとしても、即刻逮捕というわけではない。その後は、厳重な尾行体制を敷いて、しばらくは彼を泳がしておくことにした」

「そうね。彼が葉山に確かにいたという、ただそれだけで、彼が犯人だなんていうのは、あまりに乱暴ですものね。第一、もし彼がほんとうに宝石館の宝石を狙って、この葉山に来たというなら、磯脇晴秀という本名で堂どうと泊まったというのも、なんだかおかしな気がする」

「ああ、確かにそうだな。そういえば、今、課長のほうにも、このことをしらせるため電話したんだが、プンプン怒っていた」

「なにを？」

「帆村氏だが、スッポカシなんだ。けっきょく、宝石館には現われないで、東京に取引のことで、緊急の用があるといって、自分で車を運転して出て行ってしまったというんだ。光枝さんも怒ったり、課長に平あやまりしたりで、困っているらしい。それで、芳樹君、こんなふうな名探偵の君だったら……」草刈は少なからずおだてる調子で、話を少年にむけた。「……君はこれまでに、ずいぶん自分の部屋から、帆村さんの邸の中全体を見ていて、いろいろなことに気がついているんじゃないかな。いや、君のことだから、そのことから、なにかのすばらしい推理をしているのかも知れない。できるだけ、それを話してくれないか？」

手にしたソフトクリームを、かなりゴキゲンのようすで食べていた少年の態度が、急変した。初めて来た時と同じような、警戒的な感じになる。

「ううん、なんにも見てない」

「だけど、事件が起きた時は、パトカーがサイレンを鳴らしてきたり、それから捜査をする人間が、明るくした敷地の中を、あっちこっちで出たり入ったりしているんだ。もちろん、それは窓から見ていたよね」

「少しは」

「第一の事件の時のことから、ちょっと考えてみよう……」草刈は具体的に話を持って行くことで、少年の滑らかな答を誘おうとする。「……あの日は、屋上でみんなが集まって、お酒を飲んだりしていたはずだから、君も部屋の窓から、それを見ていた」

少年は馬鹿に力強く、首を横に降った。

「ううん、そういうのは、あんまり見ていない。僕は夜になると、日記をつけるんで、いそがしいんだ」

「しかし、僕が第一の事件の時といっただけで、君は良くすぐ、ああ、あの夜のことだと思い出したね」

「だって、ベッドに入って、もう半分眠りかかった時、ぼんやりとした気持ちで、パトカーのサイレンがぐんぐん、近づいてくるのだけ聞いたのをおぼえていて、その次の朝、下で人殺しがあったんだと教えてもらったんだもの」

草刈のかなり鋭い指摘も、軽くいなされた感じ。だが、彼は粘る。

「パトカーのサイレンの音は、外を見てなくても聞こえたんだとしたら、第二の事件の時は、ピストルの音だったんだから、もっとはっきり聞いたはずだね。あんな大きな音だったら、君だってびっくりして、日記をつけてたって、きっと何だろうとびっくりして、立って、窓に見に行ったはずだ。そうだろう？」

少年はしばらくの間、押し黙った。むずかしい顔だった。それから、ぽつりと答えた。

「そりゃあ、聞いたけど……」

「その時、なにか見た？」

芳樹は首を横にふる。

「おかしいな、ほかの人で、ちょうどその時、あの鼠色《ねずみいろ》の建物から、人が出て行くのを見たという人がいるんだがな」

たまりかねたように、久美子が口を入れた。

「草刈さん、純真な子供に、それは汚いんじゃない？　そんなオトシアナみたいな誘導尋問は？」

久美子に『汚い』といわれて、草刈はちょっと悲しそうな顔。

「いや、そうじゃない。ただ、記憶を誘い出そうとした、呼び水で、なにも芳樹君が嘘をいっているとは思ってもいない。芳樹君、どうだった？　なにか人の姿を見たんだろ？」

専門職の大人の刑事の前には、芳樹のような子供など、けっきょく問題ではなかった。

「そりゃあ、見たけど……」

「つまり、ピストルの音がして、びっくりして君は窓の前に行って、その人を見たというんだね？」

芳樹はちょっと間を置いて、うなずいた。

「その前は、君はなにをしていたんだ？」

「それは……日記だよ。日記をつけていたんだ」

「それで、その鼠色の建物のほうから、出て来たのは、どういう人だった？」

「違うよ。その人は建物から出て来たんじゃないよ」

「ええっ？　じゃあ、どこから？」

「反対の右の、池のほうの葉っぱの中からだよ」

「ああ、葉っぱの中というのは、あそこからだと、ちょうど池の北岸の、木の繁りのことだな。その下から出て来た……。それで、それは誰だった？」

「知らない男の人だよ」

「男の人？　つまり、男だったというのかい？」

「そうみたいだったけど、よくわかんないよ」

「その男、どういう人だった？」

「まるで、わからないよ。だって、その人、すぐうつむけになってしまったんだもの」

「えっ、うつむけ？」

「その人葉っぱの所から少し出て来て、ちょっと後ろのほうや、あっちこっちを見ているかっこうをしてから、今度は池の方を見たんだ。それから、池の岸の所をずっと行って、急にしゃがみ込んで、うつむけになったんだ」

「ああ、うつむけになったというのは、つまりそいつは池の岸にしゃがみこんだというのか。それで？」

「なんだか、それで、後ろにむかって進んでたみたいな……」

「何だって？」

「両手を前に出して、地面を撫でるようにして、それから、急に立ち上がって、また葉っぱの中にいなくなって……」

草刈は思わず久美子の顔を見た。

「わかったぜ！　僕の考えたとおりだ！　そいつは犯人が、自分の足跡を消していたんだ！」

久美子がさえぎるようにいった。

「それはへんよ！　あなたの推理によると、犯人が空にむかってピストルを撃ったのは、ほかのすべてが完了した最後になってからでしょ。でも、ヨシちゃんはピストルの音を聞いて、窓に立っていったといってるのよ」

そして、ぼうぜんとする草刈に、久美子はまだ追討ちをかけた。

「それに、もう一つ疑問。その岸の砂上は、わりあい粗くて固くて、足跡が残ったとしても、そこからは、はっきり靴跡を個別的に認定するような足跡は、採取できないって、鑑識の人はいったというんでしょ。なのに、どうして、犯人はそんなぎりぎりの短い時間に、そんな危険なことをしたのかしら？」

草刈のへんじは、いささか思いつきを、投げ捨てるという感じ。

「ともかく犯人は、現場を密室の上に、密室にしたかったからじゃないか」

「ああ、そうか……そういうふうにも考えられるわね」

草刈は続けて、少年にきく。

「それで、その後、どういうことがあった？」

芳樹は瞬時、また沈黙した。それからぶっつけてくるように答えた。

「それだけだよ」

「そんなはずはないだろう。その後、誰かが本館のほうから、鼠色の建物に行ったとか
……？」

「知らないよ。だって、その時、おばあちゃんがドアをノックして、寝ているかいって、

外からきいたんで、ぼくは慌ててベッドに入って、寝たふりをして、おばあちゃんはそのまま行ってしまって、僕もそのまま寝てしまったんだもの。だから、また、パトカーなんかが来た、サイレンの音だって知らないんだ」

「まあ、いいや。芳樹君はきのう、帆村さんの邸の中に入って来ていたね。そして、屋上にいる僕たちと顔を見合わせた」

芳樹はしかたないというようにうなずいた。

「別にそれが悪いなんていってるんじゃないんだ。きっと探偵に来たのじゃないかと思って、きいているだけだ」

また沈黙でうなずき。

「磯脇のことにもすぐ目をつけた、カンのいい君だ。なにか気づいたんじゃないか？」

「なんにも」

「そうして、前にも何度か、帆村さんの敷地の中に入って来たのだろう？」

うなずき。

「その時にも、なにか気がつかなかったのかい？」

「なんにも。ガーデナーのおじさんに見つかって、叱られたけど」

「それはいつのこと？」

「よくおぼえていないけど……初めての事件があった次の次の日くらい」

久美子が口を入れた。

「八月三日よ。その頃は、あそこも警察の警戒がとかれていたでしょ。だから、私も門から中に入り込んでいたの。そして、ちょうど、ヨシちゃんたちがとがめられているところを、かげから見ていたの。ちょうど二階の廊下にいたらしい妹の伊津子さんが、かまわないのよといって、ガーデナーからかばってくれていたのも見ていたわ」

「けっこう名探偵二人は、活発に動いていたんだな。いったい、芳樹君たちのほうはどこから、そうしてあそこの敷地に入ってくるんだい？　ああ、上の自分の家から、裏の斜面をおりて……そんなところか？　うまくおりてくれれば、帆村さんの敷地内に入れるというわけか？」

芳樹はちょっと押し黙っていてから、小さくうなずいた。

草刈警部は久美子のほうを見る。

「ということは、あそこの門がしまった夜間でも、外の者が、帆村さんの所に、必ずしも侵入できないというわけではないんだ。だから、例えばダンディーのイソだって、それは可能だった」

急に芳樹は積極的になった。

「そんなことできない」

「どうして？」

「だって、その秘密の道は、どうしたって僕の部屋の窓の下の狭い所を通って、それからやっとおりれるような道を行かなけりゃあならないんだもの。僕は夜はたいてい日記をつけているか、それとも……たいていそうだから、もしそこを通ったら、ぜったい見つける」

草刈はふと思いついた顔。

「芳樹君、おねがいだ。君がつけているというその日記、見せてくれないかな？　そうしたら、君が忘れていることでも、また、どんなたいせつなことがわかるかも知れないし」

芳樹の表情が大きく揺れ動いた。それから、急に頑固そうな顔になった。

「だめだよ。人に見せるものじゃないんだ」

久美子が横から口を入れた。

「草刈さん、それはだめよ。ヨシちゃんはクリスチャンのおばあちゃんに、日びの自分の反省のために、そういう日記をつけなさいといわれているのよ。いわば懺悔室での告白みたいなものなのよ」

「だが、ことは殺人事件だ」

「草刈さん、一言、ご忠告もうしあげますけど、なにかあなたの捜査はだんだん脇にそれて行く感じよ。それより、すぐ鼻先に、今ただちに調べなければいけない、たいせつなことがあるんじゃないかしら」

「なにを調べなければ、いけないというんだ？」

「ダンディーのイソだけど、ヨシちゃんが彼に目をつけたのは、宝石館の門から出て来たところや、中の展示室にいたのを目撃したことからよ。だったら、ともかく、彼は二度も、宝石館を訪問しているんじゃない。としたら、ほとんど客のいないあの館で、たった一人退屈そうに入口にいる事務長の江森という人が、おぼえていないはずがないと思うの。きっと、なにか役立つことが聞けるんじゃないかしら」

「そうか。そういうわけか……」ようやく草刈警部補も、芳樹への追究をあきらめたようだった。「……さっそく、行って見よう」

久美子たちはすぐに、レストランを出ると、国道を横切って、山の道をあがり始めた。

久美子は芳樹に声をかけた。

「ヨシちゃん、先に帰っていて」

走り始めた少年の後ろ姿を見ながら、草刈がいう。

「しかし、あの子、どこか、おかしいよ。ちゃんとしゃべってくれるかと思うと、妙になにかを隠すような、頑固な感じになる」

「ええ、確かに。いつものヨシちゃんとは、ちょっと違うわ……」

江森事務長は、事務室でまだ郵便物と格闘していた。

彼はやはり、スパッツの短靴に、ダブルのジャケッツと、狂騒の二十年代《ローリング・トゥエンティーズ》のアメリカ・

ギャングが迷い出て来たような、その客のことを、よくおぼえていた。

「あれは七月二十七日のことですか。館内をかなりゆっくり見てから、ここに来て、館長さんという人は誰だ。できれば会いたいとおっしゃいました。それで、海外旅行中ともうしあげると、それじゃあ、また近日中に来ると……」

「ええっ、事務所まで来ていたのか!?」草刈はあきれたように久美子の顔を見た。「……彼はぼくたちの目の下を、ゆうゆうと泳いでいたんだ!」

　事務長は話し続ける。

「そうとう宝石のマニアなのか、その二日後くらいにも、一度いらっしゃって、それから今日も、午前九時少し過ぎ、事務所にいらっしゃって……」

「ええっ、今日も来た!?」

「はい。それで、私は館長さんはまだ帰っていらっしゃらないともうしあげたら、じゃあ、自分はここに泊まっているから、お帰りしだい、一度、連絡をしてくれるようにと、名刺に宿泊先とそこの電話番号を書いて、置いて行かれました」

「ええっ、名刺を！　それは、帆村さんに持って行ったのか!?」

「それが……あなた様たちから、館長がもどっておられることを聞いて、すぐ連絡しようと思った時、ちょうど光枝お嬢様がいらっしゃったので、館長にお渡しいただくよう頼みました。しかし、さっき、お嬢様とお話ししたのですが、館長はお嬢様が名刺をお渡ししできる前に、車を運転して外出されてしまったようで」

「じゃあ、光枝さんの所に行けば、わかるんだ」

「はい。しかし、私も姓名と宿泊先の名くらいは、おぼえております。磯脇晴秀という名で、宿泊先は、〝しおさい荘〟と書いてありました」

「なんだか、もう馬鹿馬鹿しくさえなったな……」

力ない声の草刈警部補に、久美子はいった。

「でも、こうなると、磯脇が宝石館の宝石を狙っていたなんていうのも、ナンセンスに思えてこない。もし彼にそういう意図があったとしたら、こんなにどうどうと、ここを訪れるはずがないじゃないの」

「そういう感じだが……」

「いいえ、それどころじゃない。ひょっとしたら、磯脇は犯人どころか、その反対で……」

「ええっ、なんだって!? 犯人の反対というと……」

久美子は慌てておおいかぶせた。

「いいえ! これは、私の妄想。あまりに話が飛躍《ひやく》しすぎているわ。でも、それだと、これまでのさまざまの事実が、あまりにぴったり合うみたいなんで……」

「君がいったい、なにを考え始めているかわからないがね。まあ、それは君にまかせる。

ともかく、この事件、意外に鼻先にいろいろのいい手掛かりが、ぶらさがっていたようだ。そうだ！　あの芳樹君の日記だって、そうかも知れない。そこにも、きっとそんなものがあるんじゃないか!?　君はあの子の家庭教師で、彼の部屋にもしょっちゅう行くんだろ。だったら、ほんのわずかの間でもいい。ちょっと、その日記を持ち出して来てくれないかな。芳樹君には、黙って。おねがいだ」

久美子はゆっくりとした調子で返事した。

「それは……だめね。あの日記は、あの子のおかすべからざる世界だもの。それに踏み込んで行くなんて……あの子への、裏切りよ」

だが、まだ草刈警部補は未練がましかった。

「しかし、彼の日記には、絶対、なにかあると思うんだがな……」

5

（鶴山芳樹少年の日記）

八月五日（金）　曇

ぼくのこの日記は、これからは、もっとちゃんとした所にしまって、人に見せないようにしなければいけないと思います。

今日、刑事という人にあったのですが、ついうっかり、ぼくが日記をつけていることをいったら、その人がすごくそれを見せてほしいといいだしたからです。

そのけいじという人にあったのは、久美子先生が、そうしてほしいといったからです。

それで、ぼくは先生につれられて、京急フードサービスに行きました。

刑事は君は磯脇という人を知っているね、久美子先生に君はその人の名の読みかたや、えいごの書きかたをきいたんだからといいました。

それで、ぼくはこれはちょっとしっぱいしたかなと思いましたが、磯脇のことを話してしまいました。すると、けいじの人はかんしんして、ぼくはめいたんていだといいました。

そして、ほんぶみたいな所にでんわして、はりこみをおいて、磯脇の帰ってくるのを待つことにしたといいました。

けいじの人は、それからこんどは、ぼくがへやから、じけんのことで、いろいろ見ていたのではないか、たんていに帆村さんの所に入った時、なにかを見つけたのではないかというようなことを、しつっこくききました。

ぼくはできるだけ、なにも答えないようにがんばろうとしましたが、ピストルの音がした時、池のそばにしゃがみこんでいるへんな男の人を見たことや、それからここからのひみつの道をつたわって、宝石館の庭に入れることなんかはいってしまいました。

久美子先生はいつのまにか、その若いけいじの人と、しりあいになったようで、それで、これまでより、たんていがうまくいき始めたのか、とてもごきげんなようすになっていました。

午後から、一時間半ばかり、先生といっしょにべんきょうした時、ぼくは先生に磯脇というのは、はんにんではないのか、けいじは見つかってもすぐつかまえないようなことをいっているけど、どうしてかとききました。

先生はけいさつは、まだ、ほかの人をはんにんと考えているからじゃないかしらといいました。

そして、でも、けいさつがなにを考えていても、やっぱりまちがっているわよ。はんにんは、いがいなところにいる。こんどはいよいよ、ほんもののめいたんていの、わたしのでばんかなと、ちょっといばったような、ふざけたような感じでいいました。じけんはだんだんわけがわからなくなるようで、もうぼくはあまり考えることはやめにしました。

きょうは天気もよくないし、セイちゃんもこなかったので、海におよぎに行くのはやめにして、てんしばんにはった、アオスジアゲハなんかのちょうちょうを、ひょうほん箱に入れることをしました。

とてもうまくできて、アオスジアゲハのはねなんかは、まどの光にすきとおして見ると、とてもきれいでした。

夕食の後、この日記を書いていますが、帆村さんのところのおくじょうは、あれからはずっとまっくらで、ひっそりとしています。

これで、日記をおわろうとしたら、久美子先生がちょっと顔を出しました。

なにか、用があるような感じでしたが、そうでもないようでした。

ぼくが開いていた日記を見て
「毎日、ねっしんに日記をつけているのね。それはだれにも見つからないような所、この私がさがしても見つからないような所に、ちゃんとしまっておいたほうがいいわよ」

と、なんだかへんなことをいいました。

それからおやすみといって、へやを出て行く時
「ああ、それから、あなたがみごとにつきとめた磯脇という男だけど、あのクサカリというけいじさんから、さっきでんわがあって、しおさいそうにまだもどってこない、こちらのうごきをかんづいたのでなければいいけど」といっていたと、いいました。

6

「まさか、磯脇晴秀がこちらの動きを感づいたのではないと思います。彼はしばしば、宿にもどってこなかったということですから、今日もそういうことなのかも。ともかく、今

晩は私は夜間勤務をして、途中で一度、張り込み現場にも行ってみるつもりです。どうか、課長は一度、ご帰宅になって、お休みください。だいぶ、お疲れになっている感じです」

「ああ、君たち若い者と体力競争をしても始まらないからな。ちょっと洗面所に行って、顔でも洗ってリフレッシュしてくる。そして、いいかげんで、今晩はひきあげさせてもらう」

課長が部屋から出て行くのを見送ったとたんに、電話のブザーが鳴り出した。

帆村光枝さんからだという。さっそくつないでもらう。

「ああ、草刈さんですね。昼間は父が、たいへん、ご迷惑をおかけして、もうしわけありませんでした。もう一度、おわびします」

「いや、もういいです」

草刈も光枝が気の毒で、もうそれ以上、聞きたくない気持ちになっていた。

「一時間ばかり前にもどって来まして、急ぎの仕事のほうは終わったようで、宝石館のほうにさっきいっしょに行って来ました。あなたのおっしゃった、六角ランタン・エメラルドの件ですけれど、父はあのコンパートメントの中に入って、じかに手に取って調べてみました。まちがいなく本物だそうです」

「あれは……ただ、思いつきでいったようなところがあるので……」

「今、盗品のチェックをしておりますが、父がもうしております。今日の失礼のおわびかたがた、もう一度、お会いしたいので、明日にでも、また来ていただきたいと」

なにか、草刈には納得できない気持ちだった。

あんな非礼なことまでしているなら、自ら署に詫びに来るのが当然だと思ったからだ。

それを、草刈たちをまたもや呼び寄せようというのである！

今日同様に、大きなデスクのむこうにでんとすわって、わびをいおうなどというのでは、まったく誠意が感じられない。

だが相手が光枝では、そんなはっきりしたことはいえない。

「課長と相談して、そちらに連絡します」

話を終わって、椅子にすわりなおしたとたん、また、電話が鳴り出した。

池内平一の死体のまわされた医大の、解剖担当の医師からだという。

「正式な死体検案書がそっちにとどく前に、一応、これだけは緊急に報告しておいたほうが、いいと思いまして」

「はあ、どういうことでしょう？」

「現場での検案はどう出たのか知りませんが、一見、確かに高所より転落した頭蓋底骨折のように見えますが、ていねいに検案してみると、その下に鈍器《どんき》による脳挫傷《のうざしょうじょう》状のものが何か所かに認められて、致命傷はむしろそのほうらしいという疑いが濃厚に出てきました」

法医学的な言葉には、いつも草刈は手こずる。特に字ではなく、ただ発音する言葉として耳に聞く場合は、なおさら理解しがたい。

それでも、彼はほぼその意味を理解し始めていた。

第一、こうして、わざわざ夜遅く、解剖担当医師が電話を入れてきてくれたという状況でも、話がどんなものであるか、おおよそ理解がつくというものだ。

「つまり、ひょっとしたら、死体は転落して、死んだものではなく、頭を鈍器で何回か殴られてから、下に突き落されたと？」

「その可能性が考えられます。頭部はかなりめちゃめちゃに、いろいろの衝撃を受けています。鈍器による脳挫傷の跡が、何か所かに認められ、その上を覆うようにして頭蓋骨の骨折、陥没等が認められるのです。しかも、この跡が、普通、転落だったら、一か所であるはずなのに、数か所なんですから……」

「つまり、どういう具体的現象から、そうなったと？」

「そこまであまり深く踏み込むのは、我われの領分ではありませんがね。オフレコードとしていうならば、被害者はまず鈍器で、頭を何度か殴打され、それがほとんど致命傷のところを、下に落された。しかし、それでは殴打の跡がわかるとおそれたか、あるいはまだ被害者は完全に絶命していなかったかで、犯人はまたその頭を何度か地面に叩きつけた……一例として、そんなふうにも考えられます」

その光景を想像したのか、草刈警部補の口が強くゆがんだ。

「ともかく、被害者は自殺などではなく、他殺の線が濃いということですね？」

「その断定は、ともかく明日とどけられる死体検案書をよくごらんになった上で、出してください」

慎重な言葉つきながらも、検案所見をした医師は、死体が他殺によることをほぼ認めていることは確かだった。

受話器を置きながら、なんとなく抱き始めていた自分の考えがあたっていたことに、草刈は満足を感じないでもなかった。

だが一方では、やはり、やれやれという思いだった。特にこのことを聞いた時の課長のショックを思い浮かべると、なおさらのことである。

顔を洗って、いい気分でもどって来た課長に、いったいどう切り出したらいいものかと、腕組みして考え始めてからほんのしばらく。

また、電話が鳴り出した。

取り上げると、司令室からだった。

「けいらのパトカーからで、コロシという第一報が入りました！」

「なにっ、またコロシ！」草刈警部補は、鉛色の不快感に胸が押し潰され始めるのを感じた。「……まさか、また宝石館でというんじゃあ……」

「ちがいます。場所は葉山港の突堤だとか……」

ほっとした。だが、それにしても、なんと、コロシが集中することか！

「わかった！　葉山港の突堤だな！　ともかく、行ってみる！」

受話器をおろすと、蛍光灯の光ばかりが、しらじらと馬鹿に明るい下に、ぽつぽつと散らばる人影にむかって、草刈はどなった。

「みんな、コロシだと！　課長、課長を呼んで来てくれ！　洗面所のほうだ！　ただし、おどかしてはいけないから、今度のコロシは、帆村さんの所とは無関係だといってな」

7

「……コロシはコロシでも、今度は、帆村さんの所とはまるで無関係だと思っていた。だが、そうではないことが、すぐにわかったんだ！」

電話のむこうの草刈警部補の声は、叫ぶようだった。

さすがに久美子もちょっと、気を呑まれたようだ。返事を忘れていた。

キッチンでビスケット数枚をかじって、ホットの紅茶を飲み、自分の部屋にひきあげようと廊下に出た。その時、電話が鳴って、メイドのはるさんが、警察の草刈という人が、諸田さんへだと呼び止めたのだ。

もう、深夜まで十五分もないという時間だった。

出てみると、いきなり叫ぶように、草刈は、今、葉山港の突堤のコロシの現場にいると、言い出したのである。

「……昼間だ。君は確か、こうなると、ダンディーのイソは犯人どころか、ひょっとしたら、その反対かも知れないと、奇妙なことを言い出したね。犯人の反対というのは、つまり被害者……そういうことか⁉」

やっと、久美子も声を出す。だが、あまり力はない。

「まあ、そういうことだったけど……でも、ちょっとあれは突飛過ぎる考えで……」

「君は確かになにかつかんでいるんだ！　だから、そんな予言もできたんだ。いったい、それはどういうこと……」

「待って、待って！　予言もできたって……まさか……まさか……その港で殺されているというのは……」

「ダンディーのイソなんだ！　磯脇晴秀なんだ！　ほんとうだったら、ガイシャのそんな身元はすぐにはわからなかったかも知れない。いや、殺されたことさえ、当分はわからなかったかも知れない。持物も衣服もことごとく奪われ、素裸にされて、おまけにロープで体じゅうをぐるぐる巻きにされ、重りがつけられていたからだ。そして、突堤から海中に投げ込まれようとしていたらしい。ところが、港の岸にある釣り船屋の主人の一人が、その突堤にもやっている自分の船に取りに行くものがあって出て来たのは、ホシにとってはとんだ災難だった。もう彼は死体を海に放り込む寸前だったらしいが、どうも形勢利あらずと見てとったのだろう、すばやく行動して、そのまま死体をそこに置いて、すっと、ひきあげた。この逃亡のほうは、なにげない感じだったので、まずうまく乗り切った感じだったが、ともかく、そんな裸の死体が後に残されてしまった……」

「そうか、わかってきたわ。だから本来なら、身元はなかなか割れなかったところかも知れなかった。でも、今度の事件で、あなたたちの頭には、磯脇晴秀の身体的特徴から、人相までが、ばっちり入っていた。特に、ふさふさした白髪なんかは、いくら裸にされても隠すべくもなかった……」

「そういうわけだ。こいつは磯脇にちがいないと、すぐに我われにはわかった」

「犯人の仕事が完全に成功していれば、その殺人事件は、宝石館の連続殺人とは、なんの関係もなく処理されるか。いいえ、それは死体が万一、見つかったらの話で、実際にはそういう死体があることさえ、明るみには出さないつもりだったのね。草刈さん、それで、その釣り船屋の主人は、どのくらい犯人の姿を見たというの？」

「主人は別に、突堤の先のその姿を、さほどあやしんでいなかった。夏には、その突堤の先に涼みに出て来るという人間も、時にはいるからだったそうだ。だから、主人が途中から自分の船におり、ちょっとしたことを、ほんの数分やって、また突堤にあがった時は、その男はもう陸地のずいぶんむこうに遠ざかってしまっていた。だから、彼のいえることといったら、洋服の大人の男らしい姿……ただそれだけなんだ。しかし、突堤にあがって、先端のほうを見た彼は、そこになにかかなりの大きさの、不定型の荷物のようなものが山を作っているのを見た。それで、なんだろうとあやしんで近づいたというわけだ」

「ほんとうの死因は、何だったの？」

「鈍器による頭部の強打だ。そして、つけくわえるならば、池内平一の死因も転落死のように見えて、実は鈍器による頭部の強打が致命傷らしいと、ついさっき判明した」

「つまり、あなたたちが、これまでのすべての事件の犯人だと思い、最後に自殺したと考えていた人物までが、他殺であったということになるのね？」

「そうだ！　だからもしかしたら、犯人はもうこれで、五人の人間の命を血祭にあげたという荒れ狂った状態なのかも知れない。諸田さん、君は妄想といい、あまりに突飛な考えともいったが、つまりはそれを根拠にして、磯脇が殺されることまで予言した以上、もうそんなことはいいえない。それはいったい、どういう内容なんだ!?　その考えの中には、もう犯人の姿もはっきり浮かび出てきているんだろ!?」

「もちろんよ。ええ、私も、妄想だの、突飛な考えだの、そんな遠慮深いことをいうのはやめたわ。でも、それを確かにするために、一つ、今、すぐ調べてもらいたいことがあるの」

「いいとも！　課長はどういうか知らないが、こうなったら、警察の体面だのなんだの、そんなことはいっておられない。君は名探偵と認める、名探偵が二人も現われて、専門職が顔色《がんしょく》ないが、今はそんな面子のことはいっておれない。なんでも、君のいうとおりにする」

「帆村さんの所に行って、ガーデナーがいるかどうか、調べて来てほしいの」

「ええっ、ガーデナーって、英語でしゃれのめしているが、実際には庭師の、あの男？」

「きのう……正確にいえば、おとといということになるのかな、事件の騒ぎに便乗して、宝石館の敷地に入り込んだ時、メイドさんや事務長の人にちょっときいたんだけど、安田さんという本来いるガーデナー兼館の警備をしている人は、今、休暇を取って故郷《くに》に帰っていて、臨時に今の人が来て、ガーデナー用の建物に寝起きしているんですって」

「ああ、もちろん、知っている。確か玉井徳一とか……そんな名前だった」

「……というくらい、あなたたちの意識の中でも、彼の存在は薄いのね。でも、彼もまた、夜間、門のしまった帆村邸の中にいた人だということを、考えてもいいと思うの」

「まさか、君は……」

「ともかく、すぐその人のいる、離れの建物に調べに行って！」久美子はさえぎるようにいった。「……まず絶対に、いなくなっていると思うの」

「いなくなっている!?　ほんとかい!?　どうして、そんなことが……いや、今はなにかをきくのはやめよう。すぐ調べに行って、返事する」

電話を切ると、久美子はメイドのはるさんには、自分の部屋にひきとってもらう。それから、新しくまた紅茶を一人で出して、しばらくはそれを小さくすすり始め……ついには、カップを手にして立ち上がると、キッチンの中をおちつかぬようすで、歩きまわり始めた。しかし、同時に、いろいろと考えをめぐらすようす……。

電話が鳴り出したのは、二十分を切れる時間だった。

受話器を取り上げた久美子の耳に、草刈の速口に興奮した声が飛び込んできた。

「君のいうとおりだ！　ガーデナーの姿が消えている。それも、今日のことではないと、光枝さんやメイドたちがいうのだ。おとといから、いなくなっていると。頼みたいこともいろいろあるので、さがし始めたことから気がついたとか。臨時に来たようなものなので、どういう人間か詳しいことは知らないが、ともかくなんの断わりもなく姿を消すなんて、困ったことだと思っていたとか。それから、ことのついでに、今夜……いや正確にいえば、きのうの夜の、帆村邸にいる人たちの、アリバイも調べた。磯脇殺しの犯行時間はまだ不明だが、突堤に犯人の姿が見られたのは、十時四十五分頃とか。だから、その時間には、犯人はアリバイはないということになる……」

「といっても、もう帆村さんの所に滞在しているお客さんで……いっては悪いけど、どうやら生き残っているというのは、もう館山文隆だけということになるわね。もっとも、そのこと自体が、事件にたいへん重要な意味をもっていると思うけど……」

「どういう意味かよくわからないが、ともかく彼は自分の部屋にいたというだけで、証人はなし。いや、そのほかの帆村家の人びとも、それぞれ、みんな、一人でいたというだけで、わずかに光枝さんとおやじさんが、その頃は、宝石館の一階の展示室に行って、六角ランタン・エメラルドを調べていたというだけだ」

「ああ、その宝石はやっぱり、本物だった？」

「そうだ。君はなにもかも見通しているようすだな。頼む、それを話してくれ。ともかく、もう今晩で五人もの犠牲者が出ているのだ。これ以上……」

「いいえ、私にはもうこれ以上は、ないと思われるけど」

「つまりそれは、あのガーデナーの玉井が犯人で、帆村邸から姿を消した以上、もうこれ以上の惨事は起きないと……」

「いいえ、そういう意味ではないの。犯人はともかく、今のところはかたづける者はかたづけた……そういうことだと思うの……」

いってから、久美子はちょっと、あっという顔をして、付け加えた。

「……もっとも、今のところは……ということで、少し先のことになると、こういうことは……。でも、明日の朝までくらいは、だいじょうぶだと保証する。だから、それまで、少し考えさせて。突飛な考えを現実的なものにするためには、今まで手に入れたいろいろの事実や、状況を、これからそこにどうあてはめて、りっぱな構築物にするかが重要ですもの。明日、また京急フードサービスで会いましょう。その代りうんと早めの、九時半でいいわ」

「しかし、もしその玉井が犯人で、帆村邸から姿を消したというなら、一刻も早く手配をしないと、遠くに逃げられてしまうんじゃないか?」

「いいえ、それはだいじょうぶ。玉井は消えたとしても、やっぱりどこにも行けるはずがないもの」

草刈はやれやれという声になっていた。

「君は、性格もいささかふうがわりだけど、いうこともふうがわりだな。消えたとしても、やっぱりどこにも行けるはずがない……?」

第八章　あらかじめの告白

1

「諸田さん、『ガーデナーの玉井は消えたけど、どこにも行けるはずがない』。きのう一晩、僕はこの言葉を考えて、やっと、その意味がわかったぜ……」

　翌日、午前九時半。再びウイークエンドの土曜とあって、きのうとは打って変わって、すでにかなりの混雑を見せている、京急フードサービスの店内。

　先に来て待っていた草刈は、久美子が前にすわると、さっそく言い出した。

　天候は、これもまた、きのうとは打って変わって、じりじりと照りつける晴天の陽射《ひざ》し。

だが、まださすがに朝の爽やかさが残っていて、真夏を謳歌する者には、今はゴールデン・タイムともいえた。

「だったら、かなり、草刈さんも私に似た、大胆な発想をする人なのね」

「いやに僕を馬鹿にした感じだが、そうでもないぜ。ガーデナーがどこにも行けるはずはないという意味は、つまり彼は死んで、もうこの世にいなくなったからさ。つまり死んだ磯脇晴秀こそ、玉井徳一であったのさ」

久美子は目を見張った。

「どうして、そんなこと、考えついたの!?」

「磯脇は〝しおさい荘〟に投宿したといっても、実際には帆村邸のガーデナーとなって一人二役を演じることは、いたって簡単だったということに気づいたんだ。宿の人たちの証言では、彼は日中はほとんどいなかったというし、夜、帰ってこなかったこともずいぶんあったというのだ。その時は、彼は宝石館で働いていたし、また、ガーデナー用の離れの建物で泊まっていたのだ」

「そうか、そういう考えもあるのか」

「えっ、そういう考えもあるのかって、君はそうは考えていないというのか!? ガーデナーは磯脇なんかではない。やはり玉井徳一という男、そのものだと考えているわけか?」

「いいえ、そうではないわ。あなたのいうように、玉井徳一なんていうガーデナーは、真っ赤な偽物であることは、確かだと信じてる」

「そうだろう。ガーデナーという触れ込みで、宝石館に潜入した。だが、ほんとうに植木なんかを手入れする腕なんか、まるで持っていなかった。彼が仕事中に梯子《はしご》から落ちて、くるぶしとかを捻挫して、いまだに脚をひきずっているのも、実はそういう馴れない仕事で、失敗したせいじゃないかと、僕は気がついた」

「ええ、私も彼を見たけど、確かに脚をひきずっていたわ」

「彼が地方ゴルフ場の、できそこないキャディー然とした、馬鹿に大きな麦藁帽に、その上から大きな手拭《てぬぐい》で頬かむり、その上、でっかくて濃い色のサングラスをかけている姿を、ぼくは何度か見たが、あれだって、正体を隠そうというつもりだったにちがいない。ふと、考えてみたら、ぼくはまるで彼の素顔を知らないことに、気がついた」

「私がいま見た時も、やっぱりそういう姿だったわね」

「事件が起きれば、捜査の目は、メイドや事務長といった使用人にまでおよぶかも知れない。だが、敷地内の離れた片隅の小さな建物に住んでいる、ガーデナーの所までは届かないだろう。だから、彼はアリバイの心配というようなことは、まるでしないで次から次へと犯行を進めた……」

「じゃあ、あなたはガーデナーの正体は磯脇で、また、これまでの事件のすべての犯人と考えているわけ?」

「そうじゃないというのかい?」

「じゃあ、その磯脇がきのう、殺されたというのは、どう考えるの?」

「実際のところ、そこまでは僕も詳しくは考えていない。だが、あるいは彼がこれまでの残酷な連続殺人の犯人であることを知った誰かが、復讐をした……そういうことだって、考えられないかな?」

「かなり苦しいけど、まあ、そう考えてもいいわ。でも、だったら、磯脇のおかしたという四つの殺人の、一つを除いてのすべてに共通する、密室、藁人形、盗まれなかった宝石などといったことは、どう解釈すればいいのかしら?」

「それだ! 課長などは、すっかり頭にきて、あれほど、そういうことがぴったりと話が合っているのに、それを全部解釈しなおせなんて、そんな馬鹿なことはできるはずがないと、どならんばかりだった。だが、諸田君、ともかく、今ここで君と会っているのは、こんなふうに君と会って問答するためじゃない。君が事件のすべてを解明してくれるためだ。もう僕のよけいな意見をいって、無駄な時間を潰しているのはやめだ。さあ、名探偵の君のほうの話をしてくれたまえ」

久美子はいささか苦笑の表情。

「そうだったわね。じゃあ……今、ちょうど前の三つの不可解の多い殺人の話が出たところで、そのへんから説明するわ。萩原幸治、館山有文、そして南波義人、この三人の事件については、あなたたち刑事さんが推理解明したことは、すべてある意味で正解……私はそう思っているの」

「つまり、密室、藁人形、脚の紐というようなことか……?」

「ええ、そう。ただいわせてもらうなら、それは犯人の考えているように、正解したというだけなの」

「よくわからないが……」

「黒川という課長さんは、あなたの話を聞くと、現場の場数をたくさん踏んだ現実主義のベテランで、だから、事件の初めから密室というようなことは、かなり軽蔑していたようね」

「ああ、そういうところだ」

「ところが、いろいろの事実がわかってくるにつれて、課長さんは軽蔑していながら、けっきょくはそれにのめり込んでいった。当然、あなたもそれに同調していった。そんなふうに受け止められるわ」

「いわれてみれば、そういう所が、たぶんにある」

「そして、密室それ自体は、あなたたちも認めるとおり、そう冴えたものではなかったかもしれないけど、でも、それが解けたと感じた時、あなたたちは、やったという気持ちになった」

「諸田君、そういうことが、事件の解決にどういう関係があるんだ？」

「おおありよ。犯人はそのへんのあなたたちの心理を、この犯行計画の大筋の一つにしていたと思われるからよ。推理小説の中で、密室がよく扱われるのは、それがフィクションとしての謎解きのおもしろさに満ち溢れているからで、現実上では、そんなことをしても手もかかる、時間もかかる、具体的証拠や状況をたくさん残して、危険が多くなると、ろくなことはないわ。もし、現実として、密室の犯罪が意図的におこなわれたとしたら、その目的はそうたくさんはないはずよ。自殺あるいは事故に見せようとするため、あるいはそのためにアリバイができるというような、犯人が無実の状況が作れるため、そんなところしかないのよ。怪奇味をつけくわえて、捜査を混乱させるためというようなことになると、もうフィクションの領域で、それによって犯人側にメリットがあることは、ほとんど考えられないわ」

「密室講義だな」

「まあ、それほど、おおげさなものじゃないけど、〝密室殺人の動機〟、というような題目の講義と考えてもらってもいいわ。でも、その密室殺人の動機として、今度の犯人はちょっと目新しいことを、考えついたらしいのよ」

「どんな動機だ？」

「めんどうな説明はしなくてもいいわ。あなたたちが結果としてひっかかってしまった現実が、それをなによりも物語っているんですもの」

「ぼくたちがひっかかった？」

「ええ、密室などというものを軽蔑しながら……特に課長さんなどは、そうでありながら……けっきょくはその謎の解明という魅力に引っ張り込まれてしまった。だから、それを解いた時、すべては明らかになったという勝利の錯覚から、犯人は誰かということに、飛躍した結論をしてしまった。それがまさに犯人の思う壺だったの」

「つまり、ぼくたちが、それらの犯人は池内平一と考えたことを、君はいっているのか？」

「そうよ。三つの事件が密室になった謎のポイントの、犯行現場の違いとか、鍵の操作とかいうことの真相を解釈できた時、あなたたちは、その解答にかなり有頂天になって、そういう機会があったのは池内平一だ。彼は犯行時、アリバイがなかった。呪いの藁人形と生駒山という結びつきがあった。光枝さんをめぐっての恋の争いと、動機もある……と、どーっと、すごく安易に、池内犯人説になだれ込んでしまったんじゃないかしら？」

　草刈はしばらくは黙り込んでいた。それから、ゆっくりと口を開いた。

「確かに、そういうところが、なかったとはいえないが……」

「どうして犯人は被害者の体に藁人形を持たせたかとか、脚を紐で縛ったかという、あなたの解釈を聞いたわ。戦闘心を鼓舞するため、憎しみをカタルシスに転化するため。とてもおもしろい解釈だと思ったけど、やはりどこかこじつけの感じがあったわ」

「ああ、そのへんは、だいぶ苦しかったことは認めるよ。いやあ、今しだいに気がついてきたことだが、ぼくが課長ほど、あの時の事件の解明に、喜べない気持ちがあったのも、あるいはそんなことが、原因しているのかも知れない」

「藁人形、脚の紐といったものは、犯人が事件を謎の多い、不可解なものにするための道具だての一つにしたことは確かね。だけど、でもそれより、もっと大きい意味は、最後の殺人として、池内を偽装自殺にして殺す時の、用意じゃなかったかと思うの。事実、あなたたちは、池内の場合は藁人形はなかった。脚に紐もなかった。それから、今度は鍵も池内のポケットに入っていたということで、彼は窓から飛びおりての自殺だと解釈する、材料の一つにしたんじゃなかったかしら？」

「ああ、確かに、そうだった。だが、僕はいっているそばから、なにかそれだけでは根拠薄弱な気がして、しだいに事件の解釈に疑問を感じ始めた」

「そこに、きのうの夜、池内の頭部の傷に、鈍器での打撲が発見されたことが報告されたので、あなたはその疑惑に確信を持てた……」

「しかし、それまでは、僕たちはすべて犯人の計画路線に乗って、やつの思うままに翻弄されてきたというわけか？」

「お気の毒だけど、そういうわけね。そうして、犯人は最後の第四の犯行まで、うまくやりとげたんだけど、この時、思いもかけない飛び入りがあったの」

「待てよ。第四の犯行というと、池内の殺害だ。そして、それが最後というと、第五……つまり磯脇の殺害は、初めの計画になかったものだと？」

「そうよ。だから、この予定外の犯行で、私は自分のかなり空想的な推理も、まちがいではないという確信を抱き始めたというわけよ」

「待ってくれ。話が混乱していけない。少し整理させてくれ。君は僕の考えるように、磯脇がガーデナーの玉井徳一に化けているのではないといった。だが、一方では玉井という男は、ほんとうに玉井ではないと、彼が化けた姿であることも肯定した。すると、いったい、磯脇は事件の流れの、どこにはまりこむのだ。また、玉井の正体は、いったいだれだというのだ。このへんをはっきりしてほしいね」

「磯脇はただそのままの、宝石マニアの犯罪人、磯脇。葉山に来て、宝石館を見物し、そのコレクションに感心して、館長の帆村建夫に会って、話をしたかったか、あるいはそれ以上のなにかの宝石の取引の話でもしたかった。そういうところだと思うわ。初めからどうどうと、民宿に本名で泊まっていることからも、また宝石館に自分の本名の名刺を置いていっていることからも、犯罪的なことはなにも考えていなかったと思うの。だから、彼はほんとうに、ただ、帆村氏の帰国するのを待っていた」

「じゃあ、ガーデナーの玉井のほうは、なんだというんだ?」

「とんでもない人物が化けた姿だったの」

「だれだ?」

久美子は即答せずにいった。

「ここに一つ、おもしろい話があるわ。帆村さんのところの次女の伊津子さんが、お姉さんが別館一号の、南波さんの所に、ひそかに食事などを運んでいると、みんなの前で暴露したことよ。別館一号には、南波さんしか宿泊していなかったから、確かにそうも考えられるわ。でも、その別館一号のもっと北には、車庫、物置小屋などがあって、その先の一番片隅に、ガーデナーのいる建物があることも忘れたくないわね。もし、光枝さんは別館一号を通り越したむこうの、そのガーデナーの建物に食事を運んでいるのを、伊津子さんは誤解して考えたとしたら、どう?」

草刈警部補は、瞬時、あっけにとられたように、沈黙。口を半開きという形。それから、ようやく言葉をこぼし出した。

「つまり、君は……光枝が運んでいた食事は、ガーデナーの玉井徳一に……持って行くものだったと……?」

「でも、まさか光枝さんが、そんなただのガーデナーに、わざわざ食事を運ぶはずもないでしょう。よっぽど光枝さんにとって、たいせつな人……そう考えると、浮かび出てくる人は、たった一人しかいないわ。お父さんの帆村建夫氏よ」

「…………」

草刈の驚きの沈黙にかまわず、久美子は話し続ける。

「帆村氏は海外旅行をしているという話だったけど、あなたがたはそれを確かめたわけではないでしょ? 別に、そんなことを疑う理由もなかったんだから、ただいわれるままにそう信じていた。ただ、それだけなんでしょ?」

「それはそうだが……」

「でも、帆村氏はそう称して、実際には日本から出てはいなかった。それどころか、自分の邸からも出ずに、ガーデナーの建物にいた」

「しかし……どうして、そんなことを……」

「それは、すでに草刈さんも考えたことのほかには、ないと思うけど」

「つまり、ガーデナーという、つい人の意識からはずされる存在になって、アリバイなども不問にされて……」

途中で絶句《ぜっく》した草刈の後を、久美子がつないだ。

「計画した四つの連続殺人を、実行するためよ」

「しかし……しかし……そういうことになると……」

久美子が草刈のいおうとしたことを、代って口にした。

「光枝さんもこの犯罪の共犯者よ。つまり今度の連続殺人は、帆村建夫と共犯者の光枝の、緊密な連携プレイがあって、初めてできたことだったの」

2

「しかし……しかし、光枝が宝石館の敷地内の北東隅のほうに、食事を運んでいたからといって、ただそれだけで、あそこにいたのは帆村建夫だとか、ましてや彼が犯人だというのは……なにか……それこそ、君が指摘する、課長がおかしたあやまちの、いささかの飛躍という感じも……」

「いいえ、まだまだまだまだ、これにはたくさんの状況証拠があるの。その一つとして、例えば、ついきのう、あなたたちが経験した、帆村の捜査に非協力的な、無礼といっていい態度よ。彼は応接室にもおりてこず、自分の書斎のデスクの後ろにすわって、あなたたちを迎えた。そして、宝石館に被害のようすを見に来てくれといわれても、動こうとはせず、緊急の仕事があるといって、あげくは、あなたがたにスッポカシを食わせて、東京に出かけてしまった。しかも、帰って来たら、詫びをするからまた明日来いと、自分の所に呼び寄せるという、尊大な態度だったんでしょ？」

「ああ、だいぶ、ぼくも頭にきた」

「でも、事務長の江森という人などにいわせると、館長はそういう人じゃないという」

「ああ、ちょっと、おかしな話だとは思ったが……。ともかく、帆村はまだ帰って来たばかりなので、僕たちはその人物を、はっきりはつかんでいないんだ」

「彼はむりをして、そういう尊大なようすをとることで、自分の行動を正当化し、或る隠すべくもない身体的特徴をカバーしようとしたのよ」

「身体的特徴？」

「あなたも推理したとおり、ガーデナーに化けていた男は、本職なんかじゃまるでないために、梯子《はしご》から落ちてくるぶしを捻挫《ねんざ》して……」

「そうか！　脚をひきずっていた！　だから、もし帆村がガーデナーに化けているのだとしたら、やはり脚をひきずっていたことになる。帆村建夫として、そういう同じような脚のひきずりを見せたら、我われはいつ、ガーデナーを連想して、事件の核心に迫るかわからないという心配があった。そこで、彼は初めからデスクのむこうにすわったまま動こうともせず、また宝石館にも断固として行こうとしなかった……」

「こういうことを、一つ一つ拾い出して説明するよりも、事件の経過を順を追って説明しながら、その証拠を拾っていったほうがいいと思うの。彼にまつわるおかしなことに、次つぎと、解釈がついてくるはずよ」

「ああ、そうしよう。なにか、飲物の追加を取ろう」

　店内はわずかの時間のうちに、そうとうの混雑になり始めていた。その中で、草刈は手をあげて、ウェイトレスを呼ぶと、追加注文をする。

久美子は横手の目の下、この店の専用駐車場にちょっと視線を投げた。ぞくぞくと車が駐車し始めていた。

国道も車の流れが絶えない……というより、列を作って渋滞を始めていた。たぎりたち始めた陽射しの下、夏のハイシーズンの、海水浴場の狂躁が始まったのだ。

「さあ、それで。事件の順を追って行くというと、まず萩原探偵殺しのことからということになるが……」

草刈は注文を終わると、椅子にちょっとすわりなおす。それから、期待をこめたようすで、身を乗り出した。

「でも、その前に、一つだけ、重要なことをいっておく。それは帆村建夫が犯人である以上、密室だどうだということは、まるで問題ないということ」

「ああ、そうだな。彼は宝石館も、本館、別館も、そこの主人として、すべての鍵を持っていたんだからな」

「だから、実際のところ、第一の殺人では、シャッター越しに鋭器で刺して、被害者の腰の鍵束を奪う必要もなかったわけよ。そういう透き格子の間から、力をこめて、狙う所に凶器を繰りだすことは、技術上も、またタイミングからも、その上、うまく相手をそこにひきつけることも、かなりむずかしいんじゃないかしら」

「そうだな。帆村は鍵を使って、ただ入って行った。それだけで、後は我われを落し込むために、出口のほうにむかっての床とか、シャッターのそれらしい所に、血痕をつけておけばよかった。それもわざと、あまり目立たないようにして、後から発見されるように」

「もうこの時から、計画の中に、最後には池内平一を犯人に仕立てあげて、彼を偽装自殺させることが入っていたのね。そこで、光枝は池内の部屋に伝言メモを置いて、彼を部屋に束縛しておいて、アリバイを成立しないようにしておいたことも、いっておいたほうがいいと思うわ」

「池内は、メモの筆跡は光枝のように感じられたといっていたが、それは正しかったんだ」

「ただし、後から、それがわかると困るので、光枝はその後、騒ぎの間にそれをひきあげていた。犯人が警報アラームがすぐ鳴るような、あまり感心しない時間に、犯行におよんだのも、話は簡単で、なるべく早く事件を発見させることで犯行時間を特定し、池内のアリバイなしの時間と一致させることだったのよ」

「そして、どうやら光枝のほうはどの事件でも、いつもアリバイありという行動を取って、自分の立場を確かにした。いや、待てよ、だが、第二の事件の時の、彼女の行動には、ちょっとひっかかるところがあるな。彼女のアリバイのことじゃない。池内にアリバイをなくすために、彼女は電話の伝言だといって、また彼を下の部屋におろす工作をしたあたりのことだ」

「そのへんのところは、とても巧みにやっているのよ。彼女はみんなのいる前で、電話一本で、実にどうどうと、事件の流れを操作したの」

「というと？」

「彼女はまず、別館二号にいる館山医師に電話をかけた。そして、ちょっと用がある、宝石館前の古い木の繁りの下まで、すぐ、そっと、来てくれといった。彼女が好きだった館山医師は、ホイホイと現われる。だが、待っていたのは帆村で、ピストルでズドン……いいえ、サイレンサー付きだから、プスッというわけかな。ともかく、ああいう特殊なピストルにぴったり合うようなサイレンサーを作るか、作らせるか……そんなことは、いずれにしても、そうすぐ、できることじゃないわ」

「ああ、そうなんだ。それは、あのピストルをうろの中で発見した時から、頭にひっかかっていたことだ。こんなピストルに合うサイレンサーを作るのは、そう簡単なことではない……」

「だから、ここに来て、光枝をめぐる恋の争いから憎悪に狂った池内が、すぐ、そんなものを都合できたというのは、ひどくおかしな話よ。やはり時間をかけて、そういうものをつごうでき、あるいは実際にピストルを手にして、そのぐあいが試せた人……となると、その所有者の帆村以外には、ありえないという考えも成り立つわ。ここにも、彼がクロだという状況証拠が一つあるみたい」

「よく考えてみれば、まったくそうだな。トプカプとか、バントライン・スペシャル、ウル王朝……なんだか横文字のついた伝奇的な派手さに目がくらんで、我われはことの本質を見失っていたようなところがある」

「もちろん、敵もそこが狙いで、そういうものを選んで、凶器に使用したのにちがいないけど。話を光枝の電話にもどして、彼女は館山氏に電話した後、自分の電話の用件を糊塗するために、今度はほんとうにキッチンを呼び出して、スナック等を持って来るように命じた。そして、一度、電話を切って……」

「待てよ！　そうして、みんなの所にもどろうとした時、電話が鳴り出して、彼女がそれに出たら、それが池内に下の部屋に行ってくれという、正体不明の電話だったというが……そうか、これも、光枝が電話の前で、いかにもそういう電話を受けているように見せた、独り芝居の嘘……そういうわけか？」

「そのとおりよ」

「しかし、その電話をかけてきたのは、いったい、だれと……わかった！　おやじだ！　おやじがかければいい」

「初めは私も、そう思ったわ。でも、彼はこれからすぐやらなければならない殺人、また、その後の工作で、もっとも忙しい時よ。しかも、電話が鳴るのは、彼女が通話を終わって、電話機から歩み去ろうとし始めてほんのわずかの時間という、絶妙なタイミングを必要とするわ。だって、ほかの人にその電話機を取り上げられたりしたら困るでしょ。しかも、その電話は、外線からの単独一本ということはあまり考えられず、何本にも子別れしているとしたら、ますます誰かに、どこで、別の電話機で先に通話に出られるかわからないわ。私、さんざん考えたすえ、はっと気づいたの。一一四番にダイヤルすればいいのよ」

「なんだい、一一〇番というなら、我が警察の呼びだしだが、一一四なんていうのは初耳だ」

「東京に限らず、たいていの所で、この番号をまわして、いったん受話器を置くと、七、八秒後、その電話がまた鳴り出すシステムになっているの。もう一度、受話器を取り上げて、耳にあててみるといいわ。テープに録音された声で、『試験の結果は良好です』というような言葉が聞こえて来るの」

「いったい、それはなんだい？」

「電話局の回線テストなの。つまり、電話の故障をなおしたり、新しく取りつけたりした後、工事の人がこの番号をまわして、回線はちゃんとつながっているかどうかを、テストするものなの」

「へー、そんなことがあるのか」

「光枝はそれを知っていて、キッチンに電話した後、この番号をまわして、受話器をいったん置き、二、三秒たって、そこからはなれ始める。すると、ブザーが鳴り出す。彼女はいそいでそこにもどって、受話器を取り上げる。だが、みんなに見えないように体のかげに隠して、フックボタンを押して、切ってしまいながら、いかにもむこうと話しているふうを装って、しゃべり出す。そして、当惑したようなふりをして、池内を呼んで、受話器を差し出す。それだけでよかったのよ」

「おそれいったね……」いってから、草刈ははっと気がついたようだ。「……だが、待てよ！　君はさっき、帆村はすべての鍵を持っていたんだから、密室というようなことは、問題にならないといった。だったら、館山などを外に呼び出すことをせずに、帆村はまっすぐ別館二号に行って、そのまま中に侵入して、サイレンサーで射殺すればよかったんじゃないか。猫車で死体を現場まで運ぶとか、いろいろたいへんな手間がはぶける」

「ええ、私もそれは考えたわ。でも、どう考えても、やはり、彼等はそうせざるをえなかったという結論に達したの」

「どうやら、君は、きのうの夜は、ずいぶん考えたらしいな」

「そうよ。だからこそ、あなたに一晩だけ、猶予をほしいといったんだし、今、こうやってかなり名探偵の面目を、誇っているわけじゃないの」

「それで、その名探偵の推理だと、そのあたりはどうなるんだい？」

「彼等は密室がどうしてできたかという謎の解明の落し穴の中に、あなたたちを計画通りに誘導しなければならなかったでしょ」

「つまり、殺人現場はほんとうは現場の外で、館山医師は死体となって鍵を奪われ……というようなふうに、僕たちに考えさせねばいけなかったということか?」

「そうよ。そのために、実はわざとピストルをうろに隠して発見させたり、また隠し金庫を開けてから、その中のネックレス等が、わずかに死体の下になるようにしたりしたのよ。だから、壁に撃ちこんだ弾からは、血痕が発見されないこと、しかし、あの繁りの木の幹からの弾丸からは、血痕が発見されることも計算の上だったの」

「そうか、そういうことだったら、あの部屋をほんとうに現場にして、そこでサイレンサーつきのピストルで殺人をおかせば、壁にめり込んだ弾からは、血痕が発見されて、話はおかしいことになってしまう。ここは……たとえ、脚をひきずっての、たいへんな作業でも、死体を外から選ぶという苦役《くえき》に、彼はあえて挑戦しなければならなかったのか」

「そういうこと。彼等にとっては、この第二の事件がもっとも扱いのむずかしい、連続殺人の中のクライマックスのケースだったにちがいないわ。それに比べれば、後の二つは楽なものだったの。ただし、第三の殺人は、あるいはほんとうはもっと後で、実行する計画だったかも知れない。でも、なにか南波さんは屋上から館山医師の姿をちらりと目撃したり、ちょうどその頃写真を撮っていて、どこでどうまちがって、とんでもないものを写しているかわからないという、なにか彼等を不安にする存在になってしまったの。それで、彼等はあなたたち警察がいる中で、大胆にも、第三の殺人を打って出たの」

「確かに、南波義人殺しは簡単だな。そこを訪問する。斧で殴り殺す。藁人形、脚の紐等の工作をほどこす。ああ、それから、なにかヤバイ感じの写真のフイルムの預かり証なども、盗んでしまう」

「ええ、それから外に出て、持っている鍵で錠をおろす」

「南波が持っていた鍵のほうは、もし彼が身につけていたとしたら、あるいはその時、ベッドサイド・テーブルの引出しに移動させた、というようなことはしたかも知れないな」

「そして、もう一つの工作は、またしても池内の部屋にメモを置いて行くことで、午後五時に南波の部屋に行かせ、事件発見者にさせる。この時も、彼がどさくさにまぎれて、外に持ち出した鍵をまた部屋にもどす機会を持てたという状況を作り上げる。そのために、ノッブに血をつけて、池内がどうしても中に入ろうとするきっかけを作ったのよ」

「そうか。ただし、池内の前に人が来て、その時、事件を発見されてしまったりしたら困るから、ノッブに血をつけたのは、南波が来る五時直前。そういうことじゃないかな。だから、僕が行った時には、ノッブにそんなものはなかったから、そのままひきあげてしまった」

「そういうわけね。第四の殺人については、これはすべての後始末という感じで、もっとも問題はなかったはずよ。初めにもいったとおり、帆村建夫はすべてのキーを持っているのだから、階段上り口で見張っている警官の目にはまったく触れることなく、緊急用《エマージェンシー》ドアから廊下に入ることができた。あなたから当時の状況の話を聞いてもわかるけど、警官は廊下を見通す所に椅子を出して、すわっていたというわけではなさそうね」

「ああ、そうだ。むしろ階段ぎわに、監視のブロックを作っているという形だった」

「帆村は池内の部屋を訪問して、鈍器で殴って殺す。窓からなるべく頭が激突するように落す。あるいは検死の医者が考えたように、下にまわって、ほんとうの致命傷がうまくカバーできていなかったら、何度か頭をタイル床に叩きつけるという、おそろしいこともしたかも知れないわね。そして、この犯行では、藁人形、脚の紐などということは、いっさいなし」

「それで、最後の第五の磯脇の殺人だ。君はそいつは、計画にない番外編だといったが……」

「ええ、四つの殺人をおかして、計画はすべて完了。もうこれで沿岸はすべて安全《ザ・コースト・イズ・クリアー》と、帆村建夫はガーデナーの玉井徳一であることをやめ、いかにも海外から帰ったふりをして、あなたたちの前に姿を現わした。あまり海外旅行という話を押しとおして、そのことに変な疑惑を持たれることをおそれたからでしょう。だが、そのおりもおり、磯脇晴秀が突然現われて、またまた彼の安全がおびやかされることになってしまったのだから、まったく皮肉な話ね」

「だが、状況からすると、二人の間には面識もなかったように受け取れるが……」

「いいえ、帆村は磯脇のことを、よく知っていたはずよ」

「しかし、そうだとしても……待てよ。彼は磯脇が宝石館を訪問して来たことは、ずいぶん後まで、知らなかったんじゃないのかな。僕たちが書斎で彼と会っていた頃、ちょうど磯脇は宝石館の事務所を訪れていたような感じだ。そして、江森事務長は館長はまだ帰国していないと思ったので、そう答えた。すると、彼は自分の名刺を置いてそのまま帰って行った」

「それよ。そのへんのことを、ちょっとききたいんだけど、その帆村建夫の書斎って、ひょっとしたら、宝石館の玄関の前がよく見える所じゃない？」

「ああ、そのとおりだ。西に海、北に宝石館や、その前の繁りを見る、眺めのいい所だ」

「じゃあ、時間的なことからいっても、ひょっとしたら、帆村はそこから磯脇が館に入って行ったか、出て行ったかというのを見ていたんじゃない？」

草刈はあっという顔をした。

「そういえば、途中で、彼、僕たちと話しているのをちょっと忘れて、ぼんやりとというか、あっけにとられたというか、そんなようなようすで、宝石館の前のほうを見下ろしていたのを、今、思い出したが……」

「そうよ！　その時、磯脇をはっきりと認めたにちがいないわ！」

「ということは、やはり帆村は磯脇を知っていた……」

「ねえ、ここで、一つ、草刈さんにクイズを出す。私、一度、いったことがあるでしょ。帆村さんの所の客は、館山文隆を除いて、みんな殺されてしまったことが、案外この事件のポイントになっているんじゃないかって。だからききたいの。じゃあ、どうして、館山文隆だけは殺されなかったのか？　萩原幸治も含めてでいいけど、殺された人に共通していて、でも、館山文隆だけにはないもの、それはいったい、なんでしょう？」

草刈は顔をしかめて、ちょっと考えるふりをしてみせた程度で答える。

「わからない」

「答は殺されたみんなは、昔の帆村建夫を知っている人ばかりだけど、館山文隆だけは知らなかったということよ」

「昔のというのは、放浪時代の頃の帆村建夫をということかい？」

「ええ、そうよ。でも、草刈さんの話によると、館山文隆はその頃、東京の予備校かなにかに行っていて、帆村とは、けっきょく会ったことはなかったとか？」

「そういう話だ」

「だから、彼は殺されなかったの。それから、もう一つ、私はあなたからこんな話も聞いたわ。館山医師が最後に帆村建夫と別れた頃は、健康がすぐれないようすだった。館山医師の見た感じでは、癌の疑いがあったので、しかるべき検査を受けたほうがいいと勧めていた。だが、今度、どうやら元気らしいと知って、それでは自分のまちがいだったと知ったと」

「ああ、そんな話もあったな」

「でも、それは館山医師のまちがいではなくて、ほんとうに帆村建夫は癌で、そのために……ということは、なにもその病気が直接原因でということではないのだけれど……ともかく死んだとしたら、どう？」

「…………」

とうとう草刈は黙ってしまった。

だが、久美子はためらうようすもなく、話し続ける。

「ほんとうのところ、私がなんだかこの事件には、奇妙な所があると感じ始めたのは、事件のずっと早くのことで、あなたの後を尾行して、萩原探偵事務所まで行って、廊下の外から立ち聞きをしていた時からなの。その時、私はまだ放浪時代だった帆村建夫の泊まったホテルの部屋に泥棒が入って、その泥棒がベランダから転落したという椿事から、彼の所在が実家の帆村家やその他にも、広くしられてしまったという話が出たわね」

「ああ。だが、それがどうやらある意味では、帆村のとんだ幸運になって、一年もたたないうちに亡くなったおやじさんの遺産をもらうことになり、放浪生活をやめて、あの宝石館を建てるとか、宝石の取引を始めるとかいうことで、すっかり生活も変わってきた」

「うん、そのへんもずいぶんおかしいと思わない？　俗世間を嫌って、まったく自由気ままな放浪生活という、浮世離れした生活を楽しんでいた芸術家タイプの人が、急に商売を始める、あんなかなり濃厚な趣味の設計の、展示館を建てる……」

「多少はおかしい感じがしないでもないが、しかし、美の追究ということでは同じだと……彼自身や池内などもいっていたが……」

「もう一度、今まで話したことを復習してみると、こうなるわ。昔の帆村建夫を知っていた人ばかりが、殺されている。昔の帆村建夫は癌でもうだめかと思われていたのに、実際には元気に生きていた。昔の帆村建夫はホテルの泥棒の事件をきっかけに、性格も行動もまったく変えてしまった。こう並べたら、草刈さんだって、なにか考えるでしょ？」

「ということは……」草刈はつまずきがちな口調でいい始めた。「……昔の帆村建夫と今の帆村建夫の間には……くるっと変わった……なにか大きな違いがあり、それが今度の連続殺人に関係していると……」

「そのとおり！　私も初めはそのくらいの、なにか妙な感じを抱いていただけだけれど、そのうちだんだんその感じからくる想像を、具体化し始めたの。そうして、できあがった想像というのは、昔の帆村建夫と、今の帆村建夫とは、まったく違う人物じゃないかということだったの。その変わり目は、ホテルの泥棒事件の時、そう考えた時、想像はもっと大きく脹《ふく》らんで、その事件で窓から落ちて死んだ宝石泥棒といわれている男こそ帆村建夫で、帆村建夫と今いわれているのは、おそらくは落ちて死んだといわれている、その泥棒自身ではないかというところまでになったの」

3

草刈警部補は長い間のだんまりから、ゆっくりと口を開いた。

「つまり、今、宝石館にいる帆村建夫は、真っ赤な偽物だと……」

「だから私も確かに、これは飛躍しすぎた想像で、話が大胆すぎるとか、そんな話がいつまでも、うまく世間に通用するかといわれそうなので、そっと自分だけの頭にしまっておいたの。だけど、磯脇までが殺されたとなると、もうこれはただの想像ではすまされないと、確信し始めたの。それで、彼が偽帆村だとして、それが始まったらしいホテルの事件から、そんなにうまくふるまえるものかを、今度は、かなり深く、また具体的に考えてみたの……」

「その事件のホテルがどこだったか、まだ調べていない。だが、ともかく、ちょっとした規模のホテルになると、日本式の家族的サービスなんていうことはまったくなくて、いたって、事務的に処理されるから、従業員たちが、どの部屋に、どういう顔の客が泊まったなんて、おぼえているはずはない。だから、ここで彼が騒ぎにまぎれて、帆村建夫になってしまうのは、簡単だったことは確かだ」

「ほんとうの帆村建夫が、どうしてベランダから落ちたのか……あるいはそこに殺人という要素があるのかどうか、その事件について、ほとんどなにも知らない私には、なんともいえないわ。だからあまりよけいな想像をすることはやめて、ここで偽者の帆村建夫が誕生したことだけは確かだとしたら、私、その名前もいえるかと思うの。草刈さん、磯脇がまだ日本で、宝石犯罪を盛んにやっていた時よ。その相棒として、なんとかという名前の男がもう一人いたといったわね」

草刈警部補はポケットから、いそいで手帳を取り出して開いた。

「桜木健造だ」

「そう、その男あたりが、帆村建夫の正体じゃないかと、私、思っているんだけど」

「なるほど……」

「そして、そういう入れ替え事件の起きた時、そのホテルに萩原幸治が、そこで開かれる宝石の内示展の、ガードマンをしていたという事実も、かなり重要ではないかと思うの」

「そうか！　彼は当時から、そういう宝石関係のほうのことを主にやっていた探偵だったとか。だとしたら、その桜木のことを知っていた可能性も、じゅうぶん考えられる」

「ええ、だから萩原はひょっとしたら、もうかなり早い時点で、偽帆村になろうとしていた泥棒に、手を貸したんじゃないかと思うの。つまり萩原は偽帆村の件では、共犯者だったの」

「なるほどね。君も事務所の外の廊下で、聞いていたろ。あの探偵事務所は実際のところ、帆村の所で成り立っている感じだということを。けっきょく、萩原はその時の恩で、ずっと帆村とつながり続けることになった。いや、恩なんていうものではなく、脅迫というものかも知れないが」

「けっきょく偽帆村は、いろいろの幸運に恵まれたからこそ、今までうまくやってきたということがいえそうね。例えば、本物の帆村は実家からは勘当《かんどう》同様、どうやら一家も親族も顔を見るのもいやだというので、彼の所在がわかったからといって、誰一人会いにくる者はいなかったのよ。そしてまた、それから日数がたたないうちに、お父さんが死ぬ。本家は手切れ金というような形で、そうとうの金を渡して、もうこれ以後はあかの他人とでもいった感じだから、むしろ偽帆村としては、ねがってもないことだったかも知れないわ」

「そういわれてみると、けっこう、偽帆村はうまく化けの皮をはがさないで通せる状況だったんだな。金の受け渡しとか、そういうことは、当然、弁護士というような第三者を通してだろうし、もしそういう経過の中で、本物の帆村建夫を知っているような人物との接触があったら、巧みにそれを避ける……」

「でも、彼も人の子であることに変わりはなかったらしいわ。ほうりっぱなしにして、貧乏生活の中にいた、娘の光枝と伊津子を、養家にひきとりに行く。偽帆村が事情をどんなふうに話したか、私にはよくわからないけど、状況やあの人たちの性格などから見ると、こんなふうじゃないかしら。光枝はほんとうのことをすっかり知っていた。でも、伊津子のほうはその快活に放漫な性格からして、詳しいことは知らず、今、幸せであればそれでいい。そんなところでいるのかも知れない」

「君にいろいろいわれてみると、なるほどと納得するところが多い。偽帆村が宝石取引を始めて成功する、宝石館などというものを建てるということだって、桜木はもともと宝石専門のかなりの腕の泥棒だったんだからな。だからこそ、あの内示展のあるホテルに目をつけた。ただし、話によると、盗みに入った部屋はまちがった所だった」

「ともかく、以後の偽帆村の生活は、おそらくダニのようにくっついて離れない萩原探偵という存在がなかったら、ずいぶんしあわせだったかも知れないわ。でも、こんなあまりにも大それた偽の生活が、そう長く続くはずはなかったのよ。晴天のへきれきのようにして、彼の生活の上に舞い落ちてきたのは、館山医師からの連絡だったの。このへんのところも、どういう経過をたどったのか、詳しいことはわからない。電話の声でも、館山医師に偽者だと感づかれると思って、直接電話では話さずに、手紙などでやりとりしたかも知れない。あるいは、ほとんどの用件を、光枝に代行させたかも知れない。あるいは直接電話に出て少しは話したが、館山医師のほうでは、まったく気づかなかった可能性だってある。そして、そのやりとりの用件の中で、帆村が館山医師から借りていたアパートに残した、日記の話が出た」

「あれ、僕はそんな日記のことまで、君に話したかな？」

「いいえ、聞いてないわ。でも、私、ちょっとしたことから、そういう情報もキャッチしていたの。実は、私、あなたが萩原探偵事務所に行ったのを尾行した後、葉山に帰ってから、今度は帆村の所にいるお客たちの尾行も、ちょっとばかりやらせていただいたの」

「ええっ、そんなこともしていたのか!?　推理ばかりじゃなくって、君は行動にもずいぶん精力的なんだな」

「まあ、そうかも知れないけど、実は私、あの日の午後、帆村さんたちの客の一行が、外出したのを尾行して、葉山マリーナに行ったの。そうしたら、彼等はマリーナの、カフェ・テラスのテーブルに集まったので、私、これ幸いと、すぐ隣のテーブルに、みんなには背中をむけるようにすわって、盗み聞きをさせていただいたの。日記の情報を仕入れたのは、その時よ。帆村建夫が放浪時代に、館山医師の所に残してきた荷物を、館山文隆がこっちに届けたらしいの。帆村建夫はどうやら娘たちがいる所で、それを開いたところ、三年ぶんばかりの、かなり事細かに書かれた日記が出てきたとか、そんな話だったわ。そして、この日記こそが、今度の連続殺人の引金になったんじゃないかと、私は思うの」

「僕にも、だいたいのことがわかってきた。だが、一晩考え抜いた君のほうが、詳細に話をたどっているにちがいない。話してくれ」

「昔の帆村を知っている。ということは、今の帆村は本物でないことを知っているということになるわ。そういう存在があることは、偽帆村は前まえからかくごしていたことでしょう。でも、館山医師の出現などで、それがはっきりと具体的に確認できると、偽帆村は、なんとかしなければいけないとあせり始めた。でも、まさかその時にはまだ殺人ということまでは、考えていなかったかも知れない。でも、日記が出てきて、それを読んで、まだまだ、ほかにもそういう確実な存在がいると知ると、とうとう思い切ったことを考え始めた……」

「帆村が館山医師のマンションから消えたのは、昭和五十七年の末というから、その日記には、それ以前の三年間のことが書かれていて……だから、その年の初めから春の終わりにかけて、生駒の池内平一の所にやっかいになっていたこと、またその前の五十五年、五十六年には、木曽福島の南波義人の所にいたことも書かれていたにちがいない。その連中も、いつ館山医師と同じように、帆村建夫という名を見つける、または偶然にめぐりあって、彼が偽者であることを、いつあばくかわからないというわけだ」

「きっと偽帆村は慌てて、二人の身辺のことをひそかに調べたにちがいない。彼等にとって、幸いなことに、南波義人、池内平一の肉親で、帆村を知っている人は、この五年の間に、かなりばたばたと亡くなっていた。だから、偽帆村の真相をあばけるものは、その二人本人のみに絞られることがわかった……」

「逆にいえば、その二人にとっては、そういうふうに、肉親が亡くなっていたことが、とんでもない不幸になったともいえるな。もし、あと二人も、三人もいたら、いくらなんだって、今度のような大それた殺意を持たなかったかも知れない」

「そう、その殺意……彼等はそれを持ったのよ。でも、もっと殺す必要のある人がいたら、草刈さんのいうように、彼等はほんとうに、今度のような計画を考えなかったか、それはいささか疑問だと思うわ。あんな豪華な邸、手に入れた宝石、そして宝石商としての地位や信用……ほんのわずかの間に手に入れた、そんな莫大な幸せを守るためなら、どんなことでもやらなければならない……そんな気持ちだったかも知れない。事実、これまでの殺人を見ていると、そういう感じが強いわ」

「今、ふと考えたんだが、しかし、そんなふうに次つぎと人を殺そうとするなら、なにも葉山にみんなを集めるようなことをせず、彼等のいる当地の大阪、木曽福島、名古屋というように、ばらばらの所で、犯行をおこなったほうが、まったく関連性がなくて、犯人が誰かわからなかったかも知れないが……」

「もちろん、彼等はそれも考えたでしょう。でも、それにもまた、いろいろの欠点があることも確かかね。第一に、四人の犠牲者のどの二人でもいいから、共通して帆村建夫とわずかでも関係があったという事実が、どこかでわかったら、もうそれだけで事件の真相の大部分が、明るみに出てくる危険性が大きいわ。また、そんなふうにあっちこっちを飛び歩いての犯行というのは、またそれなりに困難や手間も多いんじゃないかしら」

「そうだな。殺害の場所、時間を選ぶこと、犯人である自分の姿を、そのたびに巧みに隠さねばならない」

「それよりは、事件の中で帆村建夫の存在は、初めから全面に押し出すことで、かえって誰にも変な疑いを持たせない。彼等はそっちのほうの方法を選んだのよ。もちろん、その選択には、まだほかにもいろいろの理由があったと思うけど……」

「ああ、僕にもそのへんのことは、おぼろに感じ取れる。この宝石館での殺人なら、宝石という道具だてで、犯行は宝石をめぐってという濃厚な迷彩もほどこせる。密室というようなものも難無く作って、事件に不可解味を付け加えられる。また、呪いの藁十字架などということで、猟奇的な匂いをたちのぼらせる。いずれにしても、ガンガン、そういう迷彩を重ねれば、犯行の真の動機の偽帆村の正体暴露の隠蔽などという、ただでさえ考えられない事件のほんとうの動機は、まるで覆い隠されてしまう。事実、僕たちはみごとにそれに惑わされてしまった」

「そして、もう一つ、あなたが言い落していることを付け加える。ばらばらの殺人では、うまくやっても事件は迷宮入りということで、結末までには長い時間をかけなければならない。でも、一定の背景をバックにおこなわれる殺人なら、実際でもそうなろうとしたんだけど、一人の偽犯人を作り上げて、警察の捜査を短時間のうちに、完全に終わらせてしまうことができる」

「そうか。そして、その上、殺した一人を犯人として、利用もできる」

「もうわかってるとおり、この犯行計画はかなり考え抜かれた計画よ。だから、彼等はその考えた末に、この自分の膝元での、連続殺人を選んだにちがいない。そして、そのために、光枝さんはまず犠牲者と接触することから始めた……」

「驚いたね。つまり彼女はここの宝石館にみんなを集めるために、誘惑運動から始めたんだな。だから、南波義人がお母さんの墓の前で、彼女とばったり出会ったというのも、実は計算の上だ」

「彼はお母さんの命日には、墓参りに行くということを、知っての上だったにちがいないわ。池内平一にしても、そうで、彼がいつも行くバーのことを調べて、巧みに接触し、巧みに帆村の名前を出して、『まあ！』ということになったの」

「館山医師の場合は、これはむこうから来ると言い出したのだから、問題ない。そして萩原探偵はおやじさんのほうが、宝石が狙われているなどといって、宝石館の警護につかせた。宝石館が狙われていると言い出したのは、どちらのほうかということに、混乱があったが、実際には、やはり探偵事務所の所員が言うとおり、帆村のほうからだったのだ」

「光枝さんは呼び寄せた男性のみんなに、好意的なようすを見せたのも、もちろん芝居ね。そうして、状況を緊張させ、事件の動機はそんな所にあるかも知れないと見せようとした。

ただし、彼女と萩原探偵の関係だけは、ちょっと違うかも知れないわ。彼は初めから偽帆村の真相を知っていて、協力者兼脅迫者というのか……だからあるいはその痛い所を握られての上で、噂のように婚約というようなことも、やむをえず結んでいたのかも知れないわ。そして、彼等が萩原探偵を殺した理由も、ほかの人たちとは、当然、違うわ」

「彼等の弱味をしっかり握っている存在を、始末するためか」

「ええ、そして、彼だけは一番初めに殺さねばならなかった。呼び寄せられた客たちの一人でも殺されれば、萩原探偵はことの真相に気づくにちがいない」

「帆村が客たちを呼び寄せておいてから、急に海外旅行に出かけたのは、我われもなんとなくすっきりしない気持ちだった。光枝の父親は我儘もいい人物だと聞いて、少しは納得した。そして、その後、実はオークションではなく、ほんとうに自分一人の趣味で、客などのことは、そっち除《の》けにして行ってしまったのだという光枝の告白を聞いて、やっとほんとうに納得した気持ちになった。だが、これもかなりの計算の上の嘘だったんだな」

「巧みなものね。それでまた、ともかく彼が海外旅行に行っているという感じも、ますます強くなる。そして、予定どおりに、もうほんとうの帆村建夫を知っているものを、宝石館から一掃したというところで、いかにも慌てて帰国したふうに見せ、あなたたちの前に現われた。でも、ほっとしたところで、突然、彼の目の中に、思ってもいない、いま一人の自分の正体を知っている男、磯脇晴秀が現われて、状況は急速に悪化した……えっ!?」

突然、久美子は椅子から腰を浮かしてから、また再びおろしたが、視線はむこうの国道に行ったままだった。

「なに？　どうしたんだい？　誰かが……」

「私の見まちがいかな……。まあ、いいわ……」つぶやいて、再び草刈のほうに視線をもどした久美子はまた、さっきと同じ説明調にもどる。「……もう、私のいうことは、あまりないわ。ともかく、今まで話したことを、草刈さん、全部あなたが考えたようにして、課長さんに話してちょうだい。それから、後は警察として帆村建夫……いいえ、正確にいえば偽帆村建夫と光枝を問い詰めて、逮捕することでしょうけど、このほうは、なにもこんなに私が長ながとしゃべったことから、彼等を落して行く必要はないと思う。帆村に立って歩いてくれと要求するだけでも、そうとう彼にショックを与えられるかも」

「ああ、そいつはおもしろい考えだ」

「でも、そんなことより、帆村家の本家の人の誰でもけっこう、ともかく、ほんとうの帆村建夫を知っている人をここに呼び寄せて、彼に会わせれば、話は一発で決まってしまうでしょう。こんな、ある人間に……それも、財産も名もある家の出身の人間に、まったく無関係の男が化け続けるというような陰謀が、いつまでも続くはずがないのよ。むしろ、今までよく続いたという感じね。それでも、彼等がなにをしても……人殺しを重ねても、それにしがみついていようとしたのは、よほど貧乏がこわかったのか、それとも今の幸せがよかったのか、あるいは自分の実行力と智力によほど自信を持っていたのか。ともかく、それはもう、私の考えることではないし、ひょっとしたら、警察だってあまり考えなくてもいいことかも知れない。まあ、裁判所あたりに、オマカセね……」

久美子の声は、なにか急に湿り始めた感じのところがあった。

4

(桜木健造の告白状)

七月十五日の深夜、筆を取っているこの告白状は、あらかじめ書かれた告白状というべき、おかしなものです。

しかも私は、誰に宛てて書くべきなのかわかっていないのです。警察のかたにでしょうか。あるいは事に関わった誰かにでしょうか。あるいは今はまったく私にも予想できない、誰かにでしょうか。

だから、私は〝これを読むあなたへ〟と呼びかけるほかは、ありません。

ともかく今の私は、この告白状を誰が読むのか、まったく想像もできませんし、また実際の所、誰も読まないで、私自身が、これを握り潰す事になって欲しいとも思っているのです。

しかし、私はとてもそういう事にはなるはずはないとも、信じているのです。

こんな事がいつまでも続くはずがないのです。今まで続いて来たのは、まったくの幸運の連続なのです。

いや、そうではありません。今や、私にとっては、不運の連続といっていいでしょう。そして、その不運の連続の積み重ねの結果が、今また私を、新しい計画に……それもこれまでにない、恐ろしく、危険な計画に挑まざるを得なくさせているのです。もはや、私は後にはひけない、どうしようもない立場に追い込まれているのです。

実際の所、私は心の片隅で、これからやろうとしている計画が、これまでのような幸運（私にとっては不運）に恵まれず、音をたてて瓦解《がかい》するのを期待しているような所があります。

そうです、このあらかじめの告白状もそういう気持ちから、すべてが失敗に終わった時の事を、なにか安楽な気持ちで頭に描きながら、書き始めたといってもいい所があります。

その計画に就いては、私は書きません。きっと失敗することでしょうから、その時、自然に事は明らかになると思うからです。

しかし、私がここまでに至った、そもそも出発点については、私の告白以外には明らかにならない事は、ほぼ確かであるようです。また、それによって、なにがしかの同情を……そう、私の求めているものは、けっきょく、誰か知らないあなたの同情なのでしょうから……それを寄せていただけるかと期待して、これを書かせていただきます。

初めに事をはっきりさせるために、書いておきます。

私は帆村建夫ではありません。桜木健造という姓名の男です。そして、宝石に関する犯罪で、身を立てて来たものです。

宝石を手に入れる事なら、詐欺、窃盗、強盗ありとあらゆる手段も惜しまない気持ちで、様々の犯罪をおかして来ました。

どうして、そんなに宝石にこだわるのか、それには理由がないわけでもありませんが、それはここに書く事ではありませんし、第一、その時間もないようです。

ともかく私は宝石に対して、ほとんど異常といっていいほどの情熱的な嗜好《しこう》を持っていたという事に、とどめておきましょう。

しかし、そういう持って生まれた宝石に対する、異常な嗜好は、なにも私ばかりではなかったようです。

その人に迷惑がかかるのは避けたいので、ここに名前をあげる事はしませんが、ある人物は、私以上にそれに対して強烈な嗜好を持ち、また、私以上にそれを手に入れるための犯罪行為に就いても、智能的でした。

その人物を知ってからは、私は大いなる敬服の念から、その人物に従い、以後の多くの仕事は、その人と共同でやるようになりました。いや、共同というよりは、その人物の下で行動したといったほうがいいでしょう。

だが、その人は、そういう才能に恵まれただけに、また、大変な野望家でもあったようです。とうとうこの狭い日本での仕事に満足できず、今から七年前に、海外に行ってしまい、以後、私はその消息を知りません。

やむなく私は単独で、仕事をしなければならなくなったのですが、その人に去られて見ると、いかに自分が智恵でも行動でも、小者であるかを痛感させられる事になりました。

その癖、その人と組んだ仕事のおかげで、目論む計画だけは馬鹿に大きくなり、その二、三は成功しましたが、大失敗をする事も多くなりました。しかし、それらの失敗はごく初期の段階のものだったので、別段、表沙汰にもならずに終わりました。

しかし、問題の東京、芝のグリーン・ホテルの事件で、私の無能力と不注意は、ついに馬脚をあらわしてしまったのです。

あのグリーン・ホテルで毎年おこなわれる宝石内示展は、その出品宝石の粒よりの事で著名なもので、そのために、全国の有名宝石店や宝石商が、あそこに集まります。

大きい仕事ばかりに目をつけるようになっていた私は、でっかくあててやれという気持ちで、そのホテルにただの宿泊客として乗り込みました。

そして、宝石商たちの宿泊した部屋をかたっぱしから調べ、慎重細心な偵察の後、ついにその中の一人が、外出は確実、しかもフロントに貴重品をあずけている形跡もないと確かめたのです。私はただちに行動に移り、そこはすでに習い覚えた錠前破りの腕で、その七階の部屋に、ついに忍び込んだまではよかったのですが、後からわかってみれば、どこをどうまちがったか、私は宝石とはまったく無関係の、帆村建夫という男の部屋に入り込んでしまっていたのです。

もちろんそれがしだいにわかり始めたのは、中に入ってしばらく後、宝石の入ったアタッシュケースどころか、ろくな持物さえないと知った頃からです。

これはおかしい、部屋をまちがったかなと悟り始め、いそいでそこから出ようとした時、入口のドアーのロックがはずれる音がするではありませんか。

私は部屋を横切って、ベランダに飛び出そうとしたのですが、もうその時にはドアーが開く音です。私はすぐ横手の床から立ちあがっている、造りつけのクローゼットのドアーを開けて、その中に飛び込みました。

入って来た人物は、ほんのわずかの間、ベッドのあたりで、なにかしている気配でしたが、それからどこかにすわったようすです。

私はクローゼットのドアーを、一ミリ刻みに慎重に押し、その男の姿が見える所まで開けました。

考えてみれば、このへんがまず最初のささやかな運の良さ……ということは、私にとっては運の悪さの伏線だったと思います。

男は横顔を見せ、机にむかって、なにか書き物をしていましたが、私とほぼ同じ年齢の四十七、八、しかも体格、ようす等も、似ているとはいえないまでも、ひどく違ってはいないという感じだったのです。

ということは、すぐ起こる事件の後でも、客の顔や体つきまでそう詳しくおぼえているはずのない大ホテルの係員たちが、人が変わっても、宿泊者カードの性別が同じで、年齢さえそう食い違わなければ、何の疑いも起こさなかったことになるからです。

いや、実際のところ、事件直後、ホテルの係員たちは、積極的に私を、帆村建夫と誤解し、それがまた私を、ずるずると脱け出れない泥沼の中に引き込んだのです。

私は今男が、クローゼットの中にいる私に横顔を見せていたと書きましたが、ということは、私が男の隙を見て、そこから忍び出て、ドア口から脱走することはほとんど不可能というところにいたという意味でもありました。

私は男が、早く書き物をやめ、バスルームに入るとか、できれば一度部屋から出て行く事を待ち望みました。

だが、十分たっても、十五分たっても、男はいっこうにデスクから離れようとはしません。なにか、馬鹿に熱心に書き物を続けています。

こういう時はあせってはいけない。根気良く待つべきだ。私はいらいらする気持ちを必死に押さえ、ドアーをもとどおりに閉めて隙間をなくし、クローゼットの暗闇にしゃがみ込んで、時期のくるのを待つ事にしました。

所がここで、また私の不注意が不運を招きました。外の気配に聞耳を立てていたつもりなのですが、けっきょくは、私は大切な音を聞き落していたらしいのです。

馬鹿に静かな気配なので、もう一度、外を見てみようと、そっとドアーに隙間を作ってみると、デスクの前から男の姿が消えているのです。そして、ベランダに出るガラス戸が、開けっ放しになっているのです。

私はなおも慎重なゆっくりさで、ドアーを押し開け続け、ついにはそうとうの空きを作って、戸の開けはなたれたままのベランダには、誰もいないのを知りました。といって、部屋の中にも男の姿はありません。

外に出て行ったのかと、私は思いました。だが、デスクの上にきれいに並べられた三つの封筒の横に、部屋のキーらしいものが置いてあるのを、その瞬間、私は目に入れていました。

私はまるで素裸になっているような感覚で、クローゼットの中から、部屋の空気の中に歩み出し、少しデスクのほうに近づき、はっとしました。

三つ並んでいる端のほうの封筒に、かなり大きな字で、『遺書《いしょ》』という字が、書かれてあったのです。

そして、開け放たれたベランダに出る戸、そこにない人影……と、この三つが揃えば、私が自殺を連想するのは当然でしょう。

私はほとんど前後の事を忘れて、ベランダに飛び出した所があります。そして、胸の高さくらいはある、かなり高い化粧タイル貼りのコンクリートの手すりから、下を覗き込みました。

はるか遠く下の地面に、判読不能の小さい象形文字を作るようにして、手足を奇妙な形に伸ばした人の姿がありました。そして、すでに、もう五つ、六つの人の頭の黒い点が、その姿を取り囲んでいました。その中の一つは、ふっと上を見上げたように、顔の色をこちらにむかって閃《ひらめ》かせました。

どうやら男が飛び降りてから、もう一、二分の時間が経過していたようです。

しかし、私はその時には、そんな事を考える余裕はありません。慌ててベランダから部屋の中に駆けもどりました。

それから後の一連の出来事は、私の愚《おろ》かな行動を含めて、恐ろしい程タイミングよく、私を悲劇的運命に向かって駆り立てたのです。

私はデスクの横を駆け抜けようとして、はっともう一度、その上の封筒に目を留めました。『遺書』と書かれたほかの二つの封筒は、はち切れんばかりに脹《ふく》らんでいたのです。ちょっと足を止めて、それを見ただけで、中に札束が入っているのが、わかりました。

二つの封筒を合わせると……後から数えてみて、すぐわかったのですが、三百万円ありました。そして、これも後から遺書を読んでわかったのですが、自分は肺癌の末期症状で、もう半年ももたないと診断された、それで自殺する。金は名古屋にいる、自分がひそかに憧れの愛を抱いていた恋人に渡して欲しいと、ずいぶんセンチメンタルな文章で書かれ、最後にその名と住所も記されていたのです。

だが、私はいやしい泥棒根性の男です。

ともかく、行きがけの駄賃にその金をちょうだいしよう、そのためにはすべての痕跡をくらまそうと、封筒全部を、ポケットに入れました。

そして、真直《まっす》ぐにドアーにむかって突進し、ドアーを開けた瞬間、すぐ目の前に、ホテルのフロントマンとおぼしき服装の男が二人、それからボーイの姿が一人、マスターキーを持って、こちらに入ろうとしていました。

「ああ、帆村さん、じゃあ、ご無事で!? しかし、すると、一体、なにがあったのですか!? 人が落ちたのは、確かにこの部屋からだという目撃があって……」

今思えば、私はあの時、そのまま、一散に皆を振り切って、逃亡すればよかったのだと思います。

だが、私はその瞬間に働いた気転に、いささか自己陶酔したような所があります。また、おれはベテランのその道の者だという、妙にプライドめいたものが動いた感じもありました。

ともかく私は、ここの泊まり客らしい、帆村という姓で呼ばれた以上、そういうふりをしていれば、ともかく、しばらくは安心だと、とっさに判断したのです。

私は帆村建夫を装って、落着いた態度で答えました。

「部屋に入ってみると、泥棒らしい男が入っていて、咎《とが》めると、いきなりベランダにむかって駆け出したのです。どうやら、ベランダ伝いに別の部屋に逃げようとしたのか……」

「それでですか。なにか目撃者によると、男の姿は自分から、手摺《てすり》に這《は》い上がったようにも見えたと……。それはとんだ事で。しかし、こうなると、これはご迷惑でも、警察に届けなければ……」

どやどやと部屋の中に入って来た人たちといっしょに、私も部屋にもどったのですが、少しでもうまいタイミングがあったら、怪しまれない足取りで部屋から脱け出て、後は一散に逃走しようとする心構えでした。

だが、その時、電話が鳴って、それを取り上げたホテルの係員に、「帆村さん、フロントから、ちょっと出ていただきたいといっています」といわれる、次にまた新しく入って来た、ホテルのマネージャーとも思われる人物に「帆村さん……」と呼びかけられるというように、ますます私は帆村建夫として、ふるまわなければいけない立場に追い込まれて行ったのです。

そして、それからまたすぐに、あの悪魔がとうとう姿を現わしたのです。そして、私はその時から、今までの五年間を、その悪魔に操られ、脅迫され続けなければならなくなったのです。

悪魔の名は、萩原幸治といいます。

そうです、今、私の所の専属探偵というような事になっている男です。彼はその時、そのホテルで開催される宝石内示展の、ベテランのガードマン兼探偵として、ある大手の警備探偵会社から派遣されて来ているという存在だったのです。

実際の所、私は彼があの騒ぎの時のいつ部屋の中に入って来たか、良く知りません。ともかく、しばらく前から部屋に入って来て、ひどく私を怪しむような、妙に鋭い目付きで見ているなと私が気づき、不安な気持ちになり始めた時、彼は何気ないようすで私に近づき、耳元で囁《ささや》いたのです。

「あんたは帆村じゃあない。だが、そのままでいろ。いい話があるんだ」

警察官の姿が現われたのは、その直後でした。そして、事情聴取が始まる。現場検証に立ち会うというぐあいで、もう私はその場からすぐには、逃げられないような立場に追い込まれていました。

しかもあの悪魔の萩原はどこで、どう監視しているのか、ちょっとした隙を見つけたように、二度ほど、私のそばに寄って来て、視線をあらぬ方向にそらしながらいうのです。

「逃げられない事はわかってるんだ。それに、このままでいれば、いい話がある」

後からわかった事ですが、萩原は警備会社の宝石関係専門のガードマンとして、かなりの数の宝石犯の人間たちの顔や容姿を、写真や人相書き等で知っていて、その中に私のものもあったので、一目見た時から、ピンと来たのだそうです。

そして、私が帆村建夫を名乗っていると知った時、彼は何が起こったのかの大よそを理解すると同時に、すぐさま連想したのは建夫のおやじの帆村亮一だったそうです。彼は帆村亮一が目下重病で入院中、そう先も長くないという情報も知っていました。

途端に、悪魔的陰謀家の彼は、もうとんでもない計画を、描き始めたというのです。

そうです、そのとんでもない計画とは、そのまま私が帆村建夫になり続け、亮一が死んだ時には、帆村家の遺産分与にうまくありつけないかという事だったのです。

警察のひととおりの調べが終わって、ホテルのティー・サロンで、萩原からその計画を聞かされた時、私はそんな大それた事は、とても不可能だといいました。そして、実は……と、帆村建夫の自殺当時の事を話して、ちょうだいした金の半分の百五十万円をやるから、これですべてはない事にしようと持ちかけました。だが、彼はそんなものは、全部お前にくれてやる、それよりもおれの計画に乗れ、さもないと、今日の事件の真相を、洗いざらいぶちまけると、私を脅迫するのです。

私は承諾せざるを得なくなりました。というと、ひどく自分を正当化しているので、実際の所、やはり萩原の提案した陰謀に、私もまた、大きな誘惑を感じていた事も確かなのです。

というのも、もし、まったくその陰謀に乗る気がなければ、私はさっさとその後、その場から雲隠れすれば良かったからです。

警察のひととおりの捜査の終わった後は、私はまったく自由の身。そして萩原はまったくの一匹狼ですから、私の身辺にそう絶えず、監視の目を注いでいるわけにはいかなかったはずなのです。逃げようと思えば、いつでも逃げられたのです。

今にして思えば、それが私にとって、悲劇的運命をたどるコースからの、最後の脱出の機会だったように思われます。

だが、私は萩原の指示どおり、帆村建夫の名でそのままホテルにとどまり、それから場所を別のホテルに移して、よりいっそう帆村建夫である事を強調する行動に出るという、陰謀の根回しにとりかかったのです。

それより以後の事は、もしこれから実行しようとする計画が、失敗に帰した時は、警察の調査などでも自ずから明るみに出る事なので、述べません。

ともかく、萩原の陰謀は、彼の驚くべき悪魔的智能と行動、それからまた驚くべき幸運との絡み合い、そして付け加えるならば、私の必死の努力で、うまうまと成功し、さすがに帆村財閥だけあって、手切れ金のはした金というだけでも、私にとっては目がくらむような大金を、手にすることができたのです。

実際の所、私には犯罪者的素質は、あまりないのではないかと……いささか手前味噌の自己弁護を述べておきます。

ただ、宝石に対する異常な嗜好を満足させるためには、どうしても大金が必要で、それがないために、私はそれまではやむなく犯罪という手段を使用しなければならなかったのです。だが、金が入れば、もはやそれは必要なく、もともと宝石に対して長年積み重ねた経験知識を生かして、以後は、私は利に利を産むという形で、仕事を発展させて来ました。

だが、当然、萩原はべったりと私に貼りついて、その利益をたっぷりと吸収し続けましたし、実際の所、彼の智恵や行動もそれには大いに力があったことを、認めなければならないでしょう。

だが、私は帆村建夫になってから、帆村建夫であることを、この五年間、絶えず怯《おび》えに怯え続けて来たのです。

本物の帆村建夫を知っている、帆村家の親族、知人、関係者の誰と、いつ、どこで、遭遇するかわからないのです。

しかし、帆村家関係のほうは、まだ良かったのです。萩原が詳細に調べて、危険人物を洗い出していてくれたからです。

だが、問題は帆村建夫個人の知人関係でした。特に六年間におよぶ彼の放浪時代は、まったくわかっていません。

そして、それ以前のこれは十五年近くにもおよぶ、本家からの義絶時代もまた、曖昧なものです。

いつ、このびっくり箱の中から……それもとんでもない奥のほうか片隅から、どんな人間が飛び出て来るかわからない……私は、好きな宝石鑑定や研究をしている時でも、また食事をしている時でも、ともかく日常座臥のどんな時でも、ふと思い出すと、もう恐怖と不安に、思わず叫び出し、その場から走り出したい衝動に駆られるという生活を、続けて来ました。

そして、今、その恐れが実際にやって来ました。しかし、それはまだ決定的というものではありません。うまくやれば、破局を未然に防げるというのですが……そのためには、まだ犯したことのない、よりいっそうの罪を犯さなければならなくなるのです。

しかも、そうしてその計画が成功したとしても、それで、びっくり箱から飛び出る人間を、全部始末したとは、とうてい思われないのです。

この計画の中の対象になっているのは、本物の帆村建夫の死亡前、たった三年間の日記に書かれている人間の事にすぎないからです。

私はそうまでして、帆村建夫でなければいけないのに、もうくたびれた気持ちです。

しかし、もう事は私だけが、帆村建夫でいる事をやめれば、それで話がすむというものではなくなってしまったようです。

やはり私は鬼となって、計画を実行します。

だが、この鬼は、計画が成功する事を念じると同時に、また、失敗する事も念じるような気持ちでいるのです。

桜木健造

七月十五日

追記

これは八月五日、走り書きで、付け加えます。

計画はその終わりにいたって、音をたてて崩壊し始めたようです。

どこかで、私はほっとした気持ちです。

私は帆村建夫である事を、一切やめ、光枝とともに、海外に逃亡して、姿を隠すつもりです。

この告白状は、事務長の江森に渡し、二日後に警察の事件担当刑事さんに渡すように頼みました。

うまく逃げ切れるかどうかも、今は運命にまかせる気持ちです。

「桜木健造たちは、ともかく、無事に成田から出国はしたらしい。後の消息については、まだつかめていないが、そう逃げきれるものじゃないと思うね……」

告白状のコピーから、目をあげた久美子に、草刈警部補はいった。

葉山港の東突端、一望に海を見下ろす、レストラン、ラ・マーレ・ド・チャヤの二階。フランス茶屋、その斜め前の日本料理店の老舗《しにせ》、日陰茶屋とトリオを作っている。

西の海に、いささかできすぎの光景で、夕日が沈み始めて、テーブルの白いクロースを、ほのかに赤く染めている。

久美子は小さく溜息をついた。

「けっきょく、桜木健造という人は気の弱い人だったらしいわね」

「ああ、事務長の江森氏のいったことは、ほんとうだったらしい」

「それを必死にがんばってきた。だから、実際のところ、今度の連続殺人の計画も、彼が立案したものではなかったと、私は思っている。それはこの告白状の終わりの部分の行間にも読み取れる。なにか、他の人間が作った計画に引っ張られているという感じよ」

「ああ、僕もそう思う。第一、その計画の中には、犠牲者として萩原が第一番にあがっていた以上、今度は彼の悪魔の智恵が入っているはずもない。計画者は光枝。どうやら、それにまちがいなさそうだ。彼女は形の上では共犯者だが、実際のところ、主犯といってもいいのかも知れない。すべての計画を立て、犠牲者たちに接触し、罠の中に集め、殺人の時の状況を作り、けっきょくおやじさんはただ、コロシを実行したというだけの感じだ」

「実際のところ、光枝は父の手元に呼ばれてからは、萩原とは別の立場から父を操り始め、彼に帆村建夫としての生活を続けることを強制した。そういう気がするわね。彼女、いつも着物に身を包んで、しっとりと日本ふうだったけど、また同時に日本の女独特の、生活に対しての貪欲さと功利主義を、強靭《きょうじん》に持っていたみたい」

「思い出す。彼女、妹も父も、この今の幸せがまったくわかっていないのといったことがあるのを。あれだけは本音だったかも知れない。だから、どんな手段であるにせよ、彼女はこの葉山の宝石館での、恵まれた生活を続けるために、父に帆村建夫でいてもらわねばならなかった」

「光枝たちは養家先で、とても貧乏していたという話だったものね。その時、もう彼女は確か二十くらいになっていたはずだから、そういう苦労はこりごりだったというのかも。でも、桜木健造という人は、子供思いなのね、告白状の中では、娘がそういう存在だったとは、いっさい書いてないもの。それどころか、むしろ娘のことを出すのは、極力避けている感じ」

「そうだ、それで思い出した。君に聞いた絵解きを、また課長に話した時だ。話しながら、どうもまだ、一、二、説明がついていないという、いやな気持ちに、だんだんなってきたことがあるんだ……」

「わかってる。例えば、第二の館山医師の殺人の時に、池のそばにしゃがみこんで、どうやら砂をならして足跡でも消していた人がいたという、ヨシちゃんの目撃なんかでしょ?」

「そうだ。ひょっとしたら、あれは……」

少し声を落とした草刈の後を、久美子は続けた。

「妹の伊津子じゃないかと思うわ。はっきりした証拠があるわけじゃないけど。あの時、ちょうど、タロット・カードを取りに一階の自分の部屋におりて来ていたのでしょ。好奇心の強い彼女はピストルの音を聞いて、さっそく、外に飛び出して、池のそばまで駆けつけた。後はヨシちゃんの話が、それを物語っているみたい。彼女が駆けつける間に、ピストルを空に向かって撃って逃げ出した人間の姿かなにかを、ちらっと見たか、少なくともその気配を感じたかも知れない。池のそばに立って後ろを見たりして、ちょっときょろきょろしていたというんでしょ。そして、その後、彼女は池の岸の砂の上の足跡を見て、ひょっとしたら、今のはお父さんじゃないかと気がついた」

「それはちょっとへんだぞ、あそこの砂上の状態では、鑑識でも、はいている靴の状態は、特定できないくらいだったのだ……」

「ところが、お父さんは足をひきずっていたのよ。だから、特別の痕跡ができたんじゃないかと思うの。それで、慌てて、彼女はともかく、岸に残っている足跡を全部消してしまった」

「ああ、そうか！　足をひきずってか！」突然、草刈は声を大きくした。「……おい、しかし、それじゃあ、伊津子は、父親がそういう足だと知っていた事になるじゃないか!?　ということは、彼女は父親がガーデナーに化けていることも知っていた……つまりは、彼女もそうおうの共犯者ということか!?」

　だが、久美子は平坦な声だった。

「いいえ、それはある部分で、否定できる。だったら、彼女、お姉さんが、別館一号の南波義人に食事を運んでいたというような、お父さんが危なくなるようなことを、みんなの前でばらすはずがないわ」

「じゃあ、いったい、どうなっているんだ!?　僕にはわからなくなった」

「私は幸いにして、その事情を説明する、運のいい場面を目撃しているの。第一の殺人事件のあった三日後のこと。宝石館の敷地に、私、もう、あの時は警官の見張りもとけたのを幸い、ちょっと入り込んだの」

「今さらのようだけど、ずいぶん、ご活躍だったんだな」

「そうしたら、私、ちょうど、同じようにして、中に入っていたヨシちゃんたちが、ガーデナーのおじさんにつかまって、叱られているのに出あわしたの。その時よ、あの伊津子さんが二階の窓から顔を出して、ガーデナーに、ああ、あなたに会うのは初めてねといってから、この子たちには、自由にここに遊んでいいと許してあるのといったんだけど、そナーのほうは、まるでそんな声は入らないようにして、足をひきずりながら、どんどんむこうに行ってしまったの。伊津子さんのほうは、どうやら下におりて、ガーデナーをつかまえようとしたのじゃないかな。慌てたようすで、窓から姿を消してしまったの。その時は、私、へんな感じと思ったけど、それ以上のことは追究しなかったんだけど、草刈さん、このエピソードをどう思う？」

「そのガーデナーは、いくら顔を隠していたとはいえ、自分のおやじさんなんだからな。彼女はへんに思うか……。そうか！　そして彼女のことなら、それだけであきらめるはずがない。けっきょくは彼をどこかでつかまえたろうし、そうなれば……」

「そうとうのことを、きかされたにちがいないわ。でも、おそらく全部が全部ということじゃないわね。かなり巧みにごまかされた所もあると思うの。お父さんも光枝も、伊津子さんまでを巻き込みたくなかったでしょうし、第一、ああいう性格では、全部のことを打ち明けるのはとても危険だもの。そして、彼女のほうも、そのことをどんなふうに認識したかわからないけど、自分のお父さんや、お姉さんのやっていることですもの、協力とはいわないまでも、かばわざるをえなかったと思うの。だから、軽い共犯者……事後共犯者っていう言葉も、あるんじゃなかった……そういうものかも知れないわ」

「ともかく、彼女はその君が目撃したシーン以後は、そういうものにならざるをえなかったというわけか」

「彼女、みんなには、姉が別館二号のほうに、ひそかに食事を持って行っていることを、あけすけにばらしたのに、それ以後の、あなたたちの事情聴取にあった時には、まるで、それはいわなかったんでしょ？」

「ああ、ぼくたちがそれを聞いたのは、ほかの人間の口からだった」

「それから、この告白状の後から書かれた、追記にしても、お父さんやおねえさんがもう状況は絶望的と見通して、逃亡したのにしても、少しタイミングが早すぎたという感じはしない？　確かに磯脇晴秀の死体始末については、大失敗をしたかも知れないわ。でも、話はまだそれだけのことで、彼等が知っていたのは、警察はまだ池内平一犯人説の線を出している、というところじゃなかったかしら？」

「ああ、確かにそうだ。それもまた、僕のすっきりしない一つだ。いやに彼等はすばやかった。まるで、君の推理を聞いていたように……」

「そう、私の推理を聞いていた。ひょっとしたら、ほんとにそうかも知れないのよ。きのう京急フード・サービスでそれを話していて、話が終わりにさしかかった頃、私、一度、ちょっと声をあげて、国道のほうを見たでしょ」

「ああ、そういえば、確かに」

「実はあの時、店の階段を国道に向かっておりて行く、ジーンズのショート・パンツの女の子の後ろ姿が、ひょっと、伊津子さんに見えないこともなかったの」

「ほんとかい？」

「きのうはとても、あの店、混んでいて、私たちのまわりのテーブルにも、いっぱいの人がいたわ。私が葉山マリーナでやったみたいに、すぐ近くのテーブルに後ろむけにすわって、私たちの話を聞くのも簡単なことだったろうと思うの」

「そうか。そういうことだったのか。そこで、彼女はすぐ家に帰って、父親や姉に話す……」

「でもね、彼女は今もいったように、軽い事後共犯者。もうほんとうの主犯も共犯者もわかったことだし、話はこれでおしまい。そういうことにしましょうよ。彼女、たった一人取り残されたという、かわいそうな身の上なんだし」

「ああ、しかし、その点は、あるいはあまり心配しなくてもいいかも知れない。彼女の婚約者だという角山潤。大金持ちのお坊っちゃんだというが、けっこうしっかりした、しかも、なかなか理解のある、心の広い男のようだし。まあ、伊津子が共犯者で、父親の足跡を消したりしたり、その他いろいろかばいだてをしたといっても、具体的証拠は今のところ、なにも出てきてこない以上、警察も、もう、これ以上のことは、なにも問いたくないね」

エピローグ

（鶴山芳樹少年の日記）

八月十日（水）　晴

朝、ごはんを食べてから、へやにかえって、久美子先生とべんきょうをしました。それから、きょうは一人でこんちゅうさいしゅうをしに行こうと、ほちゅうあみを持って外に出ました。

そうして、宝石館の前を通ろうとしたら、伊津子さんが出てきました。用があるといわれたので、もう一度、坂をのぼって、あのがけの所に行きました。

そうしたら、伊津子さんがきらきらきれいに光る、鉄で作ったみたいなケースを出しました。ちょっと見ただけで、それはちゅうしゃきの入っているものだとわかりました。

デパートでいつも見て知っているのですが、よびの針が二本入っていて、それからちゅうしゃをするくすりもいっしょになっている、一番高いものです。

伊津子さんはそれをぼくにわたしてから、いいました。

「私はあしたからおうちを出て、しばらくはホテルですむことになったの。これで、芳樹君とはおわかれかも知れないけど、げんきでね」

ぼくはきっとそれはじけんのことで、伊津子さんのおとうさんやおねえさんが、はんにんになったためだと思いました。

でも、そのじけんのくわしいことは、とてもゴチャゴチャしていて、あのあやしいと思ったイソワキという人まで、殺されてしまって、ぼくのような小学生には、もうよくわからなくなってしまいました。

でも、おねえさんやおとうさんがはんにんだったから、そういうことになったのですかと、ぼくはとても伊津子さんにきけませんでした。それで、すぐわかったようなふりをして
「うん」

といいました。

伊津子さんはそれで、もうどんどん坂の道をおりて行ってしまいました。

ぼくはなんだかかなしくなって、セイちゃんが昼からは海水よくに行こうよというのも、やめてしまいました。

ぼくはぼんやりして、へやのゆかにはらばいになってマンガを見ていました。すると、

はるさんがぼくのへやに来て
「そうじをしても、いいですか」

とききました。

あまりしてもらいたくないきもちでしたが、めんどくさいので、ぼくはいいよといいました。

そうしたら、そうじをしているうちに、はるさんがぼくがつくえの上におきわすれていた、タマムシのネクタイピンを見つけました。

そして
「まあ、きれいな虫。ネクタイピンかしら」

といって、手に取ってひっくりかえしてから、うらにほってある字を見ていいました。

「アイ、エッチとえいごで書いてあるわね」

ぼくはじゅんばんがちがうと思って
「エッチ、アイじゃない」

とききかえしました。

はるさんはちょっとの間、それをじっと見ていましたが、それからタマムシの頭のむきをくるりと、はんたいのほうにかえるといいました。

「ああ、ほんとうだ。さかさまにすると、エッチ、アイともちゃんと読めるんだ」

といいました。

ぼくはびっくりして立ちあがって、はるさんの手からそのタマムシをとりました。

ぼくはそこにＨＩとほられてあるのを、はじめに見ました。でもそれをひっくりかえしてみたら、ＩＨと字のじゅんばんだけがちがって、字のひとつひとつはさかさまにしても、すこしもかわらないとわかりました。

ぼくははっと思い出したことがありました。

それで
「ねえ、ＩＨというのは、たとえば帆村伊津子というような名の時、使う？」

とききました。

はるさんは
「イニシアルのことをいっているのね」

といって
「ええ、そうですよ」

と答えました。

でもはるさんは、久美子先生のようなサイジョのたんていではないので、ぼくのきいたことをちっともふしぎに思わないようでした。

ぼくは、はるさんが出ていくと、いそいでつくえのひきだしをあけて、おくのほうにうらむきにしてあるしゃしんを出して、おもてむきにしました。

それはこの前の夜、おくじょうで伊津子さんをとったものでした。

ぼくはあのおつかいの時、スーパーで写真をもらってから、その中をほんとうは見てしまったのです。そして、その中の伊津子さんのしゃしんを一枚、そっとぬすむというわるいことをしたことを、ざんげします。

そのしゃしんを見ると、伊津子さんはあの日、男の人のふくをするという、おしゃれをしていることがわかりました。ズボンもうわぎも男の人で、ネクタイまで、ちゃんとしめていたのです。

とても、すっきりした男の人みたいだったので、ぼくはどうしてもそれがほしくなって、わるいことをしてしまったのです。

ぼくはそれで、あの日の夜、なんだかおくじょうに一ども伊津子さんが、見つからないようだったのは、なぜかが、わかったような気がしました。伊津子さんは男の姿だったので、ぼくはほかの人だと思っていたのです。

ぼくは出したそのしゃしんを、もう一ど、じっと、よく見ました。そうしたら、今まで気づかなかったことが、すぐにわかりました。

やっぱり伊津子さんはネクタイをしていたので、今ぼくが持っているタマムシのネクタイピンを、はめていたのです。

どうして、そんなものが池の岸にあったかわかりません。でも、タマムシのネクタイピンは、伊津子さんのものにまちがいありません。

ぼくはひきだしの中から、ちゅうしゃきのケースを出しました。

そして、しゃしん、タマムシのネクタイピン、ちゅうしゃきの三つを並べて、これは伊津子さんの思いでに、これからずっと、たいせつにしまっておきますと、心にちかいました。

後がき

思い出がある。

幼児の頃から二十代まで、僕はほとんど毎夏を、母方の実家の別荘ですごしていた。名古屋郊外、知多《ちた》半島にある、新舞子《しんまいこ》という海水浴場である。

まだ小学校時代も低学年のある夏、別荘に来て驚かされた。
三、四十メートル離れた松林の中に、一つの楼閣《ろうかく》がこつぜんとして、出現していたのである。
屋根の上の両端には、ご当地の名古屋城にならって、シャチホコが向き合い、二階には回廊がとりまわされて、そのむこうには大きなガラス戸……と、それはもう、みごとな成金趣味が横溢《おういつ》した建物だった。

その二階からは、ほとんど休みなくレコードの流行歌が流れ、それにまじって、人間たちの呼び声、叫び声、そして歌う声なども聞こえた。

回廊には、今まで見たこともない、なんだか薄くて、白い服をした（けっきょくそれはシュミーズというものであったが）ずいぶん裸《はだか》に近い女の人が、よく見ていると、一人ではなく、二人も三人もうろうろしたり、時には若い男の人も出て来たりした。

そこは、こちらの僕たちの別荘とは違った、なにか特別の世界……それも楽しげに、どこか悪い大人の匂いのする世界があると、僕は子供なりに、魅せられてしまったところがある。

だから、暇《ひま》さえあれば窓から、その楼閣のようすを眺めていたものだ。

とうとう僕はそこで執拗《しつよう》に繰り返される……しかし、実はおぼろにしか聞こえないレコードの歌詞さえも、最後には、全部聞きとって、おぼえてしまっていた。

〽雨の日も、風の日も

泣いて暮らす

わたしゃ　涙の渡り鳥……

楼閣はなんでも、株というものであてた相場師が、建てたものと、大人たちはいっていた。

夏がくたびれて、もうぼつぼつ海をひきあげねばならない頃が来た時、私は庭の裏手で、生垣の向う越しに声をかけられた。

そこには、あの楼閣にちらつく何人かの女性の中でも、みごとにチョコレート色に陽焼けした、もっとも若く、もっとも動作も活発で、だからもっとも僕が注目していた人が立っていた。

女の人は、イチジクを一つくれないかといった。

僕の頭の上には、イチジクの葉が繁りをひろげ、もうずいぶんの実が、ひびわれして、中身の色を出していたのである。

女の人はずいぶん強引というか、勝手がいいというか、そんなふうだったようだ。

そこの大きい、よく熟したのをとってくれと注文をつけ、僕はイチジクの木の幹に抱きつき、少しのぼった所から枝に手を伸ばして、目的の実をたぐりよせた記憶があるからだ。

しかも、彼女はそれを受け取ると、なんだかろくに礼もいわず、指先で皮をむきながら、もうどんどん砂の丘の上を、むこうに行ってしまった。

だが僕は、そうして、前から関心を持っていた人に奉仕をしたことで、また、ささやかな贈物をしたことで、かなり得意な気持ちになっていたことは確かである。

そして、おそらくその夏、彼女を見たのはそれが最後くらいになったのかも知れない。

しかも、翌年の夏、シャチのある楼閣では、まったく同じことがくりかえされたのに、なぜか、あのチョコレートの女の人だけは、欠けていた。

そして、僕はしだいに子供ながらも、その楼閣の騒ぎに、この暑いのに、よくあきもせずと思い、くりかえされるレコードの歌や、時どきあがる人の声に、しだいに喧騒《けんそう》を感じるようになった。あるいはそれは、あのチョコレートの女性がいなくなったための失望か、腹立ちが作用していたのかも知れない。

そして、その喧騒の夏は、何度くりかえされたか……。ともかく、そうたいした数でなかったことは確かだ。

ある年の夏から、その楼閣はばったりと沈黙し、以後は、くる年も、くる年も、もういっさい人の気配を感じさせない、大きな空家になってしまった。

大人たちは、投機に失敗して、あの家の主は今は乞食、などといっていた。

小説を読んでから、後がきにかかる几帳面な読者の方には、この作品がその頃の思い出を、一つの大きな動因《モティーフ》にしていることが、もうおわかりだろう。

だが、さて、それを推理小説の中にどう、とりこもうかということになると、これはなかなかまた、やっかいな話で、実をいうと、もうぼんやりと考え続けることは、七、八年におよんでいるのかも知れない。

そのわずかの挿話《そうわ》から、いろいろと話を発展させたり、その中からちょっとしたトリックを思いついたり、ほかにもあったいくつかのアイデアやトリックをそこに導入したり……。ともかく、ようやく完成した。

シャチのある楼閣については、後日談がある。

十年ばかり前だ。たまたま僕はその元の別荘のあたりに行ってみた。

昔のサマーリゾート地も、今は名古屋の郊外住居地区として様変わりし、海水浴場の影は薄れ、ふんだんにあった松の木もほとんどなくなっていた。

だが驚いたことに、屋根のシャチのある楼閣は、その中に挟まって、まだあったのである！

話を聞いたら、今はシャチという言葉をブランド名の一部に入れている、かなりの人がその名を知る、ある一連の品物のメーカーの社長さんの所有だとか……。

なるほどと、納得した。

一九八八年一二月

解説

今村昌弘

葉山宝石館の惨劇。

タイトルを見ただけで、多くのミステリーファンはある種の期待と覚悟を胸に本書のページを開いたことだろう。建物や地名と、殺人、惨劇など事件を彷彿《ほうふつ》とさせる単語の組み合わせのタイトルは、ミステリーというジャンルの中でもより謎解きに特化した魅力を持つ、いわゆる本格ミステリーと呼ばれる作品が冠することが多いと言っていいだろう。作家が読者へのメッセージとしてそのようなタイトルを付ける一方、読者はそれを了解し、あるいは参考にして本を手に取る。もちろんその相互理解を逆手にとり、読者の予想しない展開やオチを突きつけようと試みる作家もいる。しかし予想だけでなく期待をも裏切ってしまう危険をはらんでいることもあり、私程度の力量ではそのような冒険はできそうにない。

と、まずタイトルに関して述べさせてもらったが、すでに本書を読了した読者は、これがタイトルに恥じない見事なミステリーであるとお分かりだと思う。ここからは具体的な内容に触れながら魅力を紹介しようと思うので、本書を未読の方はご注意願いたい。

物語はまず、夏休みに祖母の家にやってきた鶴山芳樹少年の日記から始まる。地元の友人と過ごす夏休みの情景、近くに建つ葉山宝石館と、自室の窓から眺めるそこでの大人たちの催し、といかにもジュブナイル作品らしい滑り出し。やがて宝石館で第一の事件が起きると、楚々《そそ》とした家庭教師の久美子先生までもが事件への興味を見せ始める。

この事件の捜査を担当するのは黒川警部、草刈警部補のバディ。二人は登場早々、被害者の職業について、「日本じゃあ、私立探偵なんて……」と探偵の存在を腐し、現場の密室状況については「調べが進み、あらわれるものがあらわれれば、だらしなく崩れて、簡単な現実っていうやつが判明するものだ」と、いかにも噛ませ犬といった風な発言を繰り返す。ミステリーを読み慣れたファンからすれば、彼らが事件の不可解さに頭を抱える横で、久美子先生や鶴山少年が活躍するのだろう、と予想するのが普通だ。

ところが面白いのは、この二人の刑事がなかなか頑張るのである。状況を冷静に整理し、密室に意識を囚《とら》われすぎないよう気をつけながら、「まあ、虚心坦懐《きょしんたんかい》にいこう。あまり予見を持たず、捜査を進めていく」とミステリー的な思考を放棄することなく、どっしり構える。これには地の文も「両者ともそれなりに冴えていて、けっこういいコンビの感じ」と自画自賛しており、応援したくなる。我々作家はミステリー愛ゆえに、特に探偵が主人公となる物語において警察組織を迂闊《うかつ》な存在として扱い、活躍の場を奪いがちだ。警察だって捜査のプロなのだから、ちゃんと仕事をさせて罰は当たるまい。

ともかく、第一の事件ではなぜか宝石ではなく三つの凶器が盗まれ、遺体の両脚だけがロープで縛られた上、謎の藁《わら》ざいくが残されるといった、本格ミステリー的な趣向が多く登場する。動機も宝石狙いではなく帆村の美人姉妹を中心にした男たちの葛藤《かっとう》だと睨《にら》んだ二人の刑事は、立て続けに起きる第二、第三の事件にも実直に、そして傍目に見ても真っ当な捜査を進めていく。ちなみにこの間、二人の素人探偵たちはというと、自室から宝石館を観察したり、警察の捜査を盗み聞きしたりして情報を集めているものの、事件の真相に肉薄する様子はちっとも感じられないのである。頑張れ、警察！

ところで、第一の事件に引き続き、第二、第三の事件も密室の状況で起こる。この密室というのはミステリー作家にとって諸刃《もろは》の剣である。上手くはまれば高い評価を得られる一方、人気の高い要素であるがゆえに研究が尽くされており、新たなパターンを作り出すのは至難の業だ。かといってトリックをこねくり回しすぎても現実的な視点から読者の不評を買うし、仕掛けを見抜かれたくないばかりに、重要な情報を必要以上に伏せてしまうと、アンフェアな印象を与えてしまう。

それらの問題を避ける一つの方法として、作家は既存の密室ネタを「見せ方」を変えることで楽しめるように工夫を凝らすのだが、これがなかなか難しい。しかも一つの作品に三つもの密室を出そうものなら、越えるべきハードルはさらに高くなる。この作品はその工夫が大変に巧みである。

具体的に述べると、作中では第四の事件として容疑者の筆頭とみられた池内が転落死し、黒川と草刈の両刑事はこれを犯人の自死として、これまでの密室トリックや現場に謎の羹ざいく、被害者たちの両脚が縛られた理由などに説明をつけていく。ここで説明されるトリックは、後に久美子先生から「密室それ自体は、あなたたちも認めるとおり、そう冴えたものではなかった」と評されるように、すでに多くの作品で手垢《てあか》のついたものだ。これだけでは、新規性を求める読者は「なあんだ」と拍子抜けしたかもしれない。しかし久美子先生は、密室や他の謎が〝解ける〟ものだったのは、警察を謎解きの魅力に引き込むことで意図通りに動かそうとした、真犯人の思惑のうちであると喝破《かっぱ》する。冴えないトリックにそうでなければならない理由を与えることで、物語に新たな展開を添え、警察と素人探偵のどちらにも見せ場が用意されたのである。

ちなみに、残念ながら真犯人の思うように動かされてしまった刑事たちであるが、決して素人探偵に劣っているわけではないと弁護したい。だって久美子先生、連続殺人がひとしきり終わってから「犯人はともかく、今のところはかたづける者はかたづけた」と言って、事件がひと段落したことを告げるのだ。そりゃないよ。後からなら何とだって言える。後医は名医というやつではないか。

ともかく、本作において密室トリックはそれ単体の価値にとどまらず、警察の捜査にテンポを与え、トリックの解釈が変わる時、犯人やその動機といった事件の様相そのものがガラリと一変するように配置されており、見事というほかない。

また、本格ミステリーにおいて、トリックとともに屋台骨として作品を支えるのが、犯人特定のロジックである。明快にして反論を許さず、読者を唸《うな》らせるものにしたい。そのロジックが、作品の色を反映していればなおいい。ところがそんな理想のロジックはなかなか思いつくものではなく、臍《ほぞ》を噛む思いで基本的な消去法や犯人の失言といった手法を採用する作家は多いだろう。この点でもまた、本作は卓越《たくえつ》した技法を見せてくれた。物語の初期からところどころで存在が触れられる、宝石館の主であり光枝、伊津子の父親の帆村建夫。彼は当初海外にいるといって電話のやりとりのみで登場するのだが、人々の口から彼の過去についての情報が語られ、帰国した後もなかなか捜査に顔を見せずにいる態度から、読者もきな臭さを感じるはずだ。その、「なんだか怪しい」と思考を誘導する情報こそ、本作最大の肝と言っていい。これは建夫と呼ばれる男の秘密というだけでなく、被害者の共通項、ひいては事件の動機をも示しているのだ。その真相に気づいた時、ここまでさほど重要な効果を生んでいるとは思えなかった鶴山少年の視点にも、建夫の変装に関する大きな手がかりが隠されていたことが明らかになる。たった一つの真相により、物語を構成する多くの要素に必然性があったことが浮き彫りにされるのだ。これは非常にスマートで、作家として憧れるばかりである。

トリックとロジック、そして物語の構成の意味。それらが有機的に組み合わさることで、ページをめくる手が止まらない魅力を持つ、面白いミステリーができる。つい謎の不可解性で読者を殴りつけることに注力しがちになる私のような作家に、この作品は大切なことを語ってくれた。この復刊の機に、一人でも多くの人にこの作品が読まれることを願ってやまない。

二〇二三年六月

本作は1989年3月刊の大陸書房版を底本といたしました。作品はフィクションであり実在の個人・団体などとは一切関係がありません。
なお、本作品中に今日では好ましくない表現がありますが、著者が故人であること、および作品の時代背景を考慮し、そのままといたしました。なにとぞご理解のほど、お願い申し上げます。

（編集部）

徳間文庫

梶龍雄 驚愕ミステリ大発掘コレクション3

葉《は》山《やま》宝《ほう》石《せき》館《かん》の惨《さん》劇《げき》

2023年8月15日 初刷

著者 梶《かじ》龍《たつ》雄《お》
発行者 小宮英行
発行所 株式会社 徳間書店
東京都品川区上大崎三―一―一 〒141―8202
目黒セントラルスクエア
電話 編集〇三(五四〇三)四三四九
販売〇四九(二九三)五五二一
振替 〇〇一四〇―〇―四四三九二
印刷
製本 大日本印刷株式会社

ISBN978-4-19-894881-8

トクマの特選！　好評既刊

梶　龍雄

梶龍雄　驚愕ミステリ大発掘コレクション1

龍神池の小さな死体

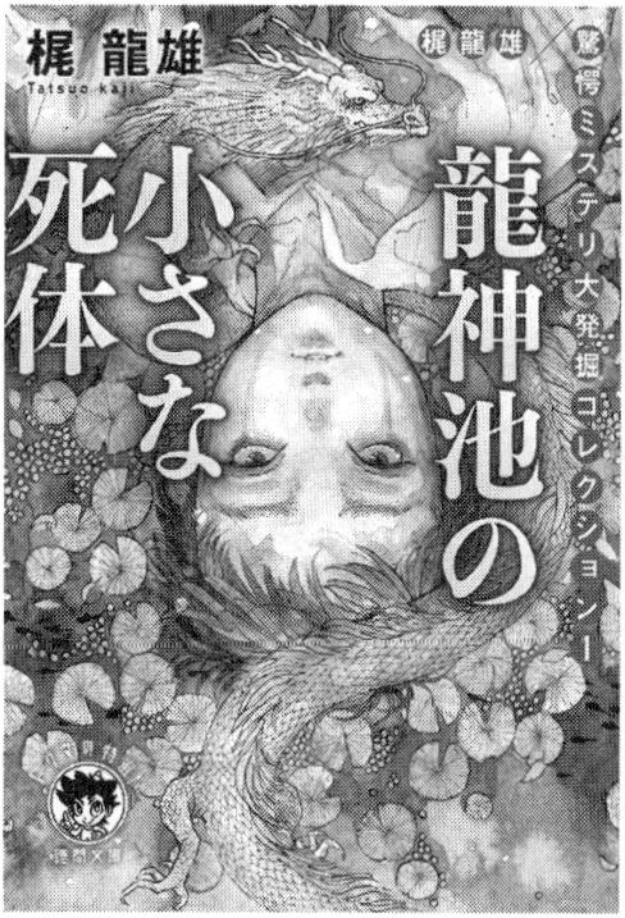

「お前の弟は殺されたのだよ」死期迫る母の告白を受け、疎開先で亡くなった弟の死の真相を追い大学教授・仲《なか》城《じょう》智《とも》一《いち》は千葉の寒村・山蔵を訪ねる。村一番の旧家妙《たえ》見《み》家の裏、弟の亡くなった龍神池に赤い槍で突かれた惨殺体が浮かぶ。龍神の呪いか？　座敷牢に封じられた狂人の霊の仕業か？　怒《ど》濤《とう》の伏線回収に酔い痴れる伝説のパーフェクトミステリ降臨。